파라한

개 정 판

파라한 개정판

발행일	2020년 1월 31일

지은이	전명		
펴낸이	손형국		
펴낸곳	(주)북랩		
편집인	선일영	편집	강대건, 최예은, 최승헌, 김경무, 이예지
디자인	이현수, 한수희, 김민하, 김윤주, 허지혜	제작	박기성, 황동현, 구성우, 장홍석
마케팅	김회란, 박진관, 조하라, 장은별		
출판등록	2004. 12. 1(제2012-000051호)		
주소	서울특별시 금천구 가산디지털 1로 168, 우림라이온스밸리 B동 B113~114호, C동 B101호		
홈페이지	www.book.co.kr		
전화번호	(02)2026-5777	팩스	(02)2026-5747

ISBN	979-11-6539-070-9 03810 (종이책)

(주)북랩 성공출판의 파트너

북랩 홈페이지와 패밀리 사이트에서 다양한 출판 솔루션을 만나 보세요!

홈페이지 book.co.kr • **블로그** blog.naver.com/essaybook • **출판문의** book@book.co.kr

전명 장편소설

나는 어디에서 왔고
여기에는 왜 존재하고 있는 걸까

파라한

개 정 판

북랩 book Lab

/차/례/

프롤로그

섬 안의 모든 사물을 삼켜버릴 듯 광막하게 내려앉은 어둠이 굵고 세차게 쏟아지는 비마저도 먹물처럼 물들이고 있는 검은 새벽, 철조망 밑에 웅크린 길은 흙을 파내느라 여념이 없었다.

2월의 겨울 끝자락 한기를 그대로 머금은 채 등을 들쑤시듯 내리꽂는 빗줄기가 뼛속 깊숙이 추위와 고통을 전달했지만, 그는 몸을 부들부들 떨며 땅을 파는 데에만 온 신경을 집중했다.

밖으로 빠져나가기엔 아직 부족하다는 생각이 들어 구덩이를 더 세차게 파내려고 할 즈음, 몇 가닥 빛이 어둠의 틈 사이로 새어 나와 고인 빗물에 반사되며 두 눈을 자극했다.

빛이 자리에 머문 뒤, 이어서 경비병의 경고 소리가 멀리서 들려왔다. 다급한 마음에 그는 미처 다 파지 못한 구덩이로 얼굴과 몸을 재빨리 들이밀었다.

파라한

'지금 붙들리면 끝장이다.'

그는 각오를 단단히 하며 철조망 밑을 급하게 빠져나왔다. 기어 나오는 동안 가시철 몇 개가 등을 깊숙이 긁었지만, 통증 따위에 관심을 돌릴 여유가 없었다.

울타리를 벗어나서 달리기 시작하기가 무섭게 뒤에서 총성이 탕탕탕 울려왔다. 빗줄기를 가르는 총소리가 두려움을 함께 몰고 와 전신을 거세게 덮쳤다.

'이제는 돌이킬 수 없어!'

가슴이 들뛰도록 가쁘게 숨 쉬어 정신이 흐릿해졌지만, 그는 뛰는 것을 결코 멈추지 않았다.

섬 언저리에 다다르자 총성이나 인기척이 더 이상 들리지 않았다. 바다 쪽으로 시야를 넓히자 컴컴한 바닷가에 조그만 거룻배의 윤곽이 희미하게 보였다.

배가 있는 쪽으로 이동한 그는 배에 올라타자마자 허겁지겁 노를 젓기 시작했다. 배는 섬을 뒤로하며 칠흑같이 어두운 바다를 향해 이동해나갔다.

수 시간을 쉬지 않고 배를 움직여서 가까스로 섬 주변을 빠져나오고 나자 날이 서서히 밝아왔다.

'다 빠져나왔다.'

길은 안도의 숨을 내쉬며 탈출의 성공에 대한 기쁨을 잠시 만끽했다.

탈출에만 급급한 나머지 목적지를 정하지 않고 나온 터라 어디로 향해야 할지 망설여졌다.

그는 바다 먼 쪽을 바라보았다. 하늘과 맞닿은 곳까지 출렁이며 망연히 펼쳐진 바다 외에는 아무것도 보이는 게 없었다.

하지만 철조망이라는 굴레에 갇혀 있던 길에게는, 망망대해가 오히려 '속박으로부터의 자유'처럼 느껴졌다.

그는 노 젓는 일에 다시 온 힘을 쏟아부었다.

'어디든 나오겠지.'

노를 젓는 사이 날이 밝았다 어두워지기를 수차례 반복했다. 허기와 갈증으로 몸이 한계에 다다른 듯했다.

오는 도중 발견한 것이라고는 바다 한가운데 잔뜩 웅크리고 있는 작은 돌섬들뿐이었다. 종착지라 할 만한 곳은 전혀 눈에 띄질 않았다.

그는 남아있는 힘을 쥐어짜내 노를 저으며 며칠을 더 보냈다.

'얼마나 온 것일까?'

오는 길에 간간이 보이던 돌섬들마저도 더 이상 나타나질 않았다. 망망대해에 혼자 남겨진 듯했다.

극심한 체력 저하로 종착지를 향한 의지는 대부분이 사라져버렸다. 몸이 거의 무너져 내려 나른함과 혼미함만이 남아있었다.

그는 바로 누워서 파란 하늘을 올려다봤다. 바다와 마치 약속이라도 한 듯 하늘에도 구름 한 점 보이질 않았다.

그는 한참 동안 하늘을 바라보다가 불현듯 드는 생각에 마른기침을 하며 허허 웃었다.

'바다에 갇혀 있었던 거야…… 드넓은 바다에…….'

이 사실을 깨우치는 데 수일이나 걸린 것을 생각하니 자꾸만 헛웃음이 나왔다.

'갇혀 있다는 생각조차 못하게 가두고 있었으니, 이보다 완벽하고 확실하게 가둘 수 있는 것이 있을까?'

길은 한결 편안해진 심정으로 눈을 감았다. 이곳을 나갈 수 있는 유일한 방법을 이제서야 알 것 같았다.

몸의 힘이 빠져나가는 것을 느끼며 덮치듯 몰려오는 잠의 욕구를 그는 그대로 받아들였다.

지금이 이 세상에서의 마지막 순간이라는 것을 알 수 있었다.

그는 바다가 알려준 그 길로 천천히 접어들었다.

의식의 저편으로…… 영원히…….

파라한

섬 안의 수용소

섬 안의 수용소 1

1952년 3월 25일 새벽

길은 '헉' 소리를 지르며 깊은 꿈에서 빠져나왔다. 지금까지 세 차례나 반복해서 꾸는 꿈이었지만, 혼절에서 깨어나듯 잠에서 벗어난 후 현실감을 찾는 데에는 시간이 꽤 소요됐다.

"악몽 꿨어?"

누운 자세에서 옆으로 고개를 돌리자 새까만 어둠 속에서 자신을 응시하는 하얀 눈빛이 보였다. 옆에 누워 있던 무혁이었다.

"응…… 지금 몇 시지?"

길이 나지막한 목소리로 묻자, 무혁이 속삭였다.

"1시 정도."

길은 고개를 살짝 끄덕인 후 눈을 다시 감았다.

'한 시간 반 남았다.'

새벽 두 시 반이 되면 미리 포섭해 둔 보초가 잠을 깨워주기로 되어 있었다. 세 시까지 집결 장소로 모인 후 행동을 개시할 예정이다.

보초를 믿고 눈을 붙일 수도 있었지만, 누운 상태 그대로 약속 시간까지 기다려보려다가 까무룩 잠에 빠져들었던 모양이다. 무혁은 뜬눈으로 밤을 보낸 것으로 보였다.

더 이상 잠이 올 것 같지는 않았다. 잠을 자고 싶다는 욕구도 들지 않았다. 시간이 다가오자 잠보다는 묵직한 긴장감이 가슴을 밀고 올라왔다.

전쟁이 일어난 지도 한해 반을 한참 넘어섰다. 전쟁과 함께 길의 평범했던 일상은 고통으로 빠르게 얼룩지기 시작했다.

전쟁이 발발하기 전, 그는 사진관에서 일하는 흔한 결혼 5년차 가장이었다.

그는 일제시대에 제2고등보통학교를 졸업한 후 서울의 한 신문사에서 일을 시작했다. 2년 정도 근무를 하다가, 갈수록 더해지는 신문사의 친일적인 횡포에 회의를 느껴 결국 그곳을 그만두게 되었다.

파라한

"정도껏 할 것이지. 배알도 없나⋯⋯."

신문사를 떠나면서, '어차피 그만두는데.'라는 심정으로 동료들에게 짧게 내뱉은 말이었다.

그 후 지인의 소개로 서울 종로의 한 사진관에 일자리를 얻었고 기념사진 찍는 일을 도우며 생계를 이어왔다.

전에 일하던 신문사에 비해 봉급은 턱없이 부족했다. 고등보통학교 졸업이라는 남부럽지 않은 학력에 걸맞은 일 또한 아니었다. 하지만 그는 꾸준히 사진술을 익히며 그 안에서 나름의 만족을 얻으려고 부단한 노력을 쏟았다.

일본으로부터 해방된 뒤에도 길은 사진관에서 일을 계속했다. 사진관이 비록 크게 번성하진 않았지만, 그는 주변으로부터 제법 사진술을 인정받으며 탄탄하게 기반을 잡아 왔다. 현재의 아내를 만나 결혼한 후 아들까지 출산하며, 그는 삶의 터전 위에서 새로운 희원을 품는 듯했다.

하지만 길의 이러한 일상은 갑작스럽게 터져버린 전쟁과 더불어 역경의 소용돌이 속으로 송두리째 빨려 들어갔다.

1950년 6월 25일, 일요일 새벽을 틈타 기습한 북한군은 순식간에 38선을 밀고 내려와 사흘 만에 서울을 함락시켰다. 길은 미처 피할 겨를도 없이 서울에서 북한 인민군과 맞닥뜨리게 되었다.

서울을 장악한 북한군은 파죽지세로 남한군을 한반도 남쪽으로 몰아갔다. 순식간에 그들은 한반도 전역을 덮으며 낙동강에까지 이르러 있었다.

낙동강 전선에서는 치열한 교전이 지속됐다. 그동안에 서울을 포함한 전국 각지에서는 북한 인민군에 의해 분주히 의용군들이 모였다. 표면상으로는 좌익 청년들이 주도하는 자원군이었지만, 실제로는 가가호호 수색을 통한 강제징집이 병행돼서 이루어졌다.

길도 결국은 그들에게 붙들려서 낙동강 전선으로 투입되는 신세가 되어버렸다. 인민군을 도와 남한군과 대적해서 싸우는 우스꽝스런 꼴이 되고 만 것이다.

거침없이 승리만을 경험해오던 북한군은 대구 북방 다부동 일대에서 거센 반격을 만났다. 북한군과 남한군이 마구잡이로 뒤섞이며 혼전이 벌어졌고, 그 과정에서 길은 남한군에게 포로로 잡히고 말았다.

강제징집을 당했다는 그의 해명은 통하지 않았다. 혼란의 와중이기도 했고, 자원군과 강제징집군을 구분하기도 모호했다.

그는 끝내 친공 의용군과 같은 포로로 취급되어 부산 거제리에 있는 포로수용소로 보내지게 되었다.

부산 포로수용소에서 길은 동료 포로들을 통해 남한군과 유엔 연합군의 북진 소식을 듣게 됐다. 한반도 허리를 가르는 인천 상륙작전의 성공으로 북한군이 열세에 처했다는 소식이었다. 보급로를 끊긴 북한군은 후퇴하기에 급급했고, 남한군과 유엔군은 기세를 몰아서 평양까지 점령했다고 들렸다.

압록강을 향하여 북진 중이라는 소문이 이어서 수용소 전체를 덮쳐왔다.

유엔군의 인천 상륙에 대한 소식이 들린 후부터 수용소의 포로들은 하루가 다르게 불어났다. 길은 이대로 남한군과 유엔군의 승리로 전쟁이 끝나리라고 생각했다. 현재의 악몽에서 깨어나 평범한 일상으로 되돌아가리라는 기대에 한껏 부풀어 있었다.

적어도 중공군이 전쟁에 개입하기 전까지는 그러했다.

중공군의 참여가 어느 정도의 파괴력과 영향력을 가졌는지 길은 자세히 알지는 못했다. 하지만 그가 중공군에 관하여 주위 포로들이 수군거리는 소리를 들었을 즈음, 전세가 역전되어 버렸다는 소식도 함께 들려왔다.

남한군과 유엔 연합군이 남쪽으로 밀려 내려와 한반도 허리에서 공방전이 벌어지고 있다는 소식이었다.

'중공군의 수가 총알보다 더 많았다.'라는 과장이 섞여 나도는 이야기로 당시의 전황을 어느 정도 짐작할 수 있었다.

모든 것이 순식간에 벌어진 일이었다.

비슷한 시기에 길은 '거제도'로의 포로 이송에 대한 내용을 접했다. 거제도에 수용소를 만들어서 수용 인원 전체를 섬으로 옮긴다는 얘기였다. 부산 거제리의 수용소는 넘쳐나는 포로들로 이미 포화가 되어있는 상태였다.

1951년 2월 말, 그는 거제도로 옮겨져 며칠 전에 도착한 포로들과 합류하게 됐다.
전쟁이 일어난 지 8개월 만의 일이었다.

어느새 길은 자신의 의지와는 무관하게 곳곳으로 떠도는 신세가 되어 있었다. 서울에서 낙동강 전선 그리고 부산, 이번엔 한반도 최남단의 섬 중 하나인 거제도로.

거제도의 포로수용소는 제 모습을 갖추느라 무척 분주했다. 포로들은 자신을 가두어 줄 울타리를 짓기 위해 부지런히 몸을 움직이고 있었다.

섬 안의 수용소 2

거제도 포로수용소는 백여 개의 막사, 육천여 명의 포로들로 이루어진 컴파운드(compound)라 불리는 수용동을 기본 단위로 하여, 총 스물여덟 개의 컴파운드(61, 62, 63 등으로 명칭 부여)로 구성되었다. 길은 그 중 서울 출신 의용군이 대부분인 62컴파운드에 배치, 수용되게 되었다.

포로수용소의 각 컴파운드는 포로 중에서 선발된 간부들에 의해 자체적으로 관리되었다. 여단장 한 명과 세 명의 대대장, 그리고 여러 소대장. 이러한 간부들과 함께 질서유지를 주 역할로 하는 감찰대라는 조직이 별도로 구성되었다. 이 조직이 실상은 다른 포로들을 통제하며 권력을 유지하는 간부들의 힘의 원천이기도 했다.

거제도 포로수용소의 컴파운드에서는 쿠데타가 한시도 끊일 날이 없었다. 포로들 간의 주도권 다툼은 하루가 멀다 하고 여기저기에서 발생했다.

권력과 주도권 쟁취는 쿠데타가 일어나는 표면상의 이유일 뿐이었고, 자본주의와 공산주의 간 사상의 대립이 바탕에 깔린 근본적인 원인이었다.

'해방동맹'이라는 조직을 중심으로 한 친공 포로 진영.

'대한반공청년단'을 주축으로 한 반공 포로 진영.

이들 간의 주도권 다툼은 여러 컴파운드에서 쉴 틈 없이 일어났다.

밖에서 벌어지고 있는 자본주의와 공산주의 간의 전쟁이 포로수용소 내에서도 전쟁의 축소판처럼 그대로 벌어지고 있는 셈이었다.

길은 좌익이니 우익이니 하는 것에 대해 애초부터 관심이 없었다. 하물며 사상이 충돌하여 전쟁까지 벌어지는 지긋지긋한 이런 세상을 도무지 이해할 수가 없었다.

'자본주의니 공산주의니 하는 사상은 살아가는 방법에 지나지 않는다. 지금보다 많은 사람이 보다 행복하게 사는 것이 우리의 궁극적인 목표가 아닌가? 왜 방법을 가지고 그것이 절대적인 목

파라한

표인 양 전쟁까지 벌이며 죽도록 싸워야 한단 말인가?'

길은 동의하기 어려운 이유로 인해 지금의 처지까지 내몰린 것에 대한 극렬한 분노가 치솟았다.

길이 속해 있는 컴파운드는 서울 출신 의용군으로서 공산주의 사상으로 무장한 적색분자들이 다수를 이루고 있었다. 이들에 의해 컴파운드는 장기간 장악되어 있었다.

이들과 반대되는 사상과 의견을 가진 자가 있더라도 감히 이를 밖으로 표출할 수가 없었다. 대항하는 자들이 새벽에 감찰대에 끌려가서 쥐도 새도 모르게 어디론가 사라지는 일이 다반사로 발생했기 때문이다. 마치 갑작스럽게 어디론가 떠나버린 사람처럼……

수용소 밖에서는 어느덧 전쟁이 막바지에 이르고 있었다. 휴전이 논의됨과 동시에 거제도의 포로들에 대한 처리가 논쟁의 화두로 떠올라있는 듯했다.

북한 측에서는 포로 전체에 대한 무조건적 송환을 요구한다고 했다.

반면에 남한과 유엔 측에서는 포로들의 자유의사에 따라 남한 잔류나 북한송환 여부를 선택할 것을 주장한다고 들려왔다.

거제도 포로수용소에서는 일찌감치 자유의사에 따른 송환으로 결정될 것에 대비하여 남한에 잔류할 이들과 북송을 희망하는 이들을 분류하는 작업이 대대적으로 이루어지고 있었다.

하지만 길이 속해 있는 컴파운드에서는 분류작업을 완강히 거부했다. 간부들을 중심으로 한 친공포로들이 전체 인원에 대한 강제북송을 희망하고 있는 것이었다. 이들의 거부가 워낙 거세어 수용소 관리 측에서도 분류작업 진행이 도저히 불가할 정도였다.

이대로 가다가는 전쟁이 끝남과 동시에 아무 연고도 없는 북한으로 보내지게 될 판국이었다.

거제도에 와서 알게 된 동료 무혁도 걱정은 마찬가지였다. 가족들이 전부 남한에 있는 터라, 북한으로 가게 될 것에 대한 극한의 우려와 불만을 품고 있었다.

이제야 전쟁이 끝나고 서울에 있는 가족들 곁으로 돌아갈 수 있게 되었는데, 공산 포로들이 이를 강력히 가로막고 있는 것이다.

무혁도 길과 마찬가지로 사상 전쟁 따위에는 무관심했다. 그렇기에 친공 포로니 반공 포로니 하는 이들 간의 주도권 다툼에도 관심이 있을 리 만무했다.

하지만 지금은 사상 간의 싸움이 문제가 아니었다. 가족이 있는 곳으로 돌아가느냐, 아니면 생판 연고도 없는 북한으로 가게 되느냐가 달려 있었다.

무혁은 이런 위기에 보다 적극적으로 움직였다.

찢어진 듯 날카로운 눈에, 두툼한 코, 다부진 입술, 크지 않은 키에 단단한 체구를 가진 무혁은 겉모습만 보면 영락없는 싸움꾼이었다.

하지만 그의 머리는 비상하고 주도면밀했다.

길이 고등보통학교를 나온 것과는 달리 무혁은 보통학교도 다니지 못했지만, 길은 최소한 수용소에서만큼은 무혁을 한 수 위로 인정해줄 수밖에 없었다.

무혁은 컴파운드를 장악하고 있는 공산 포로들의 기세에 눌려 숨죽인 채 기회만을 엿보고 있는 반공 포로들을 규합할 치밀한 계획을 세웠다. 그리고 그의 계획은 짜임새 있게 단계적으로 진행됐다.

무혁은 가장 먼저 주변의 포섭 대상 중 한 명에게 은밀히 접근했다. 그리고 뜻을 같이하는 사람들이 있으니 도움을 줄 수 있다는 점을 강조한 후, 누군가로부터 전달받았다는 애기와 함께 의도를 그에게 전했다. 더불어 그로 하여금 같은 처지에 있는 누군가에게 동일한 내용을 옮기도록 당부했다.

자칫 간부들이나 감찰대에 발각되면 아무도 모르게 죽어서 땅속에 묻히게 될 게 뻔했으므로, 시간이 지날수록 움직임은 더욱 조심스럽게 이루어졌다.

만일 도중에 발각이 될지라도 발각된 누군가는 두 사람 외에는 아는 사람이 없었다. 자신에게 뜻을 옮긴 사람, 그리고 자신이 뜻을 전한 사람.

따라서 최악의 경우가 발생한다고 해도 피해를 최소화할 수 있었다.

무혁의 계획은 한 달에 걸쳐서 순조롭게 진행됐다. 함께하는 이들의 수를 파악하기 위해 그는 화장실 옆 한쪽에 작은 돌을 놔두도록 했다. 물론 이러한 명령도 누군가로부터 들은 것처럼 이야기했다. 모두가 마찬가지로 자신에게 전한 사람, 자신이 전달한 사람 외에는 서로를 알지 못하도록 했다.

파악된 수는 무혁과 길을 포함하여 총 68명. 여단장, 대대장, 그리고 감찰대 인원만 제압하면 되는 일이었고, 이를 수행하기에 충분한 수였다.

이어서 무혁은 3월 25일 새벽 세 시에 취사장에 모여 행동을 개시할 것임을 같은 방식으로 전파했다. 피아 식별을 위해 행동 개시일에 머리띠를 두를 것을 그는 함께 지시했다.

그리고 드디어 약속된 그 날이 된 것이다.

길은 눈을 떴다가 다시 감았다. 시간이 다가올수록 긴장은 커지고 심장은 몸에 거세게 방망이질했다.

섬 안의 수용소 3

툭툭. 누군가가 발을 건드렸다. 길은 눈을 뜨자마자 고개를 들어 발밑을 내려다보았다. 보초가 자신을 바라보고 있는 모습이 보였다. 보초는 길이 눈을 뜬 것을 확인하자 다른 쪽으로 걸어갔다.

옆을 보니 무혁은 벌써 나갈 채비를 마치고 기다리고 있는 중이었다. 길이 고개를 든 모습을 확인한 그는 곧장 일어서서 밖으로 움직이기 시작했다. 길도 재빨리 준비를 마친 후 앞장서 걷고 있는 무혁을 따라나섰다.

두 사람은 신속한 걸음으로 집결 장소인 취사장으로 향했다.

취사장에 가까워지자 수십 명이 무리를 지어있는 모습이 시야에 들어왔다. 모두 한결같이 흰 붕대나 옷가지를 이용해 만든 띠

파라한

를 머리에 두르고 있었다.

사전에 전달받은 대로 각자의 손에는 제각기 무기가 하나씩 들려 있었다. 몽둥이, 망치, 도끼, 죽창, 철조망 곤봉, 곡괭이 자루, 칼, 가위, 낫 등. 무기가 될 만한 물건들은 한자리에 모두 모여 있는 듯했다.

길은 무혁과 함께 소리 없이 무리에 섞여 들어갔다. 아직 세 시가 되려면 십 분 정도 남아 있었다. 잠시 후면 누가 이번 쿠데타의 주모자인지를 드러내는 순간이 된다.

십여 분이 지나자 무리의 수가 더욱 늘어났다. 무혁은 나설 때임을 깨닫고 한쪽 앞으로 걸어 나갔다. 길도 따라 나가서 그의 옆을 지켰다.

무혁은 낮은 목소리이지만 단호하게 무리를 집중시켰다. 그리고 본인이 주모자임을 당당하게 밝혔다.

이 시간부로 계획이 실패하게 된다면 결과는 자명했다. 주동자인 무혁과 옆을 지키고 있는 길은 물론이고 무리를 이루고 있는 모두가 처참하게 죽게 될 것이다.

인원은 정확히 육십오 명. 전체 인원에서 세 명이 아직 도착하지 않았다. 하지만 나머지 세 명을 마냥 기다린다는 것은 너무나도 위험한 일이었다.

길은 총인원 수를 무혁에게 전달했다. 무혁도 같은 생각을 하고 있는 듯 보였다. 그는 즉각 행동 개시를 위해 인원을 분류하기 시작했다. 우선 여단장과 세 명의 대대장을 체포할 인원으로 열 명을 선별. 나머지 인원은 감찰대 막사를 덮칠 목적으로 1조와 2조로 나누었다.

역할 분담을 마친 뒤 시선을 반대로 돌리자 감찰대 막사 쪽으로 사람인 듯한 검은 윤곽이 여럿 보였다. 아직 도착하지 않은 세 명인 듯했다.

길과 무혁은 자리에 멈춰선 채 그들을 맞이할 준비를 했다. 그들과의 거리가 조금씩 좁혀지면서 길은 세 명이 아닌 네 명이 걸어오고 있음을 깨달았다.

'인원 파악을 잘못했나?'

하기야 각자가 던져 놓은 돌멩이로 수를 파악했으니 한두 명 착오가 생기는 것도 무리는 아니었다. 길과 무혁은 미동도 하지 않은 채 그들이 접근해 오기만을 기다렸다.

그들이 조금 더 걸어와 각각의 외형구분이 어느 정도 가능해지자 길은 심장이 덜컥 내려앉는 것을 느꼈다.

훤칠한 키에 호리호리한 몸매, 그 옆의 키 작고 뚱뚱한 형상, 왜소하고 깡마른 나머지 두 사람. 다가오고 있는 사람들은 다름 아닌 여단장과 세 명의 대대장이었다. 이들을 목전에서 본 적은 없었지만 먼발치에서 네 명이 동행하는 모습은 종종 목격해왔다. 어느 정도의 형체만 봐도 이들을 알아보는 것은 그리 어려운 일이 아니었다.

옆의 무혁을 보니 그도 몹시 당황하고 있었다. 조금도 예상 못했던 일인 듯 얼빠진 얼굴로 여단장을 쳐다보고 있는 중이었다.

자세한 앞뒤 정황을 알 수는 없었다. 하지만 지금 할 수 있는 최선책이 한 가지밖에 없음을 금방 깨달았다.

"빨리 체포 명령을 내려!"

길이 무혁에게 외쳤다. 무혁은 잠시 생각에 잠겨 있었다. 하지만 더 이상 지체할 여유가 없음을 자각한 듯 그는 포로들에게 곧바로 지시를 내렸다.

"여단장 대대장 체포조! 지금 즉시 저놈들을 체포하라!"

여단장 일행은 금세 열 걸음가량 안쪽에 다다라 있었다. 돌연 자리에 멈추어선 여단장이 맞은 편의 포로들을 향해 서늘한 미소를 보내왔다.

체포조는 움직이질 못하고 계속 머뭇머뭇하고 있었다. 공포감이 일긴 이들도 마찬가지로 보였다.

"체포조! 지금 뭐 하고 있나! 빨리 저놈들을 체포해!"

무혁의 음성이 방금 전보다 훨씬 커졌다. 하지만 그의 목소리에는 초조함에서 오는 떨림이 묻어 있었다.

두 다리가 마치 얼어붙기라도 한 듯, 체포조는 여전히 자리에서 머뭇거릴 뿐 조금의 움직임도 보이지를 않고 있었다.

양측 모두 아무런 자세의 변화 없이 잠시 동안의 정적을 그냥 흘려보냈다.

무리의 이곳저곳에서 여러 명이 느닷없이 여단장 쪽으로 걸어가기 시작했다. 여단장이 있는 곳까지 도달한 이들은 머리띠를 벗어버린 후 여단장의 뒤로 가서 방향을 바꾸어 섰다. 어느새 그들은 방금 전 자신들이 속해 있던 무리를 마주 바라보고 있었다.

'새어 나갔다!'

길은 비밀이 새어 나갔음을 직감했다. 여단장 쪽으로 돌아선 인원은 대략 이십 명. 계획을 사전에 알아챈 여단장의 지시에 의해 잠입한 인원들로 보였다.

하지만 무혁 측 무리가 여단장 측보다는 여전히 두 배가 넘게 많았다. 그대로 정면에서 덮치는 게 나을 거란 생각이 들었다.

두 번의 체포 명령 불발에 이어 형세마저 급변하자 무혁은 당혹스런 표정을 지은 채 우두망찰하며 서 있었다.

길은 무혁을 대신해서 체포 명령을 내려볼까 망설이다가 그에

파라한

게 즉시 의중을 전달했다.

"지금 덮쳐야 돼!"

길의 목소리를 들은 여단장이 미소를 거둔 뒤 목청을 높였다.

"동무들! 당장 머리띠를 벗으라우! 지금 머리띠를 벗으면, 내 뒤의 동무들처럼 다 용서하가써. 기회는 두 번 안 두니까니 날래 벗으라우!"

굵고 우렁찬 목소리가 고막을 찢는 듯이 울렸다. 서울 출신 의용군들 사이에서 매우 낯선 북한 말씨가 두려움을 더욱 증폭시켰다.

여단장의 신상에 대해서는 여러 가지 얘기가 많았다. 포로들의 분류작업 중 인민군 출신 포로가 잘못 분류되어 이곳에 왔다는 말. 북한 지도부의 지령을 받고 고의로 포로가 되어 잠입했다는 소문 등. 전부 떠도는 이야기들이었다.

"감찰대를 불러야 되갔나?"

여단장의 발언은 잠시동안 까맣게 잊고 있었던 감찰대라는 존재를 불현듯 깨닫게 해주었다. 이들까지 가세하면 수적으로도 열세에 몰릴 게 분명했다.

협박이 끝나기가 무섭게 여기저기서 서로의 눈치를 보며 머리띠를 벗어 던지기 시작했다.

이대로 가다가는 결과가 뻔했다.

망설일 시간적 여유가 없었다.

"그냥 치자!"

길이 다급히 소리쳤다.

무혁은 정면의 여단장을 응시한 채 여전히 그대로 서 있었다. 자신의 명령이 공포로 얼어붙은 동료 포로들의 다리를 움직일 수가 없다고 판단한 듯.

시간을 지체하는 사이 판세는 180도 역전이 되어있었다. 머리띠를 두른 인원은 이제 열 명을 조금 넘기는 정도에 불과했다.

"늦었다, 동무들! 머리띠는 그대로 쓰고 있으라우. 둑일 놈들 구분은 해야디 안카써? 날래 다 둑여버리라우!"

여단장의 명령이 떨어지기가 무섭게 수십 명이 손에 들고 있던 무기를 들어 올리며 한꺼번에 우르르 달려왔다. 길과 무혁의 옆을 마지막까지 지키던 포로들은 혼비백산 달아나기 시작했다. 이들은 곧 여기저기서 붙들리며 비명을 질러댔다.

길과 무혁도 쫓기며 달리다가 컴파운드 외곽의 철조망을 등진 채 세 명의 포로와 마주했다. 셋 중 하나가 성큼 다가와 몽둥이를 세차게 휘둘렀다. 길은 날아오는 몽둥이에 머리를 그대로 얻어맞고 바닥에 퍽 쓰러졌다.

무혁은 철조망 곤봉을 필사적으로 휘두르며 세 명과 꿋꿋이

파라한

맞서고 있는 중이었다.

호루라기 소리와 함께 총성이 탕탕 들려왔다. 경비병들이 들이 닥치는 소리였다. 무혁과 혈투 중이던 세 명의 포로는 소리를 듣자마자 범을 만난 사냥개처럼 뿔뿔이 흩어져 달아났다.

길은 묵직한 통증이 머리에서 목을 타고 몸으로 내려오는 것을 느꼈다. 도저히 움직일 수가 없었다. 몸에 힘을 쓰면 쓸수록 통증이 더 깊이 파고드는 듯했다.

시야가 흐려졌다.

길은 회복하기 힘든 상태임을 차츰 자각하게 되었다.

"정신 차려! 다 끝났어! 경비병들에게 부탁해서 여길 빠져나가자!"

무혁의 목소리가 흐려진 의식 안으로 투명하게 들려왔다.

길은 남아있는 힘을 다해 주머니 속에서 목각인형을 꺼냈다. 아들 생일에 주려고 한 달 동안 나무를 깎아서 만든 천하대장군 모양의 인형이었다. 북한 인민군에게 잡혀서 갑작스럽게 의용군에 징집되는 바람에 아들에게 미처 건네주지 못한 선물이었다.

"혹시 나가게 되면…… 내 아들에게 전해줘…… 서울 종로 경성사진관…… 아니면 종로상회. 내 이름을 말하면 가족을 찾을 수 있을 거야…… 부탁해……."

"길! 정신 차려! 살 수 있어! 살아서 직접 전해줘!"

무혁의 울부짖음을 무시한 채 길은 손을 부들부들 떨며 목각 인형을 건넸다. 손을 떨어뜨리고 나니 다시 들 힘조차 없었다. 마지막으로 무혁의 얼굴을 보기 위해 눈의 초점을 움직였다. 안타까움과 애처로움이 눈물과 뒤범벅된 그의 얼굴이 시야에 들어왔다.

'마지막 순간에 너와 같은 친구가 곁을 지켜줘서 정말 다행이야…….'

길은 눈을 감았다. 아내와 아들의 모습이 머릿속에서 아른거렸다. 뜨거운 액체가 뺨을 타고 흘러내렸다. 졸음과 함께 힘이 나른하게 빠져나갔다. 꿈속 바다 한가운데에서 느꼈던 느낌 그대로.

'어쩌면 지금이 지긋지긋한 수용소를 진짜 빠져나가게 되는 건지도 모른다. 하긴 살아서 수용소를 나간들 바깥 세상이 이곳과 다른 게 무엇이랴…….'

그는 다가오는 암흑을 그대로 받아들이며 몸을 내맡겼다.

그리고 서서히, 무의 상태로 이동했다.

파라한

일
상

일 상 1

2013년 3월 14일 아침

침대 협탁 위의 스마트폰이 '타잔 소리' 알람음을 시끄럽게 울려댔다. 생계를 위해 정글로 뛰어나갈 시간이 임박했음을 알리는 소리였다.

승훈은 피로에 절어 딱딱해진 눈꺼풀을 반쯤 열고는 돌덩이처럼 무거운 머리를 힘겹게 들어 올렸다. 그러자 묵직한 통증이 이마를 짓눌러 침대로 도로 밀어버렸다.

그는 털썩 머리를 떨어뜨리고는 두 눈을 잔뜩 찡그렸다.

전날 회식 자리에서 섞어 마신 술의 후유증이 아직도 가시지 않은 듯했다. 몸 곳곳에 깊숙이 밴 삼겹살과 소주, 맥주의 뒤섞인 냄새가 아직도 속을 울렁이게 했다.

승훈은 몸을 간신히 다시 일으킨 후 방을 나와서 식탁 쪽으로 무거운 발걸음을 옮겼다.

식탁 위에는 콩나물국과 밥이 놓여 있었고, 아내는 식탁 옆에서 열심히 와이셔츠를 다리는 중이었다.

인기척을 느끼자 아내가 고개를 돌렸다.

"일어났네? 몸은 좀 어때?"

"괜찮아……."

"술을 적당히 마셔야 몸이 버티지…… 너무 취한 것 같아서 씻으라는 말도 못했어."

"잘했어……."

승훈은 멍한 정신으로 힘겹게 대답을 던졌다. 식탁 의자에 그는 천근만근인 몸을 앉혔다.

회사만 아니라면…… 그는 침대로 돌아가고 싶은 욕구를 굴뚝처럼 느꼈다.

아내는 다리미질을 막 끝낸 와이셔츠를 두 손으로 들어 올리고 있었다.

"아 참, 어제 이상한 일이 있었는데."

소파 팔걸이에 조심스럽게 와이셔츠를 올려놓다가 갑자기 무언가가 생각난 듯 그녀가 말했다.

승훈은 숟가락 끝에 머물러 있던 시선을 움직여서 그녀를 바라봤다.

"오후에 슈퍼에서 우유를 사 가지고 집에 오는데, 누가 뒤에서 나를 부르는 거야. 그래서 뒤를 돌아보니깐 생전 처음 보는 사람이 지켜보고 있어서, 나도 아는 사람인가 싶어 계속 쳐다보니까 아무 말도 없이 그냥 사라져버렸어."

"그 사람이 뭐라고 불렀는데?"

"'현아!'라고."

"아는 사람인가 보네. 당신이 못 알아본 거겠지."

승훈은 아내의 진지한 모습과는 사뭇 대조적인 미지근한 반응을 보이며 남은 국을 마저 떠 마셨다.

그의 머릿속은 숙취에서 헤어나오기가 무섭게 복잡한 회사 일로 급격히 채워지고 있는 중이었다. 아내의 일상 이야기는 지금 그에게 있어 한 귀로 듣고 다른 귀로 흘려보낼 부수적인 문제에 지나지 않았다.

회사에서는 요즘 다른 회사와의 합병 준비가 한창 진행 중이었다. 정확히 표현하자면 합병을 시키는 쪽이 아닌 당하는 쪽에 있었다. 게다가 그가 속해 있는 부서는 합병을 시키는 쪽 회사의 동일 부서와 업무가 겹치는 관계로, 전체가 통째로 날아갈 위기에 처해 있었다.

이런 판국에 무슨 일이 손에 잡히겠냐 마는, 부서에서는 최근 진행하고 있는 사안들에 대해서 긴급히 논의를 할 게 있었다. 중단할 것과 좀 더 진행하여 마무리할 일을 가리는 문제였다. 이를 주제로 아침 출근 시간에 맞춰 회의가 예정되어 있었다.

합병과 함께 감원이 추진될 거라는 흉흉한 소문까지 나돌고 있어서, 사실 회의의 결론이 중요한 게 아니었다. 부서원들의 사기는 이미 땅바닥에 내려앉아서 치유가 불가능한 지경에 이르러 있었다. 물론 승훈의 사기도 예외일 수는 없었다.

'설마 감원까지야······.'

가슴속으로 스멀스멀 파고드는 우려를 애써 떨쳐버리면서 그는 식탁에서 벌떡 일어섰다. 이런 꿀꿀한 분위기에 회의 시간에 지각마저 하면 안 되리라는 생각이 불쑥 고개를 들었기 때문이다.

그는 출근을 위해 몸을 바삐 움직이기 시작했다.

화장실에서 세면을 마치고 양복을 갖춰 입기가 무섭게, 그는 뒤따라오는 아내에게 "다녀올게."라는 짧은 인사를 남긴 뒤 현관문을 급히 열고 밖으로 나섰다.

승훈이 버스정류장에 다다를 즈음에는 때맞춰 도착한 버스가 마치 그를 마중하듯 길가에 가만히 멈춰 서 있었다. 여느 날 같았으면, '왠지 일진이 좋을 것 같다.'라는 생각이 들 일이었다. 하지만 오늘은 심란한 마음이 긍정적인 생각들을 빈틈없이 억누르고 있는 중이었다.

버스에 올라타서 뒤쪽 자리에 앉은 그는 차창밖에 펼쳐진 거리의 풍경으로 조용히 시선을 움직였다. 창밖의 세상은 그의 복잡한 심경을 아랑곳하지 않은 채 언제나와 마찬가지의 평범한 일상을 창문 위로 펼쳐 보이고 있었다.

시곗바늘이 원판 위를 돌 듯 버스는 여느 때와 같은 시간에 동일한 장소를 돌며 일상을 바쁘게 달려갔다.

일 상 2

    회의는 예상보다 싱겁고도 빠르게 끝났다. 결론은 '일단 진행 중인 일들에 대해서는 대부분 그대로 진행하자'라는 것이었다.

    어찌 보면 뻔한 결과였다. 아무리 부서 폐지가 예상되고 있다 할지라도, 아직 확정되지도 않은 일을 근거로 진행 중인 일을 접거나 미룰 수는 없는 노릇이었다.

    "하던 일 계속하자는 거 결정하려고 아침부터 회의 소집 했나?"

    최민호 대리가 투덜거리며 회의실을 먼저 나섰다. 뒤따라 나가던 승훈이 살짝 웃어주며 동의의 표정을 보냈다.

    "정승훈 과장. 이따가 초콜릿 사러 제과점에 잠깐 다녀오려고 하는데, 정 과장 것도 하나 사다 줄까?"

    최민호 대리가 파티션 너머 맞은편 자리에 앉으며 물었다. 그

        파라한

는 진급이 조금 늦어서 아직 대리이지만, 입사 동기이자 회사에서 가장 절친한 친구이기도 했다.

"초콜릿?"

승훈은 책상 위에 세워진 탁상 달력으로 시선을 옮겼다.

"아, 오늘이 화이트데이구나."

"그걸 여태 몰랐단 말이야?"

최민호 대리가 어처구니없다는 듯, '허' 소리를 내며 눈을 동그랗게 뜨고 쳐다봤다.

"정신이 없어 깜빡 잊었지. 제과점에 가려고?"

"이따가 좀 한가해지면."

"그럼 내 것도 하나 부탁해."

"아직도 그런 거 주고 받으면서 사나?"

왼편 관리자석에 앉아있던 박인형 차장이 어느새 끼어들었다.

"난 와이프랑 서로 그런 거 안 하기로 일찌감치 합의 봤는데."

"저는 와이프가 아직 안 해도 된다는 얘기를 안 꺼내네요."

승훈이 웃으며 말을 받은 후 의자를 끌어당겨 몸을 앉혔다.

"어라? 우리 회사 주식이 하한가네?"

최민호 대리가 놀란 눈으로 목을 꼿꼿이 세웠다. 승훈은 마우스를 움직여서 LCD 모니터 위에 웹브라우저를 띄웠다. 포털사이트의 증권 부문으로 페이지를 이동한 그는 황급히 관심 종목 창을 확인했다.

빨간색 불을 밝히고 있는 종목들 틈바구니에서 유일하게 온몸을 파란색으로 치장한 종목 하나가 눈에 띄었다. 당당히 홀로 파란색 화살표를 아래쪽으로 향하고 있는 중이었다. 승훈 자신이 현재 다니고 있는 회사의 상장주식이었다.

2년 전 그는 회사가 유상증자를 할 적에 회사로부터 주식을 구매한 적이 있었다. 당시 우리사주로 거금 삼천만 원을 들여서 산 후 보유하고 있는 중이었다.

"합병 소문이 나기 시작했을 때 며칠 연속 상한가였잖아. 막상 결정이 되니까 이제 마구 빠지는 거지. 소문에 사서 뉴스에 팔아라, 몰라?"

아직까진 샀을 때보다 이익인지라, 승훈은 제삼자의 일인 양 담담하게 말하는 것이 가능했다.

"막상 회사에서 일하는 사람들은 지금 직장을 잃느냐 마느냐인데……."

최민호 대리가 씁쓸한 표정으로 입을 삐죽거렸다.

"현실이 그렇지. 합병하는 쪽 직원들도 좋을 거 하나 없어. 우리 회사 사느라 돈을 엄청 써버렸으니 한동안은 보너스고 임금 상승이고 기대하기 힘들 거야. 우리는 합병당하면서 파리목숨이 되는 거고. 결국 주주들만 좋은 거지, 특히 대주주들."

"일은 누가 다 하는데."

"아니꼬우면 돈 벌어서 대주주 돼야지 뭐."

"그런가?"

최민호 대리는 더 이상 반박할 논리가 없어진 듯 튀어나온 앞니를 드러내며 빙긋빙긋 웃었다.

"정승훈 과장님. 상무님께서 찾으세요."

어느새인가 오른쪽 뒤편으로 상무의 여비서가 와 있었다.

"상무님이? 지금?"

"네, 과장님."

승훈은 머리를 갸웃거렸다. 상무가 일개 과장을 직접 찾는 일이 그리 흔치는 않았기 때문이다. 만일에 업무 때문이라면 마땅히 부장이나 차장을 먼저 찾을 일이다.

일단 높으신 분이 찾는다고 하니 시간을 지체할 겨를이 없었다. 그는 다이어리와 펜을 챙겨 들고 곧장 상무실을 향해 걸어갔다.

'분명 면담 성격의 호출일 가능성이 큰데…… 무슨 일일까?'

사무실의 벽과 파티션 사이로 난 통로를 걸으며 그는 생각했다.

가뜩이나 뒤숭숭한 분위기에서의 임원 호출이었다. 이제는 긴장감이 궁금증을 억누르며 급격히 흉벽을 타고 기어 올라오고 있었다.

상무실 앞에 선 승훈은 문을 똑똑 두들겼다.

"들어와요."

묵직한 음성이 문틈을 통해 새어 나왔다. 문을 조심스럽게 열고 들어간 승훈은 허리를 깊이 숙여 인사를 했다.

"안녕하십니까!"

"그래, 정 과장. 그쪽에 앉아."

상무는 자신의 집무용 책상에서 일어나 응접용 탁자로 자리를 옮겼다.

"예, 상무님."

승훈은 상무가 먼저 앉는 것을 확인한 후 의자에 착석했다.

"요즘 회사생활은 어떤가?"

상무의 뜬금없는 질문에 승훈은 멈칫했다.

"지낼 만합니다."

가장 무난한 대답이었다.

"요즘 회사 분위기가 좀 그렇지?"

"예…… 조금."

도저히 아무렇지도 않단 말을 할 수는 없었다.

파라한

"그러겠지……."

상무는 퉁퉁한 얼굴에 억지로 주름을 잡아서 미소를 만들고 있었다.

"정 과장 모니터링해보니 평이 참 좋던데. 실무자들이나 관리자들한테……."

"감사합니다."

"늘 직원들 한 사람 한 사람 세심하게 지켜보고 있단 사실을 명심해야 돼. 여기서 가만히 앉아만 있는 게 아니야."

상무는 조금 전 주름 자리를 다시 찾아 접으며 환하게 웃어 보였다.

"예, 알고 있습니다."

"돌려서 말하지 않을게."

승훈은 가슴이 덜컥했다.

'드디어 올 것이 왔구나.'

승훈은 지금이 자신의 운명을 가르는 중대한 순간임을 직감했다. 심장이 놀란 듯 가쁘게 뛰었고 몸이 붕 뜬 느낌으로 손끝이 눈에 띄게 떨렸다. 애써 침착을 찾으며 그는 뒤이어 나올 판정을 기다렸다.

"요즘 합병과 관련해서 말들이 많지? 부서가 없어질 거란 얘기도 있고."

"예, 여러 얘기가 있습니다……."

승훈은 자신이 만드는 목소리의 떨림을 그대로 느꼈다.

"그래. 정 과장이 있는 부서는, 실제로 없어질 예정이야."

"예……."

승훈은 말끝을 흐리며 상무의 얼굴을 빤히 바라봤다.

"합병을 하는데 당연히 동일 기능의 부서가 두 개 있을 이유는 없잖아. 그리고 지금, 회사가 합병을 당하는 이 와중에 부서를 없애느냐 마느냐가 중요한 게 아니야. 직원들 고용 유지가 문제인 거지."

상무의 눈매가 딱딱하게 굳으며 그의 동공이 승훈의 눈을 똑바로 응시했다.

"안 그런가?"

"예…… 맞습니다."

대답을 하고 나서 삼킨 침이 심장으로 스며 들어가고 있었다.

"관련해서 나도 노력을 많이 했어. 가능하면 직원들 전부, 지켜 내고 싶었고. 하지만 세상일이 어디 내 맘대로만 되나?"

승훈은 아무런 대답도 하지 않았다.

"부서에서 결국 세 명 지켜냈어. 그게 내 능력으로 할 수 있는 최대한이었다는 걸 명심해야 돼. 정 과장이 그중 한 사람이야."

"예……."

파라한

부서 인원이 총 일곱 명. 그중 셋을 뺀 나머지는 직장을 잃고 집에 가서 손가락을 빨며 지내야 한다는 얘기다.

"다른 두 사람한테는 며칠 전에 언질을 줬으니까, 그렇게 알고 있어."

"예, 상무님……."

감사하다는 말은 차마 나오지 않았다. 그러고 보니 얼마 전 한 동료로부터 상무의 신변에 관해 들었던 얘기가 떠올랐다. 합병할 회사 측 전무 자리를 미리 봐두었다는 말이었다. 당시에는 듣고도 그리 대수롭지 않게 넘겼다. 근거도 없고, 뜬소문일 수도 있기에.

하지만 오늘에야 비로소 그것이 근거 없는 이야기가 아님을 확신하게 됐다.

"다른 직원들에게는 철저하게 비밀로 해두어야 돼! 공식적인 발표가 있기 전까지는."

"알겠습니다."

"그래, 나가서 일 봐."

"예, 상무님."

그는 밖으로 나오며 상무실 문을 조심스럽게 닫았다. 자리를 향해 걸어가다가 불현듯 최민호 대리가 생각났다.

'최 대리도 언질을 받았을까?'

승훈은 아침에 그와 가졌던 대화 내용, 그가 했던 말과 표정을 머리에 떠올려봤다. 조금도 겹쳐지는 데가 없었다.

그는 그렇게 뛰어난 연기자가 되지는 못한다. 적어도 내가 아는 동기이자 친구인 민호는.

승훈은 자리에 돌아와 의자에 털썩 앉았다. 맞은편의 최민호 대리가 자신을 말끄러미 바라보고 있었다.

"왜 불렀어?"

"그냥…… 직원들 분위기를 살피려나 봐……."

"분위기를 몰라서 묻나?"

최민호 대리가 어이없다는 듯 허공에 대고 물었다.

"최 대리."

"어?"

"부서 문 닫으면 어떡할 거야?"

"어떡하긴, 시키는 대로 해야지."

그가 앞니를 드러내며 히죽 웃었다. 승훈은 확신했다.

'최민호 대리는 아니라고…….'

승훈은 갈등이 급격하게 일었다.

'언제쯤 말해주는 게 나을까?'

본인을 위해서는 일찍 알려주는 것이 차라리 나을 것이다. 신변의 준비를 미리 하고 있으라는 차원에서도. 현실적으로는 물

파라한

론 그렇다. 하지만 그가 받을 상처를 고려하면 선뜻 그럴 용기가
나질 않는다.

"최 대리. 제과점엔 안 가?"

승훈은 분위기를 전환할 겸 화제를 돌렸다. 이야기해줄 시점에
대해서는 오늘 밤에 고민해본 뒤 결정하기로 마음먹었다.

"얼른 다녀오는 게 낫겠지? 말 나온 김에."

최민호 대리는 말을 마치기가 무섭게 슬리퍼를 구두로 갈아 신
었다. 그러곤 곧장 사무실 밖으로 사라졌다.

일 상 3

하루가 총알처럼 빠르게 흘러갔다. 복잡한 마음에 일이 손에 제대로 잡히질 않았다. 인생에 대한 이런저런 생각들이 머리 주변을 맴돌았다. 지금까지 살아온 기억, 인생의 가치, 회사, 동료 등등.

퇴근 시간 무렵에는 한바탕 전쟁을 치른 듯 몸이 녹초가 되어 있었다.

승훈은 손목시계로 퇴근 시간을 확인한 후, PC를 끄고 자리에서 벌떡 일어났다. 상사 눈치고 뭐고 한시라도 빨리 집에 돌아가서 쉬고 싶은 마음뿐이었다.

나오는 길에 최민호 대리가 책상 위에 놓아둔 초콜릿 상자를 챙기는 일도 잊지 않았다.

감옥에서 탈출이라도 하는 듯 황급히 회사를 빠져나온 승훈은, 빠른 걸음으로 버스 정류소를 향했다.

길 건너 맞은편에 때마침 집으로 향하는 버스가 횡단보도 신호등에 붙들려 멈춰 있었다. 아침 출근길에 이어서 집에 돌아가는 길마저 마중을 나와준 셈이었다. 그는 버스에 시선을 고정해 둔 채로 걸음을 더욱 재촉했다.

횡단보도에 가까워지자 파란색 신호등이 깜빡이며 곧 빨간색으로 변할 것임을 예고하고 있었다. 길 건너 맞은편의 버스는 횡단보도를 막 가로지를 채비를 하는 중이었다. 지금 길을 못 건너면 버스를 놓치게 될 것이 뻔했다. 버스는 바로 앞 정류소를 잠깐 들른 후 그냥 떠나가 버리고 말 것이다.

주춤한 사이 신호등의 색이 이미 바뀌어 버렸지만, 승훈은 버스를 바라보며 횡단보도로 그대로 돌진했다.

퍽!

횡단보도를 반쯤 건너왔을 즈음, 둔중한 물체가 자신의 몸통을 무참히 들이받는 충격을 느꼈다. 순식간에 그는 길바닥에 누워 있는 자신을 발견했다.

눈 깜짝할 사이에 벌어진 일이었다. 제정신을 찾기까지는 꽤나 오랜 시간이 소요됐다.

'차에 받힌 건가?'

승훈은 몸을 일으키기 위해 허리에 힘을 넣었다. 쇠꼬챙이로 옆구리를 푹 찌르는 듯한 깊은 통증을 느끼며, 그는 반사적으로 힘을 다시 빼냈다.

누운 자세에서 그는 눈을 발 쪽으로 움직였다.

누군가가 서 있는 모습이 보였다.

승훈은 서 있는 사람의 얼굴 쪽으로 시선을 들어 올렸다.

공포인지 혼란인지 모를 눈동자가 자신을 쳐다보는 모습이 보였다.

그에게 도움을 청하고자 손을 들어 올리려고 했으나 꼼짝달싹할 수 없었다. 뇌의 신호를 받기는 했다는 듯 '찌릿' 하는 통각으로만 대답을 해올 뿐이었다.

눈앞의 남성은 넋 나간 표정으로 자리에 가만히 서 있는 중이었다. 좀처럼 다가오지도, 도우려 하지도 않고 있었다.

겨우 버티고 있던 목에서 힘이 조금씩 빠지면서 머리가 중력이

파라한

이끄는 대로 오른편으로 살며시 돌아갔다. 길바닥에 제멋대로 흩어져 있는 초콜릿들이 시선에 들어왔다.

고통이 차츰 줄어들었다.

잠이 몰려왔다.

'이건 아닌데…….'

승훈은 집에서 기다리고 있는 아내의 얼굴을 머리에 떠올렸다. 다른 생각까지 할 여유는 없었다.

시간이 조금 더 지나자 몸에 남아있던 최소한의 힘마저 소멸되어버린 듯했다. 이제 흐릿한 정신만이 홀로 남겨져 있었다.

한 번도 경험해본 적은 없지만, 지금이 숨쉬기 전 마지막 순간이라는 것을 본능적으로 깨달을 수가 있었다.

주변의 사물들과 배경이 조금씩 어두워졌다. 죽어간다는 걸 알지만 기다리는 것 외에는 할 수 있는 게 아무것도 없었다.

암흑이 성큼성큼 다가왔다.

어둠 속에서 그의 몸은 싸늘하게 식어갔다…….

세
상
밖
으
로

세상 밖으로 1

"태한, 출소!"

굵은 저음이 고막을 세차게 두들겼다. 한국어는 아니어도 알아들을 수는 있었다. 승훈은 깊은 잠에서 깨어나며 눈꺼풀을 살며시 들어 올렸다. 섬광이 눈앞에서 번쩍 터지는 듯하면서 빛이 한꺼번에 안구로 쏟아져 들어왔다. 그는 자극을 피해 다급히 눈을 다시 감았다.

'태한? 출소?'

그는 두 눈을 감은 채 방금 들었던 영문 모를 단어들을 속으로 되뇌었다. 단어는 알아들었지만 의미를 알아들을 수가 없었다. 정확히 표현하자면, 현재 처한 상황이 파악이 되질 않았다.

승훈은 기억 속을 찬찬히 더듬어봤다.

흐릿한 장면들을 한참 동안 뒤적거린 뒤에야, 그는 도로 위에 누워 있던 기억을 찾아낼 수가 있었다.

도로에 쓰러지기 전 받았던 엄청난 충격에 대해서도 연이어 기억이 떠올랐다. 앞뒤 정황상, 길을 급하게 건너다가 차에 치인 것 같았다.

이후의 기억에 대해서도 시간의 흐름대로 계속 파고 들어가 봤다. 그러다가 기억의 끝 언저리에 도달한 순간, 그는 전율이 와락 전신을 덮치는 것을 느꼈다.

두 팔에 소름이 돋음과 동시에, 그는 또 하나의 사실을 확실하게 정리하게 됐다.

'분명히 나는 죽음을 목전에 두고 있었다.'

그는 당시에 본 광경을 머리 위에 그려보았다. 두 개의 장면이 사진을 찍어둔 듯 선연하게 기억 속에서 차츰 자리를 잡아갔다.

공포에 질려 서 있던 한 남성의 모습.
길바닥에 제멋대로 흩어져 있는 초콜릿들.

남성의 외형도 기억 속에서 점점 뚜렷해졌다. 안경을 쓴 눈, 단발머리의 호남형 외모, 30대 초반 정도의 얼굴에 날씬한 체구.

파라한

승훈은 기억을 더 캐내는 대신 생각을 전부 비워 냈다. 그는 숨을 들이켠 후 입으로 길게 내쉬기를 수차례 반복했다.

머리가 한결 맑아졌음을 확인한 그는 눈을 다시 떴다. 자극을 줄이기 위해 최대한 느린 속도로 눈꺼풀을 열었다.

방금 전보다 훨씬 천천히 빛이 스며들어오는 게 느껴졌다.

눈이 무리 없이 빛을 모두 받아들일 수 있게 될 즈음, 천정에 그려진 둥근 무늬 여러 개가 시야를 가득 채우며 빛과 함께 들어왔다.

누운 자세로 있던 그는 고개를 살짝 들어 올려 몸 주변을 조심스럽게 살폈다. 성인 남자 하나가 넉넉히 들어갈 크기의 타원형 형태의 무언가에 자신이 누워 있다는 사실을 알 수 있었다.

승훈은 허리를 바로 세워 앉으며 주위를 다시 자세히 관찰했다. 누워 있던 자리와 이를 둘러싼 외곽, 그리고 전체적인 외형을 종합해서 보니, 특이한 형태의 타원형 침상 위에 있다는 생각이 들었다. 하지만 이런 종류의 침대라면, 호기심으로 하루 이틀 사용한 후 금방 내다 버리게 될 것만 같았다. 사람이 눕는 자리가 지나치게 밑으로 푹 꺼져 있어서 마치 갇혀 있는 듯한 느낌이 올 뿐만 아니라 침대 전면을 뒤덮은 납빛 색상은 삭막한 분위기까지 연출해내고 있었다.

주변을 둘러보니 자신이 있는 곳과 동일한 형태의 타원형 침상

들이 방 중심을 축으로 둥글게 방 전체를 가득 메우고 있었다. 방 중앙의 둥근 빈공간을 대롱꽃 피는 자리로, 침대를 혀꽃이라고 여기고 보면 한 송이의 해바라기꽃이 연상되기도 했다. 납 가루를 듬뿍 뒤집어쓴 초대형 해바라기꽃……

혀꽃 침대 안에는 사람들이 빈자리 없이 들어가 있었고, 그 위로는 각각 투명한 막이 덮여 있었다.

천장에서는 둥근 조명 여러 개가 방 전체를 환하게 비추고 있었다. 반면에 방을 둘러싼 벽과 둥근 바닥은 온통 잿빛으로 물들어서 칙칙하기가 그지없었다. 방 안에 있는 사람들이 동시에 일어나서 좀비 영화 한 편 찍으면 딱 어울릴 것 같은 분위기였다.

정면을 바라보자 꽃잎이 빠진 허전한 빈자리 하나가 시야에 들어왔다. 그와 인접한 벽면에는 방 출입구로 보이는 길쭉한 타원형 문이 밝은 회색 빛깔로 그려져 있었다. 마치 꽃잎 하나가 떨어져 나간 후 변색되어 벽에 찰싹 달라붙어 있는 것 같기도 했다.

잠깐의 시간이 흘러간 후, 사람 손 모양의 입체영상 하나가 눈앞 허공에 불쑥 나타났다. 저쪽을 보라는 듯 다섯 손가락을 모두 붙여서 쫙 편 상태로 출입구 쪽을 향하며 점멸하는 중이었다. 이와 마치 시간을 짜 맞추기라도 한 듯 출입문이 이어서 자동으로 활짝 열렸다.

'문밖으로 나가라는 건가?'

딱히 다르게 떠오르는 메시지가 없었다.

의심과 불안감이 스멀스멀 심장 부근을 돌아다녔지만, 그는 일단 용기를 내어 문밖으로 나서보기로 결심했다.

바닥에 일어선 후 그는 방문을 향해 천천히 걸음을 걸었다. 몸의 움직임이 익숙하질 않아서, 걷는다기보다는 다리를 옮긴다는 쪽에 더 가까운 느낌이 들었다.

방을 벗어나자마자 둥그런 형태의 텅 빈 로비에 어느새 자신이 들어와 있다는 사실을 깨달았다.

어둑어둑한 원형 로비 안에는 일정한 간격으로 배치된 네 개의 타원형 방문이 추가로 더 보였다. 방금 자신이 빠져나온 방을 포함해서 총 다섯 개의 방이 존재하는 듯했다.

문과 문 사이에는 비슷한 듯 약간 작은 사이즈의 통로가 하나씩 자리해 있었다. 그중 한 입구 앞에서 어느새 손 모양이 다시 나타나 진입 방향을 가리키며 깜빡이고 있었다.

외부로 연결된 통로일 것이라는 짐작이 들었다. 승훈은 망설임 없이 컴컴한 통로 입구로 곧장 들어섰다.

맞은 편에서는 밝은 빛이 퍼부어지듯 들어오고 있었다. 한 발한 발 내디뎌 걸어 나갈수록 빛이 너무 강렬해져서 똑바로 응시하기도 힘들었다. 마치 깜깜한 동굴 안에서 바깥세상으로 빠져나가는 것 같다는 생각이 들기도 했다.

그는 빛을 피해서 천장과 바닥을 번갈아 보면서 두 발을 계속 옮겨갔다.

출구에 가까워지자 밖에서 기다리고 서 있는 두 사람의 실루엣이 시야로 들어왔다. 승훈은 눈을 잔뜩 찡그리며 출구 쪽의 사람들에게 초점을 맞추려고 애썼다.

한 발짝씩 다가갈수록 두 사람의 윤곽은 점점 뚜렷해졌다.

기억을 가리고 있던 안개도 조금씩 걷히기 시작했다.

지금 서 있는 이곳이 행성 '훈'이라는 사실.
훈에서 자신의 이름이 '태한'이었다는 사실.

그리고 이전에 가졌던 수많은 추억이 기억 안에서 차츰 모습을 드러냈다.

'승훈'이자 이곳에서 '태한'이기도 한 그는 전쟁에 대한 지도부의

파라한

태도에 지속적인 비판과 반대 활동을 해왔다. 그것이 빌미가 되어 역모를 꾸민다는 누명을 쓰게 됐고, 2년 형을 선고받은 채 수용소로 입소하게 된 것이다.

지구에서 태어난 것이 그의 수용 생활의 시작이었다. 훈에서의 기억은 모두 잊은 채로. 승훈은 지구에서 성장해가며 35년간 수용 생활을 계속했다. 그 후 교통사고로 죽음을 맞이한 후에야 비로소 지구이자 수용소인 그곳을 빠져나오게 된 것이다.

앞에 서 있는 두 사람도 기억 안에서 차츰 존재를 찾아갔다. 두 사람, 한 남자와 한 여자. 절친한 친구 한무, 그리고 사랑하는 약혼녀이자 한무의 여동생이기도 한 소찬.

그는 갑작스럽게 댐의 수문이 열리며 쏟아지는 물 덩어리처럼 기억이 한꺼번에 퍼붓듯 몰려오는 것을 느꼈다.

충격을 이기지 못한 그는 곧 정신을 잃고 쓰러졌다.

시간이 얼마나 지난 것일까? 승훈은 한결 편안해진 기분을 느끼며 눈을 떴다. 눈앞에는 두 사람의 얼굴이 걱정스런 표정으로 자신을 바라보고 있었다.

"태한, 괜찮아?"

소찬이 오른손을 부드럽게 잡으며 안도와 우려가 뒤섞인 얼굴로 물었다.

태한은 이제야 기억의 대부분이 온전히 돌아와 있음을 인지했다. '태한'이라는 이름도 '승훈'보다 오히려 친숙하게 들려왔다.

그는 괜찮다는 의미로 고개를 살짝 끄덕였다. 소찬이 건네주는 물을 한 모금 마신 그는 아무 생각 없이 창밖을 가만히 바라보았다. 기억만을 되찾았다 뿐이지 심신의 상태가 완전히 회복된 건 아닌 듯했다. 아직은 정상적인 상태와 여전히 거리가 멀게 느껴졌다.

태한은 수용소에서의 기억을 다시 떠올려봤다. 수용소를 나오던 마지막 날, 출근길을 나서는 자신을 조용하게 바라보던 아내의 얼굴. 어릴 적 가족들과 함께했던 수많은 즐거운 추억. 기억은 과거로 계속 거슬러 올라가면서 승훈으로 살았던 시간을 끊임없이 들추어냈다.

35년가량의 긴 시간 동안을 그는 아무것도 모른 채 살았다. 지구가 수용소인지도, 왜 그곳에 가 있었는지도 모른 채로.

"얼마나 지났지?"

태한이 소찬을 바라보며 물었다.

"수용소에 간 이후로? 2년 형을 받았으니까, 정확히 2년이 지났지. 오늘이 2년을 모두 채우고 출소한 날이니까."

소찬이 머뭇거림 없이 대답했다.

'수용소에서의 35년이 훈에서의 2년과 같은 건가?'

태한은 혼란이 이는 것을 느꼈다.

그는 수용소로 들어가기 전 시점으로 기억을 옮겨봤다. 그러다가 문득 2년 형을 함께 선고받고 수용소에 간 산탄이 떠올랐다.

"산탄은?"

"산탄도 오늘 출소했어. 자네보다 몸이 일찍 회복돼서 여기로 오고 있는 중이야."

한무는 방 한쪽 허공에 떠 있는 시계를 바라봤다.

"조금 있으면 도착하겠네."

"그래? 빨리 만나보고 싶군. 산탄은 적응력이 뛰어나서 수용소에서도 잘 지냈을 것 같아."

태한이 웃으며 농담을 던졌다.

"여기보다 더 행복하게 지냈을 수도 있어."

한무가 태한의 말을 받으며 빙그레 웃자, 태한과 소찬이 박장대소를 했다.

"우리가 이렇게 모여서 마지막으로 웃어본 지가 언제더라?"

소찬이 한결 밝아진 표정으로 물었다.

"수용소에 들어갈 무렵에는 웃을 일이 그리 많지 않았던 것 같은데. 분위기가 워낙 안 좋았잖아……."

태한이 대답했다.

"하긴, 그랬지. 어쨌든, 수용소에서 많이 힘들었지?"

한무가 안타까움이 드러난 표정으로 물었다.

태한은 곰곰이 생각해봤다. 단순히 힘들었다는 말은 정확한 표현이 아닌 듯했다. 물론 모든 것이 지나버리고 난 지금 시점에서 바라보면 상당히 힘든 시간이었음이 분명했다. 하지만 수용소에서 아무것도 모른 채 살아가는 동안만큼은, 마냥 힘든 것들만 존재하지는 않았던 것 같다.

이따금 즐겁고 행복하다고 할만한 시간이 분명히 존재하긴 했다.

"견딜 만했어."

태한은 애매모호하게 대답했다.

파라한

세상 밖으로 2

벨이 요란한 행진곡 소리를 방 안에 울려 퍼뜨렸다. 침대 옆 허공을 보니 둥근 영상 안에서 산탄이 손을 흔들고 있었다.

"산탄, 오랜만이야."

태한은 영상 안의 버튼을 손가락으로 가리키며 문을 열었다.

잠시 후 산탄이 앞니를 드러내며 활짝 웃는 얼굴로 안으로 들어왔다. 익살스런 표정은 예나 지금이나 변함이 없었다.

"이런, 모두 오랜만이야. 2년 만인데 이거 원 수십 년은 못 봤던 것 같네."

"나도 마찬가지야, 산탄. 몸은 괜찮아?"

태한이 물었다.

"2년 만에 사용하는 몸 치고는 쓸만해. 보관상태가 꽤 좋았나 봐."

산탄이 몸 구석구석을 살피며 대답했다.

"수용소에서 얼마나 있었지?"

태한이 다시 물었다.

"내가 거기서 태어났을 때가 1978년이고, 2051년에 그곳을 나왔으니까…… 정확히 73년 지낸 거네. 자넨?"

"태어난 시기는 같고 2013년에 출소했으니까, 딱 35년."

대답을 마친 태한은 혼란스러움을 또 느꼈다. 조금 전 가졌던 '수용소에서 35년이 훈에서의 2년과 같은 건가?'라는 궁금증에 혼동이 더해져 의문을 더욱 증폭시키고 있었다.

'수용소에서 보낸 시간이 이곳에서의 시간과 관련이 없다는 건가?'

수용소에서 몇 년을 보냈든 간에, 훈에서의 형 만료 기간은 진작부터 정해져 있었다. 반면에 수용소의 경우에는 태어난 후부터 사망 시까지가 '형의 기간'이었다. 훈에서의 시간과는 아무런 상관 없이.

여기까지 정리하고 나니, 태한은 의문을 어느 정도 해소한 듯한 느낌이 들기도 했다. 하지만 또 다른 궁금증이 일어나서 빈자리를 금방 채워버렸다.

"같은 2년 형을 받고도 내가 수용소에 훨씬 오래 있었잖아, 이거."

파라한

산탄이 떨떠름한 표정을 지어 보였다.

"무슨 병? 아니면 사고?"

"차 사고."

태한이 짤막하게 대답했다.

"그랬군. 어쨌든 나보다 고생은 훨씬 덜한 거네. 해피엔딩이라고 해야 하나?"

"해피엔딩은 무슨…… 아쉬우면, 여기서라도 행복한 경험을 한번 만들어줄까?"

"하하하, 농담이야, 태한. 이 친구, 가끔씩 섬뜩한 면이 보여."

산탄이 정색한 표정으로 음료수를 한 모금 꿀떡 삼킨 후 다시 물었다.

"수용소에 있는 동안 무슨 일 했었지?"

"그냥, 회사원. 한국에서."

"오호, 그래? 편하게 일했네, 화이트칼라. 나는 안 해본 일이 거의 없을 정도로 이것저것 다 해봤는데…….

가장 오래 했던 일이 햄버거 가게 테이블 클리너. 캐나다 밴쿠버에서 햄버거 가게들을 떠돌면서 죽도록 테이블을 닦았지. 아직도 팔이 뻐근할 지경이야."

산탄이 익살스런 미소를 다시 지어 보였다.

"거기서 결혼은 했나?"

뜬금없는 산탄의 물음에 약혼녀 소찬이 태한의 입을 유심히 바라봤다.

'눈치 없는 건 여전하구만……'

태한은 거짓말을 좀처럼 못하는 성격이었다. 그는 말없이 딴청을 피우며 소찬의 표정을 조심스럽게 살폈다.

태한을 누구보다도 잘 아는 그녀는 그의 무응답을 "맞아, 결혼했어. 참 예쁘고 괜찮은 여자였지!" 정도의 답변으로 알아들은 듯했다. 그녀의 얼굴색이 어느새 눈에 띄게 변해가고 있었다.

"수용소에선 기억을 모두 잊어. 완전히 다! 나한테 약혼녀가 있다는 사실조차 생각이 나질 않았어."

태한은 수습을 위해 서둘러 말을 꺼냈다.

"기억하고 싶지 않았던 건 아니고? 이해해. 기억이 안 나는데 어떡하겠어? 이해해야지!"

소찬이 높은 어조로 말을 튕겨냈다. 태한은 그녀의 눈동자를 조용히 바라봤다. 눈빛은 이해가 안 된다는 이야기를 계속하는 중이었다.

"한 번밖에 안 했을 거야. 태한이 살던 데가 워낙 보수적인 곳이라서."

산탄은 사태를 수습하려는 건지, 아니면 더 악화시키려는 건지 모를 얄궂은 표정으로 되록되록 눈알을 굴리며 웃고 있었다.

파라한

태한은 산탄의 얼굴을 가만히 바라만 봤다. 딱히 더 할 수 있는 일이 생각이 나질 않았다.

웃고 있는 그의 앞니를 보니 수용소에 있을 적 친구이자 회사 동료였던 최민호 대리가 생각났다.

그 친구는 그래도 눈치는 있었는데…….

"자, 각자들 집에 돌아가서 쉬어야지. 태한도 피곤할 텐데. 태한, 푹 자고 내일 나와 바람이나 쐴까? 오래간만에 드라이브하는 게 어때?"

"드라이브? 당연히 좋지."

"내일 점심 언저리에 여기로 올게."

한무가 옷을 챙겨 입고 돌아갈 채비를 했다. 산탄은 도망치듯 한무보다 먼저 문을 나섰다.

"소찬, 데려다줄게."

태한이 얼른 그녀를 뒤따랐다.

"푹 쉬면서, 수용소에 있던 부인 꿈이나 꿔."

소찬은 말리듯 말을 던져버린 후 터벅터벅 혼자 문을 나섰다.

'에라 모르겠다. 기분 풀어주는 건 다음에 하자.'

태한은 문에서 간단히 배웅을 마친 뒤 안으로 다시 돌아왔다. 그는 침대 위에 다리를 쭉 뻗으며 누웠다.

'2년 만에 내 집에서 자는 잠이로구나.'

태한은 두 눈을 감고 잠을 청했다. 하지만 막상 자리에 다시 누우니 도통 잠이 오지를 않았다.

　시간이 흐를수록 잠이 오기는커녕, 잡념들이 쉬지 않고 일어나서 머릿속을 헤집고 다녔다.

　머리에 떠도는 생각들을 지워버리려고 애썼지만, 좀처럼 잠이 오지도 잡념이 사라질 생각도 하지를 않았다.

세상 밖으로 3

태한은 자신이 긴 세월 동안 지내왔던 '수용소'라는 존재에 대해 생각해봤다. 생김새는 신기하리만큼 훈과 비슷했다. 수용소도 행성이었고, 행성이 움직이는 중심에는 태양이 있었다. 주변에는 무한한 공간과 곳곳에 흩어진 수많은 별이 있었다. 다른 점은 거의 없었다.

단지 차이점이라면, 훈에서는 다른 우주들과 활발한 교류를 하고 있는 반면, 수용소인 지구에서는 교류가 전혀 없었다는 점이다. 정확히 표현하자면 교류하는 방법 자체를 몰랐다.

아무런 의미가 없는 우주라는 끝 모를 허공을 공간적인 사고로 끊임없이 관찰하고 연구하는 노력이 고립된 세계를 벗어나고자 하는 시도의 전부였던 것 같다.

그런 종류의 노력이라면, 그 뒤로 수십억 년이 지난다고 해도 우주의 한구석에서 계속 허우적거리고 있을 것이 분명하다.

어떻게 보면 수용소에 있던 사람들의 지능이 훈의 이들에 비해 뒤떨어져 있다는 생각도 든다.

공간적인 사고로만 바라보면 우주는 절대 빠져나갈 수 없을 만큼 광막하다. 또한 수용되어 있다는 생각조차 못하고 지냈으니 그보다 확실하게 갇혀있을 수가 있을까? 폐쇄된 공간에 있어야만 갇혀 있다고 인식하는 선입견도 완벽하게 고립되는 데에 한몫했던 것 같다.

'수용소를 설계한 사람은 과연 누구일까?'

여기에까지 생각이 미치고 나자 태한은 돌연 소름이 돋아나는 것을 느꼈다.

'생각해보면 얼마나 섬뜩한 곳인가……'

훈의 수용시설은 다른 우주에서도 많이 이용하고 있다. 그다지 자랑할 만한 것은 아니지만 그만큼 훈의 수용시스템이 유명한 탓이기도 하다. 어마어마한 인원을 수용 가능하다는 점이 유명세를 만드는 데 공이 가장 크다.

하지만 아무리 그렇다고 해도 수용소에 수용된 사람들의 수는 지나치게 많았다. 상식적으로 이해가 되지 않을 정도로……

태한은 아마도 그곳의 사람들이 모두 수용소의 감금 인원은 아닐 거라 생각을 했다.

수용소에서의 또 하나의 특이점은 '노동'이 있다는 사실이다. 그곳에서는 사람들이 '일'이라는 용어를 주로 사용했지만, 살기 위해 의무적으로 하는 것이니 '노동'이라는 표현이 더 적절하다고 태한은 생각했다. 훈의 일반 감옥에서 형벌로 강제 노동을 하는 것과 유사하다고 볼 수도 있었다.

행성 훈에서 대부분의 노동은 '도란'(노동력 대체를 목적으로 한 인간형 로봇의 일종)이 담당한다. 일반 제조업뿐만 아니라 농업, 상업, 서비스업 등 전 분야에 걸쳐서 도란이 투입되어 있다.

언제부터인가 각 분야의 중간관리자 역할조차도 도란이 담당하게 되어, 인간은 최상위관리자나 지도부 정치가, 연구소 인력 등 특정 부분에서만 역할을 맡고 있다. 훈에서는 이들을 '직업인'이라고 부른다.

직업인들 외의 일반인들은 노동을 하지 않는다. 일반인들은 각종 스포츠나 음악, 미술, 창작, 연구 등 공통의 관심사를 가진 이들끼리 함께 모여 다양한 활동을 영위하며 시간을 보낸다. 이러한 일반인들의 연구나 창작활동의 결과물이 때로는 연구소 직업인들의 그것을 능가하기도 한다.

훈의 사람들은 주기적으로 탄(훈의 사이버 화폐)을 지급받는다. 탄을 이용하여 생활에 필요한 물품들을 구입하고 각종 시설물을 이용한다.

직업인은 탄을 일반인보다 많이 지급받는다. 시설물을 이용하는 경우에도 일반인보다 우선권을 지닌다. 이러한 특권에 매력을 느껴 직업인이 되기를 희망하는 이들도 적지 않게 존재한다.

일반인은 어려서부터 자신을 특징지을 수 있는, 자신의 인생에 진정한 행복을 줄 수 있고 삶에 의미를 부여해주는 무언가를 찾기 위해 끊임없이 노력한다. 그리고 그것은 향후 자신의 이름만큼이나 인생에 있어 자신을 대표하는 상징이 된다.

태한은 자동차 경주를 즐긴다. 다양한 모델의 자동차 제작에도 자주 참여해왔다. 비행기 경주도 이따금 즐기기는 하지만 주특기를 말하라면 단연 자동차 경주이다. 그는 행성 훈에서 굴러다니는 대부분의 자동차 모델을 운전한 경험이 있다. 각종 공식 경주에서의 수상 경력 또한 화려하다.

행성 훈은 수용소인 지구와 마찬가지로 태양 주위를 공전한

파라한

다. 태양 주위를 도는 다른 행성들도 여러 개 있긴 하지만, 이들 중 생명체가 살고 있는 행성은 훈이 유일하다.

훈을 둘러싸고 있는 우주 공간에는 태양과 같은 별이 무수히 많다. 별을 담고 있는 우주는 광활하고 끝이 없다. 하지만 망연한 우주 안에서 오로지 행성 훈만이 생명체를 품고 있다. 다른 행성들과 여러 별, 가스로 구성된 우주는 의미 없는 허공과 주변 물질일 뿐이다.

'훈은 우주 변방의 별 중 하나인 태양의 주위를 도는, 우주의 먼지보다도 작은 행성 중 하나에 불과하다.'라는 착각은 오랜 세월 훈의 사람들에게 불변의 진리로 자리해 왔다.

'훈이 우주의 중심이고, 우주는 훈을 둘러싼 무의미한 허공에 불과하다.'라는 사실을 깨우치기까지 기나긴 세월을 소모한 것이다. 훈의 이들은 다른 우주와 교류를 하게 되면서 비로소 이러한 진리를 깨닫게 되었다.

훈과 훈을 감싼 우주가 있듯이, 다른 우주에도 생명이 존재하는 행성이 있고 그 주변에 고유한 우주 공간이 있다. 여러 개의 우주 공간이 존재하고 그 안에 중심이 되는 행성이 하나씩 있는 것이다.

'중심이란 공간적인 개념으로 위치에 의한 중심이 아니라, 생명

체가 사는 존재로서의 중심을 의미한다.'

서로 다른 우주 간에는 행성의 대기 밖 공간상에 있는 통로를 통해 이동한다. 통로는 우주 공간상에 존재하지만 육안으로는 식별이 되지 않는다.

현재까지 훈의 사람들이 존재를 확인하고 교류를 해온 우주에는 한바우, 코만, 태바쿤, 쿠바이센이 있다.

우주들 사이의 교류의 문을 처음 열기도 했으며 최고의 과학 기술과 문명을 지닌 행성 '한바우'의 우주.

예술과 문화의 메카이자 자신들만의 독특한 문명을 보유한 행성 '코만'의 우주.

강력한 통치체제를 바탕으로 급성장한 행성 '태바쿤'의 우주.

그리고 교류와 문명에 있어 후진 행성이자 현재 혼란기에 처해 있는 행성 '쿠바이센'의 우주.

이렇게 네 개의 우주와 훈의 우주가 존재한다.

다섯 개의 우주는 오랜 기간 교류와 협력을 하며 전체적으로 힘의 균형을 이루어왔다. 하지만 최근에 태바쿤이 코만을 침공함으로써 결국 힘의 균형이 깨지고 말았다.

파라한

이러한 태바쿤의 도발에 명성으로나 실질적으로 최고의 권위를 지닌 한바우는 지금껏 별다른 행동을 취하지 않아 왔다. 훈의 지도부도 꾸준한 관망세로만 일관했다. 심지어 태바쿤이 조만간 훈을 침략할 것이라는 소문이 나돌 때마저도 훈의 지도부에서는 아무런 대응이 없었다.

이에 뜻있는 사람들이 모여서 지도부를 향한 강한 불만과 우려를 표출해왔고, 태한도 그들 중 하나였다. 그 과정에서 역모의 누명을 쓰고 2년 동안 수용소를 다녀오게 된 것이다.

세상 밖으로 4

　태한은 침대에서 벌떡 일어났다. 언제부터인지 몰라도 벨이 밖에 손님이 와 있음을 분주히 알리고 있었다. 방 한쪽 허공에 그려진 시계를 보니, 하루를 넘겨서 다음날이 된 상태였다. 방 안 깊숙이까지 들어와 있는 햇빛이 날 밝은지 한참 지났음을 함께 일깨워주고 있었다.

　어림잡아도 하루의 반을 넘게 잠들어 있었던 것 같다. 고개를 돌리자 침대 옆 공간의 원형화면 안에 자신을 바라보는 한무의 모습이 보였다.

　"태한! 일어나 있을 줄 알았는데."

　태한은 전날 한무와 했던 약속이 불현듯 떠올랐다.

　"아차, 오늘 같이 나가기로 했지?"

　"뭐야, 지금 생각이 난 거야?"

한무가 황당하다는 듯 목소리 톤을 높여 묻고 있었다.

"나도 이렇게 늦게 눈뜨게 될 줄은 몰랐어."

태한은 허겁지겁 문을 열어주었다.

"잠을 얼만큼 잔 거야?"

한무가 들어오며 물었다.

"기절했다가 깨어난 것 같아. 그렇게 잤는데 아직도 몸이 영 개운칠 않네……. 밖에 나가서 신선한 공기를 마시면 좀 나아지려나?"

"아마도. 잠만 잔다고 해결될 일은 아니잖아."

"식사는 했어?"

"진작에 했지. 자네나 어서 챙겨 먹고 나갈 준비나 해."

한무는 둥근 원룸 한쪽의 소파에 편안한 자세로 걸터앉았다.

침대가 부드럽게 벽으로 숨어 들어가고 바닥에서는 둥글고 아담한 식탁이 올라왔다.

태한은 샤워실로 들어가서 몸 전면에 입체적으로 분사되는 바디워시용 거품물로 몸을 가볍게 씻었다.

"식사는 다 준비됐어?"

샤워를 마치고 나오며 태한이 묻자, 식사 준비 중이던 가정도우미용 도란이 고개를 홱 돌려 그를 쳐다봤다.

"끼니를 거르지를 않네! 거의 다 끝났어!"

"주인한테 말투가 그게 뭐야?"

도란은 못 들은 척 준비된 식사를 식탁에 올려놓고 있었다.

"도란 상태가 왜 저래?"

한무가 어이없다는 듯 묻자 태한이 짧은 한숨을 내쉬었다.

"그러게. 수용소 가기 전부터 저랬는데 도무지 원인을 모르겠어. 조만간 교체를 해버려야지, 원"

태한의 이야기를 들은 한무는 그가 준비를 마칠 때까지 그냥 잠자코 기다렸다.

대충 끼니를 때운 태한은 식탁에서 벌떡 일어섰다.

"이제 나갈까?"

"그래! 생각보다 많이 안 기다렸네."

두 사람은 곧장 문을 열고 나란히 집 밖으로 나갔다.

집 앞에는 하얀색 차 한 대가 바닥에 납작 엎드려서 그들을 마중하고 있는 중이었다. 한무와 태한이 차례로 앞 좌석에 올라탔고 차는 미끄러지듯 전방을 향해 나아갔다.

주택가를 빠져나온 차는 강 쪽으로 방향을 잡았다. 잠시 후 강변에 길게 뻗은 미끄럼 도로(훈의 주요 차도) 위에서 차가 시원하게 달려가고 있었다.

'얼마만에 보는 풍경인가.'

태한은 차창을 열고 시원한 공기를 코로 깊게 들이켰다.

강 위에는 곡선으로 물을 휘저으며 내달리는 보트가 여러 대 보였다. 강가에서 운동을 즐기는 사람들의 여유로운 일상도 눈에 들어왔다.

태한은 눈앞의 전경을 보며 수용소에 들어가기 전 훈에서의 지난날을 회상해봤다.

한꺼번에 돌아온 기억이 다소 혼잡스럽게 느껴지기는 했지만, 약혼녀 소찬 그리고 동료들과 함께 야외에서 즐겼던 여유로운 추억이 꿈틀거리며 분주히 올라왔다.

추억 속으로 더 깊이 빠져들려고 하니 얼떨한 기분과 묘한 어지럼움이 동시에 일어났다. 어제보다 상태가 많이 호전되기는 했지만, 수용소의 후유증이 여전히 지속되고 있다는 생각이 들었다.

'하기야 말이 2년이지, 수용소에서는 30년을 넘게 지냈는데……'

그는 심리적인 내상으로 간주하며 이를 인정하려고 노력했다.

차는 어느새 진공 터널과 나란히 자리한 미끄럼 도로 위를 달려가고 있었다. 강을 가로질러온 진공 터널은 현존하는 최고의

육상교통임을 과시하며 도심 한복판을 힘있게 관통하고 있었다.

그들은 진공 터널과 평행하게 도시 바깥쪽으로 속도를 내 질주해 나갔다.

차는 시내를 벗어나고도 한참을 더 달렸다. 도시를 빠져나오는 데에 걸린 만큼의 시간이 더 흐르고 나자, 자동차 경주장이 드디어 모습을 드러내기 시작했다. 겹겹의 직선도로와 곡선도로가 불규칙하게 이어진 대형 경주장은 달려드는 차를 향해 빠른 속도로 접근해왔다.

공식적인 경주가 있는 날은 아니었다. 관중석은 텅 비고 경주용 도로에는 차가 뜸했다. 하지만 서너 대의 자동차는 꿋꿋이 속도를 뽐내며 달리고 있는 중이었다. 마치 실전이라도 하는 듯 그들이 도로를 누비는 기세는 놀라울 정도로 맹렬했다.

태한은 경주장에서의 즐거웠던 추억을 떠올렸다. 경주장 중앙에 선명하게 찍혀 있던 도착 시간. 새롭게 기록을 갱신하던 순간들. 환호하는 관중들과 자신을 축하해주며 뛰어나오던 동료들.

텅 빈 관중석에서는 아직도 사람들의 함성이 울려 퍼지는 듯했다.

"자네가 수용소에 가 있는 동안 새로운 모델이 열 대나 더 나왔어. 자네가 구상했던 모델도 완성됐고."

"그, 그걸 벌써 만들었어?"

태한은 놀라움과 의구심이 뒤섞인 채로 물었다.

"만들기야 했지. 한데 자네가 없는 상태에서 어땠을까? 고생을
했겠어, 안 했겠어?"

'아무렴, 내가 없었는데.'라고 생각하면서도 "내가 없다고 고생
할 것까지야."라고 부러 겸손하게 대답한 태한은 침을 한번 꿀떡
삼킨 뒤, 다음에 나올 그의 당연한 이야기를 기다렸다.

"그런데, 더 빨리 만들었어."

한무가 말을 마치며 어깨를 으쓱해 보였다.

"그게 무슨……"

태한은 기가 막혀서 말끝을 흐렸다.

"그냥, 그렇다는 얘기야. 크게 신경 쓰지는 말아."

한무는 입꼬리 양 끝을 살짝 추켜올린 후 두 눈을 한차례 깜빡
였다.

"굳이 그런 얘기를 해놓고는……"

태한은 침울해진 기분을 반전시키기 위해 고의로 밝은 목소리
를 만들어서 한무에게 물었다.

"어쨌든, 완성된 차는 어디에 있는 거야?"

"지금 자동차보관소로 가서 바로 보여줄게. 많이 기대해도 돼."

한무는 천연하게 대답을 마친 뒤 경주장 입구 쪽으로 부드럽게 방향을 틀었다.

한무는 주변의 몇 안 되는 직업인 중 한 명이다. 게다가 행성훈의 수도방어를 책임지고 있는 수도방위군 사령관 직함까지 지니고 있다.

대부분의 직업인이 자신의 본래 직업 외에는 소소한 취미생활만 가볍게 즐기는 반면, 그는 오래전부터 자동차 경주에 흠뻑 빠져 있었다.

자동차 경주를 주특기로 삼고 있는 태한만큼은 아니어도 경주를 함께 즐기는 데에는 부족함이 없었다.

한무의 차는 어느새 경기장 내의 자동차 보관소 앞에 도착해서 멈춰 섰다. 차에서 내리자마자 두 사람은 주저 없이 보관소 안으로 걸어갔다.

보관소 내부에는 시범 경주조차 치르지 않았을 신형차 수십 대가 정연한 모습으로 공간을 가득 채우고 있었다. 모두가 한결같이 표면에 윤기를 반사하며 신차임을 한껏 뽐내고 있는 중이었다.

한무는 좌우로 눈을 돌리다가 손을 뻗어서 오른쪽 맨 바깥 줄에 있는 차 한 대를 가리켰다.

"저 차야!"

태한은 한무의 손가락 끝 방향으로 시선을 빠르게 옮겼다. 그가 가리키고 있는 차를 보니, 색상은 다소 낯설게 느껴지는 면이 있었지만 전체적인 생김새가 무척 익숙하게 다가왔다. 보면 볼수록 자신이 고민을 거듭해서 설계한 모델임이 틀림없단 확신이 들었다.

태한은 곧바로 차의 곁으로 다가가서 자세하게 차체를 살폈다.

바람의 저항을 최소화하기 위해 바닥에 납작 엎드린 모습은 눈앞의 먹이를 노리고 있는 맹수를 연상케 했다. 일렁거리는 물결처럼 푸른색과 흰색이 경계를 이룬 차의 측면은 단조로움에서 생겨나는 세련된 느낌을 전해주고 있었다.

"자네의 아이디어를 반영해서 미끄럼 도로와의 마찰은 더 줄이면서도 제어 능력은 전혀 떨어지지 않게 됐어. 그리고 잘 알겠지만, 차의 윗부분은 전면이 태양에너지를 고효율로 모으게끔 만들어져서 날만 어둡지 않으면 비가 오는 날에도 추가적인 에너지 공급 없이 장거리 주행이 가능해. 에너지 효율만을 놓고 본다면 현재 이 모델을 따라갈 차가 없다고 봐도 무방하지."

한무는 자신의 작품을 설명하듯 한껏 우쭐해져 있었다. 설계는 비록 태한이 했을지라도, 실제 구현을 하는 과정에서 한무의 땀과 노력이 듬뿍 녹아있는 게 분명했다. 그에게도 남다른 애착이 드는 것은 당연한 일이었다.

"에너지가 가득 차 있는 상태에서는 깜깜한 어둠 속에서도 사흘 동안이나 지속해서 달릴 정도로 에너지 보관 용량도 탁월해. 3인승이지만 단거리 경주에서도 웬만한 모델에 밀리지 않을 정도로 훌륭한 속도와 제어 능력을 갖췄지. 게다가 장거리 에너지 무보충 경주에서는 이 모델을 따를만한 상대가 없을 거야."

설명을 마친 한무가 차에 얼른 타보라고 태한에게 손짓을 보냈다. 태한은 기대에 한껏 부푼 상태로 차 문을 연 뒤 운전석에 앉았다.

자신의 경험과 지식이 배어 있는 모델이어서 그런지, 처음 타보는 차임에도 전혀 부자연스럽지 않았다. 몸에 익은 듯 차체가 찰싹 달라붙는 느낌마저도 들었다.

조수석에 한무가 앉는 것을 확인한 태한은 차를 곧장 출발시켰다. 차는 보관소를 빠져나와서 경주로 입구 쪽으로 부드럽게 미끄러지며 나아갔다.

경주로 안으로 들어선 그는 속도를 올리며 경주용 미끄럼 도로 위를 빠르게 질주하기 시작했다. 바닥에 바짝 엎드린 채 전면의 공기를 파고들며 차가 달리자, 속도에 속도가 더해지며 짜릿

파라한

한 쾌감이 전신으로 빠르게 퍼졌다.

"이제 슬슬 밖으로 나가볼까?"

"좋지."

태한은 경주로를 연속으로 한 바퀴 더 돌고 난 뒤 경주장을 벗어났다. 경주장 밖 수도 외곽을 전속력으로 달리면서 그는 오랜 기간 잊고 있었던 운전 감각을 마음껏 되살렸다.

만사를 까맣게 잊고 드라이브를 즐기던 태한은 문득 어스름이 내려있는 것을 느끼고는 주변을 살폈다. 해거름이 이미 찾아와 낙조가 시야에 보였고, 하늘 저편의 붉은 노을도 어둠에 밀려서 사라지기 일보 직전이었다. 도심 방향에는 순식간에 늘어난 조명들이 둥근 건물들과 도로들을 아름답게 치장해나가고 있는 중이었다.

"벌써 하루가 다 갔네. 한무, 출출하지 않아?"

태한이 허기를 느끼며 물었다.

"배고플 때가 되긴 했군. 시내에 가서 저녁 식사나 같이해. '개구리 사과와 놀란 풍뎅이.' 어때?"

"좋지! 정말 오랜만에 맛보게 되는걸."

태한이 침을 꿀떡 삼키며 대답했다. '개구리 사과와 놀란 풍뎅이'는 개구리 육즙을 주입시킨 후 개구리 껍질로 군데군데 표면을 장식한 사과와 달콤한 소스를 발라 강한 불로 짧은 시간 구워 낸 풍뎅이 요리로 이루어진 훈의 대표적인 인기 세트 메뉴 중 하나였다.

태한은 헛헛함을 달래가며 음식점 단지가 있는 방향으로 서둘러 차를 몰아갔다.

중심번화가를 스쳐서 목적지에 거의 다다르자 목에 걸려 있던 납작한 타원형 반단이 기다렸다는 듯 음악을 울려댔다.

'반단'은 훈의 사람들이 목에 걸거나 신체의 일부에 착용하고 다니는 신분증이다. 또한 탄(훈의 사이버 화폐)을 지불하는 수단이 기도 하며, 사람들 간의 원거리 통신에도 이용된다. 원격에 있는 중앙정보보관소로부터 다양한 정보들을 얻는 데에도 반단이 폭넓게 활용되고 있다.

태한은 반단의 버튼을 가볍게 눌렀고, 허공에 둥글고 평평한 화면이 만들어지면서 화면 안에 대칸의 얼굴이 동시에 그려졌다.

친근한 이미지에서 풍기는 사교적 흡인력과 인자한 눈매, 야무지게 다문 입술 등 예전과 하나도 달라진 게 없었다.

대칸은 행성 훈의 최종 의사결정 권한을 지닌, 훈의 다섯 개 대륙을 대표하는 지도부 최고의원 5인 중 한 사람이다. 동시에 태바쿤의 도발 위험에 대한 지도부의 한심한 태도에 반대하여 이에 대한 대책을 마련하기 위해 구성된 비밀조직 '폭풍 속의 고요'의 리더이기도 하다.

"태한, 정말 오랜만이네. 2년 만에 처음 보는군."

화면 안의 대칸이 말했다.

"오랜만에 뵙습니다, 대칸."

"몸조리하고 있는 것 같아서 일부러 연락하지 않고 기다렸네만, 몸은 좀 괜찮은가?"

"덕분에 많이 좋아졌습니다. 안 그래도 찾아뵈려던 참이었는걸요."

태한이 밝은 목소리로 대답했다.

"마침 동료들과 모여 긴히 할 이야기가 있어서 그러는데, 옆에 있는 한무와 같이 센터로 급히 와줬으면 하네."

"지금 말입니까?"

전혀 예상치 못했던 대칸의 요청에 태한은 허리를 곧추세우며 긴장했다.

"그래, 진작 알려줬어야 했는데 나도 경황이 없었어."

"지금 막 한무와 식사하려던 참이었는데, 간단히 식사를 마치는 대로 바로 센터로 가도록 하겠습니다."

"일찍 도착하는 동료들과 얘기를 나누고 있을 테니 가급적 빨리 와주게."

"예, 대칸."

태한은 짤막이 대답을 마친 후 반단을 눌러 화상을 지웠다. 느낌상 가벼운 만남은 아닌 듯했다. 모르긴 해도 무언가가 급박하게 돌아가고 있음이 분명했다.

"무슨 일이 생긴 건가?"

태한이 차를 운전하면서 한무에게 물었다.

"요즘 들어서 분위기가 심상치 않다는 것까지는 알겠는데, 굳이 오늘 저녁에 갑자기 부를 것까지야."

한무도 영문을 알 수 없다는 듯 고개를 갸웃거렸다.

"자네가 수용소에 가 있는 동안 벌어졌던 일은 나중에 차근차근 얘기해 주려고 했는데, 센터에 가면 바로 알게 되겠군."

행성 태바쿤의 도발 가능성에 대한 의견이 분분하다는 것까지가 태한이 알고 있는, 수용소에 입소하기 직전의 일이었다. 태한과 산탄의 형벌은 이러한 논쟁 중에 지도부가 보여준 상징적인 경고이기도 했다. 이후로 무슨 일이 일어났는지 태한은 누구에게 들어보지도, 물어본 적도 없었다.

"무슨 일이 있었던 거지?"

"얘기하자면 길어. 센터에 도착해서 다 같이 얘기하기로 해."

한무의 의도를 알아챈 태한은 더 이상의 자세한 내용을 묻지 않았다. 예상보다도 무거운 주제들이 오늘 센터에서 논의될 거라는 확신이 들었다.

"개구리 사과만 먹고 가는 게 낫겠네. 풍뎅이보다 우리가 더 놀란 것 같은데……."

한무가 '흠' 하고 코로 숨을 길게 내쉬며 팔짱을 꼈다.

"그러게, 세트 메뉴 시켜 먹을 때는 아닌 것 같아."라고 대답한 태한은, 머릿속에서 궁금증들이 분주히 술렁이는 것을 느끼며 음식점 단지 안으로 차를 몰았다.

세상 밖으로 5

저물어버린 태양을 아랑곳하지 않는 듯, 센터 건물은 전면을 불룩이 뒤덮은 창문 밖으로 열띤 조명을 환하게 분출하는 중이었다. 태한은 창안으로부터 뻗어 나오는 집중적인 조명 세례를 여과 없이 받으며 센터 앞에서 차를 멈춰 세웠다.

차에서 내린 그는 한무와 함께 센터 건물 안으로 걸어 들어갔다.

센터 1층에서는 텅 빈 로비만이 휑하게 두 사람을 마중하고 있는 중이었다. 동료들이 한 사람도 빠짐없이 대회의실에 들어가 모여 있는 듯했다.

로비를 그대로 통과해서 대회의실 앞에 도착한 그들은 굳게 닫혀 있는 출입문을 조심스럽게 열고 안으로 발을 디뎠다.

파라한

대회의실 안은 예상했던 대로 중앙의 대형 테이블을 중심으로 뒤쪽 좌석까지 동료들로 그득하게 채워져 있었다. 삼십 명의 '폭풍 속의 고요' 구성원이 한 명의 열외도 없이 모두 참석해 있는 걸로 보였다.

태한을 먼저 발견한 대칸이 어느새 앞으로 다가와 말을 건네고 있었다.

"이게 얼마 만인가, 태한. 수용소에 다녀온 사람이 얼굴이 왜 이리 좋아졌나. 수용소에서 영양제라도 먹고 온 건가?"

"잘 지내셨습니까? 바람을 쐬고 나서 조금 회복이 된 거죠. 그 전까지는 상태가 영 아니었습니다."

태한이 멋쩍게 웃으며 대답했다.

"자네가 더 회복될 때까지 기다려야 했는데 어쩔 수가 없었네. 이해해주기 바라. 자세한 내용은 잠시 후에 설명할 거야."

말을 마친 대칸이 시선을 옆으로 돌렸다. 그의 좌측에는 햇빛에 막 그을린 듯 피부에 붉은 기운이 감도는 한 남성이 서 있었다.

"선다라고 하네. 초면이니 서로 인사들 하게."

태한은 선다라는 남성과 눈을 맞추며 고개로 인사를 보냈다.

"쿠바이센에서 온 내 친구야. 자네도 대충은 들어서 알겠지만 쿠바이센이 요즘 크게 혼란스러워. 우리하고는 또 다른 심각한 문제를 안고 신음하는 중이지. 아무튼 앞으로 우리를 많이 돕게 될 거야. 당연히 우리도 나중에 도움을 줘야 하고."

대칸의 소개가 끝나자 선다가 태한을 보며 만나서 반갑다는 표정을 만들었다.

"자, 동료들이 다 모인 것 같으니 이제 회의를 시작해야겠군. 자네도 어서 자리를 잡고 앉게."

대칸은 대형 테이블 중앙에 원형으로 넓게 트인 공간 안으로 성큼성큼 걸어 들어갔다. 태한과 한무는 소찬의 옆에 있는 빈 좌석으로 이동한 후 자리에 앉았다. 대칸은 둥근 손잡이용 테두리가 허리 높이에 위치한 단상으로 올라섰다.

"귀중한 시간을 할애해서 이렇게 자리를 함께해주신 점, 여러분께 진심으로 감사를 드립니다."

그의 굵고 우렁찬 목소리가 한순간에 동료들을 집중시켰다.

"사전에 양해를 구하지 못했음에도 불구하고 '폭풍 속의 고요'의 동료 전원이 훈과 조직을 위해 자리를 함께하게 됐습니다. 우리가 늦은 시간에 이렇게 한자리에 모인 이유는, 훈의 미래를 건 중대한 시점에 와 있기 때문입니다. 오랜 기간 훈은 주변의 여러 우주와 평화롭게 교류를 지속해왔습니다. 교류를 통해서 우리는 문명을 받아들이기도 하고 전파도 하며 지금까지 크나큰 발전을 이룩해왔죠."

그는 평소에 비해 서두를 상당히 길게 꺼내고 있었다. 뒤에 나

파라한

올 본론이 여느 때와는 크게 다를 것임을 내포하는 듯 보였다.

"우주들 간 교류의 문을 처음 연 이들은 여러분도 잘 아시다시피 한바우인들입니다. 동시에 그들은 여러 우주의 삶에 근본적인 영향을 미친 과학과 문명의 선구자이기도 하죠. 우리는 한바우와 교류를 시작한 이래로 그들로부터 많은 것을 배우고 받아들였습니다. 그들의 도움으로 코만, 태바쿤, 쿠바이센과 같은 다른 우주와도 폭넓게 교류를 해왔죠. 그렇게 서로 어울려 발전하며 평화를 유지해 온 지도 어느덧 육백여 년이 흘렀습니다.

이러한 평화가 앞으로도 영원하길 모든 사람이 바랐고, 영원할 거라 믿어왔습니다. 하지만 불행히도 오랜 기간 유지되어 온 평화와 균형이 결국 깨지고 말았어요. 태바쿤이 코만을 침공하여 급기야 복속시키는 사태가 발생한 것입니다."

태한은 지금 들은 이야기가 사실인지 잠시 자신의 귀를 의심했다. 그가 수용소에 들어가기 직전까지만 해도 전쟁이 팽팽하게 진행되고 있었기 때문이다.

코만이 아무리 그들만의 독특한 문화와 예술을 중심으로 색다른 발전을 만들어온 행성이라곤 하지만, 결코 태바쿤에게 그리 쉽게 당할 만한 상대는 아니었다. 객관적인 군사력에서는 물론 과학 기술에 있어서도 코만이 태바쿤에게 일방적으로 밀리지 않았다.

"언제 전쟁이 끝나버렸지?"

태한이 한무에게 물었다.

"자네가 수용소에 들어간 지 열흘 만에. 코만 수도 부근에서 대규모로 전투가 벌어졌는데 어처구니없이 당해버렸다고 해."

대답을 하고 있는 그 역시 전혀 예상치 못한 일이었다는 듯 병병한 표정을 보이고 있었다.

"바로 이거였군. 내가 수용소에 가 있는 동안 벌어졌다는 일이……."

"맞아. 그리고 놈들이 훈에 쳐들어올 것에 대비해서 하루라도 빨리 대책을 만드는 게 현재 우리의 중대한 과제이지."

한무가 미간에 주름을 깊게 잡으며 이야기한 후 대칸을 다시 바라봤다. 대칸의 이야기는 계속 이어지고 있었다.

"코만이 태바쿤에 귀속되면서, 현재는 태바쿤, 한바우, 훈 이렇게 세 개의 우주가 힘의 균형을 이루고 있다고 봐도 무방합니다. 쿠바이센도 존재하긴 하나 내부적인 혼란도 제대로 수습을 못하고 있는 실정이니 일단 배제토록 하겠습니다.

문제는 태바쿤이 궁극적인 목표로 삼고 있는 바가 무엇이냐는 겁니다. 바꾸어 말하면 지금의 상태로 만족을 하느냐, 아니면 또 다른 도발을 계획하고 있느냐가 최근 모든 우주의 공통적인 관심사라는 거죠. 하지만 불행히도 추가적인 도발 가능성의 징후가 곳곳에서 포착되고 있는 것이 사실입니다."

대칸의 얼굴은 처음 그를 만났을 때에 비해 매우 심각하게 굳어 있었다.

"이러한 형국에서 유일하게 중재에 나설 수 있는, 또 그럴만한 힘과 권위를 지닌 한바우에서는 아직까지도 이렇다 할 입장 표명이 없는 상태입니다. 게다가 훈의 지도부 또한 무력 대응에 대한 의지가 전무한 것으로 수차례 확인이 되었습니다!"

그의 목소리가 한층 높아졌다. 그의 어조와 표정은 어느 때보다도 강한 분노를 동료들에게 전달하는 중이었다.

"여기서 주목해야 될 점은, 훈의 지도부 최고의원이란 분들이 무력 대응에 무관심한 이유입니다. 그들은 민간인들의 안전이 우려된다거나 훈의 장래에 대한 불안감 등 납득할만한 이유로 이를 반대하고 있는 것이 아닙니다. 무력을 무력으로 막게 될 경우 자신들이 잃을 것에 대한 두려움이 근본적인 이유이죠.

태바쿤의 도발 의도가 전멸이 아닌 정복 후 귀속이란 점이 확인된 이상, 이들은 훈을 넘겨주고 자리보전하는 것이 차라리 낫다고 판단하고 있는 겁니다. 무력으로 대응해봐야 이겨도 본전이고, 만일에 전쟁에 패하기라도 하는 날엔 가지고 있던 모든 걸 잃게 될 테니……. 그들은 이를 두려워하고 있습니다. 훈의 지도자들이 주권 따위는 안중에도 없는 것이죠."

그는 동료들이 일찌감치 알아 온 사실들을 다시 한번 일깨워주고 있었다. 지도부의 이러한 행태는 어제오늘 일이 아니었다. 이제는 대부분의 사람이 알고 있지만, 그러면 그럴수록 그들은 더 노골적인 행동을 보여왔다. 마치 '알면 어쩔 거야?'라는 듯이.

"지금부터 당장 전쟁을 준비한다고 해도 시간이 부족한데, 지도부 최고의원이라는 분들은 훈의 명운이 걸린 이 순간에도 본인들의 안위나 자리만을 걱정하고 있는 것이 현실이라는 겁니다. 참으로 한심스럽고 통탄할 일이 아닐 수가 없습니다!"

센터 대회의실의 공기가 차갑게 얼어붙었다.

"하지만 우리의 생각은 다릅니다. 우리가 가만히 앉아서 저들을 맞는다면 앞으로 훈이 잃게 될 것이 실로 엄청납니다. 그중에서도 가장 소중한 것 중 하나가 바로 주권입니다.

주권을 잃게 된다면 우리는 훈 내에서 벌어지는 모든 사안에 대해 그들의 통제를 받고 그들의 결정에 따라야만 할 것입니다. 태바쿤에 이미 귀속되어있는 코만에서 현재 벌어지고 있는 실태입니다."

"주권을 내줄 수는 없습니다!"

뒤쪽에서 누군가가 흥분한 목소리로 크게 외쳤다. 민감한 단어가 나와서인지 여기저기서 웅성거리는 소리도 함께 들렸다.

"옳은 말씀입니다. 주권을 내준다는 건 훈을 내주는 것과도 같

파라한

습니다. 다를 바가 없죠. 그래서 우리는 어떻게든 그것을 지켜내
야만 합니다."

대칸은 확고한 표정으로 단상의 테두리를 두 손으로 꽉 움켜
잡았다.

"우리가 또 한 가지 반드시 지켜내야만 하는 것은 바로 우리 자
신입니다.

태바쿤에 대해서 비공식적으로 알려진 사실 중 하나가 이들이
특정 분야에서 노예제도를 운영하고 있다는 점입니다. 최근에 벌
어지고 있는 도발 행동이 이 노예제도의 확대 운영과도 무관치
않다는 주장이 여기저기서 강하게 제기되고 있습니다.

그렇다고 한다면, 이들에게 복속된 이후에 추가적으로 벌어질
일에 대해서 군이 설명을 덧붙일 필요가 없을 것 같습니다.

그리고 주권과 스스로를 지켜낼 수 있는 유일한 방법은, 그들
과 싸워서 이기는 것입니다."

전쟁에 관한 얘기가 나오자 동료들의 긴장된 시선이 일제히 대
칸의 입으로 쏠렸다.

"저들이 현재 기세가 높고 전략 전술이 뛰어나다는 평을 듣고
는 있지만, 외부로 드러나 있는 병력만을 놓고 볼 때 우리가 저들
에게 결코 뒤지는 게 아닙니다. 게다가 군사 과학적인 측면을 비
교해보면 우리가 저들보다 한 수 위에 있다고도 볼 수 있습니다.

최근의 전쟁 경험이나 전술적인 우위만을 보고 어떻게 저들에게 지레 겁부터 집어먹고 굴복할 생각만 하는지 분노를 느끼지 않을 수 없습니다."

대칸은 말을 잠시 멈춘 뒤 의미심장한 표정으로 동료 전체를 쭉 둘러봤다. 그의 얼굴은 금세 굳어졌고 진지하게 빛나는 시선은 정면을 향했다.

잠시 후 그는 무엇인가를 다짐한 듯 결연한 표정으로 입을 다시 열었다.

"훈과 주변에서 벌어지는 일들을 지켜보며 고심에 고심을 거듭한 끝에, 저는 하나의 큰 결심을 하기에 이르렀습니다.

지금 시점부터, '폭풍 속의 고요'를 중심으로 본격적인 태바쿤과의 전쟁 준비에 돌입할 예정입니다.

또한 전쟁 준비를 위해 조직의 리더이자 훈의 다섯 대륙 최고 의원 중 한 사람으로서, 현 지도부를 해산하고 훈의 새로운 지도부를 구성하기로 결심했습니다. 이러한 과정에서 불가피, 현 지도부를 무력으로 굴복시키는 일이 수반될 것입니다."

센터 대회의실은 찬물을 끼얹은 듯 급격히 조용해졌다.

자리에 앉아있던 이들은 충격에 휩싸인 얼굴로 멍하니 대칸을 바라보았다.

"반란?"

파라한

태한도 놀라 그를 넋 놓고 응시했다.

공포와 긴장이 순식간에 등줄기를 타며 온몸으로 퍼지는 느낌이 들었다.

비록 얼마 전 역모의 누명을 쓰고 수용소에 들어가긴 했지만, 그것은 말 그대로 누명일 뿐이었다. 그가 지금 말하는 건 실제의 '반란'을 의미하는 것이다.

애초에 '폭풍 속의 고요'라는 비밀 조직을 결성할 당시의 주목적은 전쟁 준비를 위한 지도부 압박과 설득 그리고 군과의 접촉을 통한 실질적인 방어 대책에 대한 권유였다. 물론 비밀 조직 자체적으로도 군을 구성하여 전쟁 발발 시 하나의 부대로서 활약한다는 것 또한 주요 내용에 포함되어 있긴 했다. 하지만 무력을 통한 반란이 목표나 과정에 포함된 적은 단 한 번도 없었다.

물론 지도부의 방향에 반대하여 비밀조직을 결성한 이상, 반란이란 것이 절대 일어날 수 없는 일이라고 생각지는 않았다. 하지만 그것은 최악의 경우에나 고려해볼 수 있는, 일어날 가능성이 극히 희박한 선택일 뿐이라고 그는 생각해왔다.

말 자체도 너무 위험해서 지금까지 이를 입 밖으로 대놓고 꺼내는 이는 아무도 없었다. 그리고 그것은 태한도 마찬가지였다.

한동안 사람들의 표정에는 당황한 기색이 역력했다. 이러한 모습을 가만히 지켜보고만 있던 대칸이 이윽고 입을 다시 열었다.

"이 사안에 대하여 여러분께서 저에게 부여해주신 단독결정권을 사용할 것임을 선언하며, 지금 시점부터 비상 행동에 돌입할 예정입니다. 사안이 너무 민감하고 만일에 외부로 노출이라도 될 경우 조직 전체가 큰 위험에 빠질 수도 있기 때문에 단독으로 결정한 후 이런 방식으로 전달할 수밖에 없었습니다. 이 점에 대해 깊이 양해해 주시기를 부탁드리겠습니다."

그의 결심은 확고해 보였다. 단독결정권은 훈이 처한 상황적 특수성을 고려하여 비밀조직을 결성할 당시 리더에게 부여한 권한이었다. 급박하거나 빠른 결정이 요구되는 경우에 구성원들의 동의 없이 리더가 사안을 단독으로 결정함으로써 조직 전체가 신속히 행동을 취하도록 한 것이다. 나머지 동료들은 리더의 결정에 우선적으로 따른 후, 옳고 그름은 일이 종료된 후에 논의하기로 했다.

"반대의 의견을 갖거나 동참을 원치 않는 분들도 있으실 거라고 생각이 됩니다. 신변에 상당한 위험이 따르는 일이므로 동참 여부는 스스로의 판단에 맡기고자 합니다.

하지만 조직 전체의 결정이며 행동이니만큼, 참여를 하지 않는 분들도 조직의 일원으로서 일이 마무리될 때까지는 이곳에 당분간 남아주셨으면 합니다. 대업을 성공적으로 마치기까지의 비밀

파라한

유지와 조직의 안전이 목적이니, 다른 오해는 없으셨으면 합니다."

그의 말이 이어질수록 설마 했던 반란에 대한 발언이 점점 현실화되고 있었다.

싸늘한 기운에 뒤덮인 채 센터 대회의실에 자리한 이들은 여전히 입을 떼지 못하고 있었다.

회의실의 정적은 당분간 그렇게 계속되었다.

어찌 보면 예상치 못한 결정이 느닷없이 눈앞에 달려들었다고 여길 수도 있었지만, 센터 내의 동료들은 별다른 동요나 소란 없이 침착함을 계속 유지했다. 시간이 흐를수록 오히려 담담하게 이를 받아들이자는 분위기로 익어가는 것으로도 보였다. 조직의 일원으로서 조직이 원하는 궁극적인 목표대로 되었으면 하는 바람이 긍정적인 힘으로 작용하는 듯했다.

긴 시간의 조용한 토론 끝에 결국 세 명을 제외한 모두가 리더의 결정에 따르기로 결심했다. 반대하는 세 명도 참여만 하지 않을 뿐, 조직 전체의 행동에 대해서는 별다른 이의가 없었다.

대칸의 결정이 동료들에게 전달된 후 큰 고비를 넘기고 나자 이후의 일들은 물 흐르듯 빠르게 진행됐다. 조직원 각자가 맡아야 할 임무가 금세 정해졌고, 개개인은 주어진 일을 진행하기 위한 세부적인 검토에 들어갔다.

한무는 특수작전군 사령관인 야찬을 만나서 그의 동참을 이끌어내는 임무를 맡게 됐다. 태한과 소찬에게는 행성 총방위군 사령관인 찬만을 만나 그의 동태를 살피는 일이 주어졌다.

불과 얼마 전까지만 해도 긴장감이 감돌았던 센터의 대회의실은 이제 동료들의 열기로 가쁘게 숨을 쉬고 있었다.

창밖의 세상은 깜깜한 어둠에 잠겨서 깊은 밤의 전경을 연출하는 중이었다.

파라한

세상 밖으로 6

원거리에 터를 잡고 있는 행성 총방위군 사령부를 방문해야만 하는 태한과 소찬은, 동틀 무렵부터 일어나 서둘러 일반인 전용 비행장에 도착했다. 그들은 조금도 지체하지 않고 소형수송기의 조종석과 조수석에 각각 몸을 앉혔다.

일반인 전용 비행장은 비행 운전이 가능한 소수 일반인을 위해 제공되는 공용시설로, 태한은 이곳에서 자신의 수송기를 한 대 할당 받아 이용해왔다. 평소에는 1인용 경주 비행기를 주로 사용하기 때문에, 이 비행장을 찾은 것은 꽤 오랜만의 일이었다.

이륙 버튼을 누르자마자 수송기는 곧 수직으로 이륙을 시작했다. 공중으로 붕 떠올라서 일정 높이에 다다른 수송기는 도시의 공기를 가르며 힘차게 전진해 나갔다.

시간이 지날수록 수송기는 추진력을 폭발적으로 늘리면서 수도의 풍경을 쾌속으로 벗어나며 날았다.

한참을 날고 난 수송기는 어느새 너른 개활지의 상공을 누비고 있었다. 도시 외곽을 지키던 각종 시설이나 건물마저도 이제 전혀 눈에 띄질 않았다.

태한은 조종 장치를 자동으로 전환해둔 채 머리를 뒤로 젖혔다. 먼 하늘에 시선을 던져두고 그는 생각에 잠겼다.

앞으로 벌어질 일들을 머리에 떠올리자 급격한 울렁임이 혈관을 타고 전신으로 퍼지는 게 느껴졌다.

"걱정돼?"

소찬이 대뜸 물었다.

"걱정이 안 된다면 거짓말이지. 불안하지 않아?"

"사실, 긴장이 많이 되긴 해."

"소찬."

"응?"

"대업이 진행되는 동안 센터에서 대기하고 있는 게 어때? 지도부 교체가 끝날 때까지 만이라도."

"왜 그런 말을 해?"

그녀가 놀람과 의아함이 뒤섞인 표정으로 물었다.

"격한 싸움이 벌어지게 될 거야. 크게 다칠 수도 있고."

소찬은 태한의 눈동자를 말끄러미 응시했다.

"내가 여자라서 그런 거라면, 조직에 여자가 나만 있는 게 아니잖아. 목숨을 잃는 것 때문이라면 나 혼자 살아남으려고 피한다는 게 말이 돼?"

눈을 동그랗게 뜬 그녀의 얼굴이 그에게 이야기하고 있었다.

하기야 빠져 있으란다고 쉽사리 따라줄 그녀가 아니었다. 우려가 들어서 한 얘기였지만 소용없는 일이라는 걸 그는 금방 깨달았다.

태한은 당면한 현실로 다시 돌아왔다. 전방을 바라보며 그는 대칸이 제시했던 계획들을 머릿속으로 차근차근 정리해봤다.

지도부를 장악하려면 무엇보다도 지도부를 지키고 있는 수비 병력을 제압하는 것이 관건이다. 지도부 수비 병력은 훈련이 잘 된 직업인들로 구성되어 있긴 하지만, 수가 이백을 조금 넘는 정도에 불과하다.

반면에 한무가 이끄는 수도방위군은 그들에 버금가는 정예병인 데다가 수가 오백에 육박한다. 여기에 선다와 그의 부하들, 조직의 동료들까지 가세할 예정이므로 사실 지도부 병력을 제압하는 일만 따지자면 그리 큰 난제가 아닐 수도 있다. 선제공격까지

감안할 경우 예상보다 싱거운 싸움으로 끝나버릴 수도 있다.

문제는 행성 곳곳에 퍼져 있는 행성치안군이다. 평상시에는 행성의 치안을 담당하는 도란들에 불과하지만, 비상시가 되면 무장을 시켜 전투에 동원이 가능하다.

수도에서 먼 도시에 배치된 행성치안군의 경우는 대업의 장애물에서 배제한다고 해도 큰 무리는 없을 것이다. 이동 거리를 고려하면 그들이 다다르기 전에 일이 끝나버리고 말 테니까. 하지만 수도와 인근 도시들에서 동원 가능한 수만 따져도 그들은 이만을 넘는다. 단지 무기를 든 도란들 따위로 치부하기에는 수가 지나칠 정도로 많다.

아무리 한무가 이끄는 수도방위군이 전문직업인인 동시에 고도로 훈련된 정예병들이라고 하더라도, 한 명당 수십의 도란을 동시에 상대한다는 건 지나치게 버거운 일이 될 것이다.

게다가 행성치안군 사령관은 다섯의 지도부 최고의원 중 대칸을 제외한 나머지 네 명과 친분이 매우 두텁다. 따라서 비상시에 지도부의 편에 서서 대업의 큰 위협으로 등장할 가능성이 농후하다.

행성치안군이 개입하기 전에 지도부를 제압하여 그 사령관으로 하여금 새로운 지도부를 인정토록 권유나 설득하는 것이 수월할 수도 있다. 지도부를 평정한 이후라면 새 지도부의 권한으

파라한

로 그를 체포할 수도 있을 것이다. 단, 그것은 성공적으로 거사를 마무리할 때까지 행성치안군이 얌전히 기다려줘야만 가능한 일이다.

　행성치안군이 개입할 경우에 대한 대비책도 물론 마련은 해놓았다. 야찬이 이끄는 특수작전군의 존재가 바로 그것이다. 특수작전군은 평상시 행성 훈에서 요구되는 각종 특수임무를 수행하는 역할을 맡고 있다. 고난도의 임무 수행을 위한 강도 높은 훈련을 받은 병력이어서, 개개인의 전투능력 면에서 볼 때 지도부 병력이나 한무의 수도방위군을 압도한다고 해도 틀린 말은 아니다. 수도 사천에 육박하여 이만의 도란으로 구성된 행성치안군을 상대하기에 부족함이 없다.

　'난제는 야찬을 어떻게 끌어들이느냐이다.'

　참으로 다행스러운 일은 야찬이 지도부와 특별한 친밀관계가 없다는 점이다. 문제는, 비밀조직 '폭풍 속의 고요' 측도 지도부와 마찬가지라는 사실이다.

　대칸은 이 문제를 해결하기 위해 한무를 특수작전군 사령부에 파견하기로 결정했다. 야찬을 설득해서 대업에 끌어들이는 중대한 임무가 한무에게 맡겨진 것이다.

　임무의 특성상, 비록 호오가 분명하긴 하지만 신중한 성품을 지닌 한무가 적임자란 사실이 중요하게 작용했다. 또한 외모로부터 풍기는 신뢰감이나 야찬과 같은 군인으로서의 공감대를 생각하면 한무를 대체할 만한 인물이 없었다.

만일에라도 설득에 실패할 경우 대업은 상당히 힘든 길을 걷게될 것임이 자명했다. 성공 가능성도 대폭 줄어들 수밖에 없을 것이다.

태한과 소찬의 임무는 행성 총방위군 사령관인 찬만을 만나그의 움직임과 군의 동태를 살피는 일이다.

행성 총방위군은 훈의 대표적 탑승형 전투 로봇인 파란탄으로무장한 삼십만 병력을 보유하고 있으며, 각종 첨단 무기를 갖추고 있다. 대규모 병력이 수도 근처에도 주둔하고 있어서 비상시에수도 진입이 가능한 병력만 따져도 일만에 육박한다.

내란에 찬만을 끌어들일 목적으로 그에게 접근하는 것은 물론아니었다. 강직하고 강퍅한 성품 탓에 호락호락 내란에 동조할 인물이 아니라는 데에 동료들이 한목소리로 입을 모으고 있었다.

설득 자체도 난해할뿐더러, 만일 설득을 시도하다가 실패라도하는 날엔 대업을 불가능하게 만들 정도의 강력한 적으로 돌변하게 될 수도 있었다. 이러한 이유로 인해 찬만을 끌어들이자는의견을 내놓는 이는 아무도 없었다.

결국 태한과 소찬에게는 찬만을 만나서 동태를 살피는 정도의 단순한 임무만이 주어지게 된 것이다.

태한은 찬만과 사적으로 남다른 친분이 있기는 했다. 그의 아버지와 찬만이 절친한 사이인 덕에 어려서부터 서로 꾸준한 왕래를 하며 가까이 지내왔다. 이는 조직의 동료들 대부분이 잘 알고 있는 사실이었다.

하지만 이러한 사적인 친분관계를 내세워서 위험한 설득을 시도할 만한 인물은 분명 아니었다.

"수도방위군으로 지도부를 치고, 특수작전군으로 행성치안군을 막는다. 계획대로만 잘 되어준다면⋯⋯."

태한은 눈을 감고 혼자 중얼거렸다.

수송기는 평지를 지나서 수면 위에 산을 몽땅 담을 듯 널따랗게 펼쳐진 강 위를 날고 있었다. 그는 조종장치를 수동으로 전환한 후 곧이어 만나게 될 산을 우회하도록 방향을 틀었다.

세상 밖으로 7

야찬은 한무와 통화를 마친 후 반단의 버튼을 눌러 화상을 없 앴다. 한무가 찾아온다는 연락이었다. 인사 겸 상의할 일이 있다 는 말도 그는 덧붙였다.

야찬은 창밖으로 드넓게 펼쳐진 훈련장을 한동안 말없이 바라 봤다.

그는 수도방위군 사령관인 한무가 어떤 정체불명의 모임을 갖 고 있다는 정보를 얼마 전에 부하로부터 보고받았다. 그 모임에 서 오가는 얘기들이 주로 지도부를 향한 불평, 특히 태바쿤의 침 입 가능성과 관련한 지도부의 태도에 대한 불만이라는 점도 연 이어 전해 들었다.

더 이상의 상세한 내용까지는 아직 파악되질 않았다.

하지만 지금까지의 보고로 알게 된 사실과 한무가 직접 찾아

파라한

온다는 연락이 왠지 괴이쩍다는 생각이 자꾸 들면서, 온갖 추측과 짐작이 나오고 있었다.

'도대체 무슨 목적으로 여길 오는 걸까?'

한무의 수도방위군은 업무상 야찬의 특수작전군과 교류할 일이 전무했다. 이제껏 둘 간의 만남이 한 번도 일어나지 않았을 뿐만 아니라 통화조차 이루어진 적이 없었다. 서로의 존재를 들어서 알고만 있을 뿐, 말 그대로 상호 간에 완전한 초면이었다.

따라서 한무가 찾아오는 이유가 어떤 목적을 염두에 두고 있음이 분명했고, 그의 모임과 연관된 일일 가능성이 상당히 컸다.

지도부의 방향에 불만을 갖고 있는 이들이 모임과 관련된 어떤 목적을 가지고 여길 찾아온다면?

'특수작전군 사령관인 나에게 어떤 도움을 요청하려는 것일 수 있다.'

한무 자신도 통솔하는 군을 갖고 있으면서 특수작전군 사령관인 나에게 손을 뻗쳐 무언가를 요청한다면?

'그것은 수도방위군만으로는 버거운 무언가를 벌이려는 의도가 숨어있을 수도 있다.'

그렇다면 그것은?

설마…… 반란?

여기에까지 생각이 미치고 나자 야찬은 깊은 한숨을 절로 내쉬었다.

아니겠지…….

야찬은 다른 가능성 쪽으로 방향을 틀어봤다. 그러다가 잠시 후 되돌아와 스스로에게 물어봤다.

만일에 정말로 그렇다면?

그는 일단 가정을 해보기로 했다. 최악의 경우를 가정하고 미리 대비를 해두는 것이 굳이 해가 될 일은 아니었다.

그의 요청을 거절하는 것이 취할 수 있는 첫 번째 방안이다.

하지만 거절했다가 그들이 만일 반란에 성공이라도 하는 날엔, 반란의 수뇌부에게 특수작전군 사령관 자리를 바로 내놓아야만 할 것이다.

지도부에 미리 알려서 인지시키는 것도 하나의 유효한 방안이다.

하지만 수도방위군 사령관이라는 존재 자체가 곧 무장된 군사력을 의미하고, 지도부가 확실히 제압할 만큼 만만한 병력이 아

파라한

니다. 행여라도 상황이 역전되면 도리어 심각한 위험에 빠지게
될 수도 있다.

그렇다고 해서 합류하여 그들을 돕는 게 능사인 것도 아니다.
그들에게 협조한다는 자체가 인생을 건 위험한 도박일 뿐만 아니
라, 일이 성공한다고 한들 그 패거리들에게 수고에 대한 보답을
바라는 게 위험을 감수한 대가의 전부가 될 것이다.

그 정도 모험을 감당할 바에는, 스스로 주도적인 위치에 올라
일을 벌이는 것이 차라리 낫다. 동일한 위험을 감내하면서 왜 조
력자 역할만 하고 대가를 구걸해야 한단 말인가?

어쨌든 이런 가정에 따라 선택의 순간이 온다면, 의지와는 무
관하게 반드시 어느 한 가지를 선택해야만 할 것이다.

그리고 어떤 선택을 하든, 일이 잘못되면 사령관 자리를 곧바
로 내놓을 수밖에 없을 것이다.

야찬에게 특수작전군 사령관이라는 자리는 남다른 의미가 있
었다.

그의 부모님은 두 분 다 직업인이 아닌 일반인이었다. 그들은
자신들뿐 아니라 아들인 야찬도 평범한 일반인으로서 행복한 가
정을 꾸리고 일상에서 평화롭게 살기만을 바랐다.

부모님은 직업인으로서의 삶을 택하는 이들을 좀처럼 이해하질 못했다. 조금 더 정확히 표현하자면, 직업인의 삶을 살아가면서 행복을 누리기란 무척 힘든 일이라고 생각했다.

탄(훈의 사이버 화폐)을 조금 덜 받고 혜택을 조금 덜 누리면서 여유로운 시간을 보내는 것이 몇 배나 더 나은 인생을 사는 것이라고 확신하는 부모 밑에서 성장한 탓에, 부모님의 영향을 절대적으로 받은 야찬도 이들과 생각이 다를 리가 없었다.

이러한 야찬의 가치관을 완전히 뒤바꿔버린 이는 그의 친척 중 유일한 직업인이었던 삼촌이다.

삼촌은 어느 날 야찬에게 그가 직업인으로서의 삶을 사는 이유에 대해 설명해주었다.

탄에 대한 욕심도, 더 많은 혜택을 누리는 삶도 그가 직업인이 된 근본적인 이유는 아니라고 그는 단언했다.

야찬에게는 낯선 단어인 '권력'에 대해서 그는 설명해주었다. 권력은 여러 사람을 복종시키고 자신을 따르게 만드는 힘이라고 했다. 권력은 자신이 결정한 일에 다른 사람들을 굴복시키는 능력이라고 했다. 권력은 설명을 수없이 들어도 이해하기 힘들지만, 한 번 그것을 경험하고 나면 손에서 놓기가 힘들어진다고 그는 강조했다.

삼촌은 당시 특수작전군의 부사령관의 위치에 있었다. 거대한 권력까진 아니어도 그 위치에서 나름의 권력을 지니고 있었다. 그의 최종목표는 지도부 최고의원 중 한 사람이 되는 것이었다.

하지만 그는 꿈을 이루지는 못했다. 게다가 앞으로도 그럴 가능성은 거의 없다. 그는 행성 총방위군의 사령관 자리에 욕심을 내고 분주히 움직이다가 결국 지도부 최고의원들의 눈 밖에 나고 말았다. 너무 서둘러서 무리하게 움직인 것이 화근이었다.

그는 좌천을 당했고, 그나마 몸담고 있던 특수작전군에서조차 쫓겨나고 말았다.

삼촌을 인생의 모델로 삼은 야찬은 그의 뒤를 따라 특수작전군에 들어갔다. 그 안에서 그는 인생의 모든 것을 쏟아부으며 성공 가도를 치달려왔다.

삼촌이 좌절을 겪고 퇴출된 뒤에도 그는 절대 흔들리지 않았다. 끈질긴 분투와 노력 끝에 그는 삼촌도 가져보지 못한 특수작전군 사령관 자리에 마침내 오르고야 만 것이다.

삼촌이 말한 '권력'이란 단어의 의미도 몸소 체험을 통해 알게 됐다. 그것이 커질수록 손에서 놓기가 힘들어진다는 사실도 절실히 깨달을 수 있었다. 그래서 앞으로도 그는 자신의 권력을 성장시키는 일을 결코 멈추지 않을 계획이다.

한무를 기다리는 동안 그는 창밖에 시선을 둔 채로 이런저런 결과를 가정하고 손익을 따져보는 일을 끊임없이 되풀이했다.

어느덧 훈련장 측면으로 낯선 차 한 대가 다가오는 모습이 보였다. 한무임을 짐작할 수 있었다.

야찬은 주먹을 불끈 쥔 채 결심을 굳힌 후 그를 맞이하기 위해 몸을 움직였다.

세상 밖으로 8

한무는 담장 너머에 다분히 고의적인 듯 무늬 하나 없이 높다랗게 솟아있는 특수작전군 사령부 본관 건물을 바라보며 차를 멈춰 세웠다. 반원형으로 움푹 들어간 넓은 담장과 한가운데에 정문으로 보이는 입구도 무늬 없이 밋밋하긴 마찬가지였다.

그는 차에서 내려 걸으며 머릿속에 담긴 막중한 임무를 반추하여 정리해봤다.

특수작전군 사령관 야찬에 대한 정보는 턱없이 부족했다. 그에 대한 얼마 안 되는 정보 중 하나는 그가 속내를 알기 무척 힘든 사람이라는 사실이었다. 그만큼 자신의 생각이나 감정을 좀처럼 밖으로 드러내지 않는다는 의미였다. 그에 대해 알게 된 또 한 가지 사실은, 야심이 크다는 점이었다. 지금까지 그의 행적을 참고하면 어느 정도는 짐작이 가능한 내용이었다.

한무는 긴장을 가라앉힌 후 정문의 버튼을 부드럽게 눌렀다. 정면의 허공에 둥근 화면이 나타나고 부하인 듯한 젊은 남자가 모습을 드러냈다.

"수도방위군 사령관 한무입니다. 사령관님께 연락을 미리 드렸습니다만."

"확인해보겠습니다. 잠시만 기다려주십시오."

부하가 화면 밖으로 사라진 뒤 잠깐의 틈을 두고 문이 곧 열렸다.

한무는 마중 나온 부하를 따라 들어가 그리 멀지 않은 곳에 위치한 본관 건물에 금세 다다랐다. 벽 한가운데에 그려놓은 듯한 문을 열며 부하가 먼저 안으로 들어갔다. 한무도 그를 뒤따라 본관 내부에 발을 디뎠다.

건물 안의 공기는 몸을 오싹하게 만들고도 남을 정도로 서늘했다. 안에 머물러 있던 차디찬 기운이 소리 없이 다가와서 몸을 덮치듯 감쌌다.

눈이 내린 듯한 하얀 내벽에는 그림 한 점 보이지 않았다. 듬성듬성 보이는 앙상한 나무들만이 그나마 내부장식 역할을 톡톡히 해내고 있는 중이었다.

부하는 넓은 복도를 걸어서 출입구의 반대편까지 걸어간 뒤 커다란 방문을 열어주었다. 문의 크기만큼이나 널찍한 방 안에는 둥그런 대형 테이블이 정 중앙에 위치해 있었다. 테이블과 맞춘

파라한

듯한 큼지막한 의자에는 마흔 살 안팎으로 보이는 왜소한 남성이 한무를 응시한 채로 앉아 있었다.

마치 먼저 인사해주길 기다리는 듯.

한무는 야찬과 부대가 서로 상이하지만 공식적인 계급이 그가 위이기도 하고 연배도 열 살 정도 많아 보이는 터라 최대한 격식을 갖추어 그에게 먼저 인사를 했다.

야찬이 손짓을 하자 부하가 방을 빠져나가며 문을 닫았다.

"어, 연락을 받고 기다리고 있었소. 어, 어서 앉으시오."

야찬이 무표정하게 말을 뱉은 후 한무의 생김새를 살피려는 듯 눈을 위아래로 움직였다.

한무는 테이블의 야찬 맞은편 의자에 다가가서 조심스럽게 앉았다.

"시간을 내어주셔서 감사합니다. 진작에 찾아뵈었어야 했는데 사정이 여의칠 않았습니다."

한무도 형식적인 인사말을 마친 뒤 야찬과 마찬가지로 그의 얼굴을 유심히 살폈다.

군인이라고 하기에는 지나칠 정도로 하얀 피부. 둥글번번한 얼굴에 온화한 미소. 하지만 그런 부드러움과는 대조적인 매서운 눈매를 지니고 있었다. 특히나 실룩거리는 얇은 입술은 보기에 따라 신뢰감을 매우 떨어뜨리는 인상을 비치기도 했다.

'지금 웃는 모습 뒤에 감춰진 그의 의중을 읽어내는 건 거의 불가능에 가까울지도 모른다……'

한무는 오늘 자신이 하려는 일이 예상보다 훨씬 힘들어질 것임을 직감했다.

그는 이 자리에서 수행할 자신의 임무가 얼마나 위험한지를 누구보다도 잘 알고 있었다. 자칫 설득에 실패라도 할 경우 앉은 자리에서 바로 체포될 수도 있다.

이러한 점 때문에 그는 동행을 희망하는 동료들을 극구 만류했다. 만일에 사고가 닥칠 경우 수가 하나이든 둘 이상이든 결과가 달라질 리 없었기 때문이다. 그래서 희생을 굳이 여럿이 함께 할 필요는 없다고 판단했다.

한무에게 불상사가 생길 경우, 대칸과 태한이 그를 대신해서 수도방위군을 맡아주기로 되어 있었다.

몇 차례 형식적인 대화가 오간 뒤 한무는 조심스럽게 본론을 꺼내 보기로 했다.

"요즘엔 참 조용합니다. 태바쿤이 코만을 귀속시킨 뒤로는요."

"우, 우리 군인이야. 조용해도 항상 긴장을 해야죠. 언제, 뭐, 느닷없이 무슨 일이 생길지 누가 아나요?"

야찬이 능청스러운 미소를 보냈다.

"최근 태바쿤의 동태에 대해 혹시 들으신 소식 있습니까?"

"소, 소식?"

초점이 없어진 야찬의 동공에 공백이 잠시 찾아왔다 사라졌다.

"아뇨, 딱히, 특별할 만한 건……."

"수도방위군의 생각에는, 그들이 추가 도발에 대한 적극적인 의지를 지니고 있다고 판단합니다. 최근의 동태를 보면 더욱 그러하죠. 뒷받침할 만한 자료도 있습니다."

한무는 말을 마친 뒤 야찬의 눈동자를 유심히 관찰했다. 태바쿤의 동태가 심상치 않다는 것을 그가 모를 리는 없었다.

모른다는 걸 믿어달라는 말인지, 아니면 모르는 체하는 것을 일단 받아들이란 의도인지 속내를 알 수가 없었다.

"그, 그런가요? 그러면 다음 목표가 우, 우리가 될 수도……."

"'될 수도'가 아니라 그렇게 될 가능성이 아주 큽니다."

야찬의 태도에 화가 난 한무는 목소리 톤이 절로 올라가는 것을 느꼈다. 재빨리 감정을 추스른 그는 차분한 목소리로 말을 계속 이었다.

"지금 우리는 전쟁에 대비해서 하루라도 빨리 군을 정비하고 병력을 보강해야 하는 시급한 상황에 있습니다. 한데 지도부가 어떠한 결정도 내려주질 않으니 참으로 답답한 마음뿐입니다."

야찬은 대답이 없었다. 그는 무엇인가를 고민하는 듯 생각에 깊이 잠겨 있었다.

짧은 시간 정적이 흐른 뒤 이윽고 그가 입을 열었다. 그의 표정은 잔뜩 굳었고 눈매는 방금 전보다 훨씬 더 매섭게 변해 있었다.

"그런데, 어떤 모, 모임 같은 거가 있다는데……."

"네?"

"아니, 그, 모임이 지도부 욕도 하고, 뭐, 그래서 나하고 뭘 같이 하자고 온 건 아닌지, 그냥 궁금하기도 하고……."

한무는 덜컥 놀랐다.

도대체 이 사람이 어디부터 어디까지를 알고 하는 얘기인가…….

시작도 하기 전부터 이미 내막을 다 알고 있다면 정말로 큰일이 날 수도 있다.

한무는 선뜻 다음 할 말을 떠올리지 못했다. 심장은 흉부를 거세게 두들기고, 생각은 정리되기는커녕 자꾸만 퍼지고 흩어졌다.

그는 간신히 침착을 찾은 뒤 조심스럽게 말문을 열었다.

"네, 맞습니다. 사령관님의 도움을 청하기 위해 여기에 온 것입니다."

한무는 의도를 숨기지 않고 곧장 실토하는 길을 선택하기로 결심했다.

도움을 청하기 위해서 돌려 말하든 직접적으로 얘기하든 어차피 할 얘기였고, 군이 돌려서 말하는 것이 일을 더 그르칠 수 있다는 생각이 들었다. 특히나 야찬이 무엇인가를 알고 있다면 더욱 그렇다.

하지만 상세한 얘기까진 하지 않기로 했다.

야찬이 한 말 그대로 어떤 모임이 있고, 훈이 처해 있는 현실에서 그 모임이 앞으로 하려는 일.

야찬으로부터 필요로 하는 도움의 내용.

이 정도 수준으로 설명을 일단 제한하기로 했다. 이것이 지금 필요한 말의 전부이기도 하며, 구체적인 내용은 그에게서 답변을 들은 후 털어놔도 늦진 않을 것이다.

한무의 요청내용을 다 듣고 난 야찬은 심각한 얼굴로 눈을 커다랗게 뜨고 있었다. 그의 눈에서 초점이 잠시 흐려지다가 선명하게 다시 돌아왔다.

"그, 그런데 도와줬다가 만일에 실패라도 하면, 하, 함께 역적이 될 거 아니오? 그, 그렇다고 안 도와주면 나중에 큰 피해를 볼 거 같고……."

한무는 아무 대답도 하지 않았다. 야찬은 현재 자신의 처지를 정확히 잘 알고 있었다.

"도, 도와주면 난 좋은 게 뭐요? 평소에 뭐를 가, 같이 한 적도 없는데, 무, 무슨 내용이라도 알아야 하잖소!"

야찬은 대업보다는 조건을 묻는 중이었다. 한무는 준비해온 그것을 그대로 읊어주기로 했다.

"새로운 지도부의 최고의원 중 한 분이 되어주셨으면 합니다!"

한무는 야찬의 눈동자가 크게 흔들리는 것을 놓치지 않았다. 최고의원이란 자리는 야심이 많은 그를 흔들고도 남을 조건이었다.

최고의원 자리를 내주는 일은 사전에 조직에서 합의된 내용이었다. 심사숙고 끝에 계획에 녹아 들어간 부분이었고, 어차피 그 정도의 조건은 대업의 성공을 위한 불가피한 선택이었다.

한무는 자신을 계속 응시하는 야찬을 바라보며 가만히 답을 기다렸다. 일생일대의 기회이자 모험이 될 수도 있는 중대한 결심을 위해 잠시나마 시간 여유가 필요할 듯 보였다.

"저기."

야찬이 드디어 입을 열었다.

"아, 아까부터 계속 신경 쓰이던 게 있는데……."

"네?"

야찬이 한무 자신의 가슴을 왼손으로 가리키고 있었다. 한무는 고개를 숙여 그가 가리키는 오른쪽 가슴을 보았다.

파라한

"배, 배지가 좀 삐뚤어진 것 같소. 바, 방패가 약간. "

그는 방패 모양의 수도방위군 배지에 관해 이야기하고 있는 중이었다.

"네, 제가 서둘러 나오다 보니……."

한무는 기울어진 방패의 균형을 바로 잡았다.

"너, 너무 갔소. 야, 약간만 원래대로……."

"아, 네."

한무는 그가 말하는 대로 방패를 다시 만졌다.

"그, 급하게 온 걸 보니, 대답을 서, 서둘러 들어야 하는 거요?"

야찬이 물었다. 그의 표정 위에 미소가 다시 올라왔지만, 그다지 여유로워 보이는 것은 아니었다.

"죄송합니다만, 오래 기다릴 형편은 못 됩니다."

"사, 삼일 안에 답을 주겠소. 더는 서두르지는 마시오. 나, 나도 생각할 시간이 필요하니까."

야찬의 눈매가 또다시 매섭게 돌변했다.

그의 말대로 더 이상 그의 답변을 재촉하는 것은 무리라는 판단이 들었다.

"좋은 답변이 있기를 바라겠습니다."

한무는 인사를 마친 뒤 야찬의 방을 조용히 빠져나왔다. 찬성 쪽에 무게 실린 답변이 오리라는 확신이 들었다. 답변을 미뤄 둔 상태에서 체포 없이 돌려보낸다는 사실만으로도 그러했다.

소찬의 조언대로 그는 방에 머무르는 동안 기념품용 장신구 하나를 바닥에 살짝 떨어뜨려 놓았다. 행성 총방위군을 상징하는 코뿔소 문양이 정가운데에 새겨진 브로치였다. 찬만은 자신의 방을 방문하는 손님들에게 이따금씩 그런 모양의 기념품을 선물해주곤 했다.

야찬은 그것을 주워든 후 여러 가지 상상을 하게 될 것이다. 행성 총방위군 사령관인 찬만은 그에게도 상당히 버거운 상대임이 틀림없었다. 따라서 찬만이 한무 자신을 돕는다고 믿는다면, 그도 함부로 생각하거나 행동하기는 힘들어질 것이다.

이처럼 민감한 사안을 찬만에게 직접 확인하기 쉬울 리가 없었다. 그러기엔 야찬과 찬만 간의 친분이 너무도 부족했다. 물론 친분이 없음에도 불구하고 확인을 시도하는 게 불가능한 건 아니었다. 하지만 그러기 위해선 확인과 동시에 원치 않는 동조를 해야 하는 것도 각오해야만 할 것이다.

동조하지 않으면 적이 될 테니까.

특수작전군 사령부를 완전히 빠져나온 한무는, 반단을 꺼내들고 대칸과 태한에게 각각 야찬 방문 결과를 알렸다.

세상 밖으로 9

　한무의 연락을 받고 난 태한은 안도의 숨을 크게 내쉬었다. 모두가 우려했던 대업의 첫 고비를 무사히 넘겼다고 볼 수도 있는 결과였다.

　특수작전군의 협조를 구해내지 못한다면, 게다가 수도방위군 사령관인 한무가 체포를 당하기라도 한다면, 대업은 그야말로 출발부터 심각한 난관에 빠지게 될 터였다.

　태한과 소찬은 어느덧 산을 등지고 서 있는 행성 총방위군 사령부 건물을 마주하고 있었다. 행성 훈 최강 부대의 위용만큼이나 사령부 건물은 드넓은 부지를 차지한 채 웅장한 모습으로 우뚝 서 있었다. 건물 앞면을 전체적으로 덮은 불룩한 거울은 주변의 사물들을 위축시켜서 자신을 더욱 거대하게 만들어내고 있었다.

태한은 수송기의 속도를 재빨리 줄이면서 고도를 서서히 낮춘 후, 사령부 근처에 가볍게 착륙을 했다.

수송기에서 내린 그는 찬만에게 곧바로 연락을 시도했다. 목에 걸려 있는 반단을 누르자 눈앞에 둥근 평면화면이 만들어지고 그 안에서 찬만이 모습을 드러냈다.

"도착했나? 난 지금 야외에서 훈련하는 중이네. 정문을 통해 들어오면 안에서 사람이 여기로 안내해 줄 거야."

"사령관님도 훈련에 직접 참여하시나요?"

"하하하, 난 밖에 있는 게 훨씬 더 편해. 안에 들어가 있어 봐야 뭐하나? 답답하고 지겹기나 하지."

찬만은 특유하리만큼 험상궂은 얼굴 위에 환한 미소를 그려 보였다.

"사령관님다우신데요. 지금 계신 곳으로 가겠습니다."

두 사람은 정문이 있는 방향으로 곧장 걸음을 옮겼다.

정문 앞에 도착하자마자 문이 저절로 열렸다.

안에서 기다리고 있던 군인 한 명이 자신의 뒤쪽을 손을 뻗어 서 가리켰다.

"저쪽으로 타십시오. 안내해드리겠습니다."

그의 뒤편에는 위와 전후좌우가 모두 트인 내부이동용 차량이

서 있었다. 태한과 소찬은 그의 안내에 따라 차에 올라탄 후 좌석에 앉았고, 차량은 자리를 출발해서 훈련장을 향해 미끄러지며 나아갔다.

훈련장까지의 행로는 제법 길었다. 직선으로 길게 뻗은 도로를 한참 동안이나 달려도 좀처럼 목적지가 나타나질 않았다.

지나는 동안 소규모 훈련장으로 보이는 널따란 공터 서너 개가 빠르게 옆을 스쳐 지나갔다.

수풀에 파묻혀 있는 둥근 막사 여러 개를 더 지나치고 나자 차량은 드디어 목적지에 다다른 듯 자리에 멈춰 섰다.

눈앞에는 빼곡한 나무들로 숲을 이룬 작은 언덕이 자리해 있었다. 언덕 한가운데로는 움푹 파인 길이 나 있었다.

"따라오시죠."

차에서 내린 군인이 길 입구로 먼저 들어섰다. 태한과 소찬도 그를 따라서 언덕 위로 걸어 올라갔다.

위에 올라서 본 언덕 숲길은 예상보다 훨씬 더 널찍했다. 길을 제외한 나머지 공간은 키다리 나무들로 그들먹하게 메워져 빈틈을 찾아보기가 어려웠다.

세 사람은 울창한 숲속의 길을 잠시 걸어간 뒤, 오른쪽으로 휘어진 길을 따라 방향을 틀어서 숲을 바로 빠져나왔다.

어느새 일행은 양옆으로 두 팔을 뻗은 듯 시원하게 길을 내고 있는 높고 평평한 지대에 다다라 있었다.

눈앞에서 그들을 맞이한 것은 상대적으로 지대가 낮고 널따랗게 펼쳐진 훈련장이었다. 단지 널따랗단 말로는 표현이 부족할 듯 보였다. 차량으로 이동해오는 동안 보았던 훈련장들과 막사들을 몽땅 합해서 비교해도 될 만큼 광활하고 거대했다. 아마도 대규모 병력이 드나드는 출입구는 따로 있을 거라는 생각이 들었다.

드넓은 훈련장에는 거인 로봇들이 군데군데 자리를 채우고 있었다. 로봇들은 갖가지 유형의 진을 이룬 채 저마다 훈련에 매진하느라 여념이 없었다.

눈에 보이는 거인 로봇들이 말로만 듣던 파란탄이라는 것을 어렵지 않게 짐작할 수 있었다. 파란탄은 사람이 안에 타서 조종하는 탑승형 로봇의 일종으로, 행성 총방위군의 핵심전력이자 행성훈의 가장 대표적인 병기이기도 했다. 존재는 일반인들에게도 잘 알려져 있지만, 그동안 말로만 들어봤을 뿐 실제 눈으로 보는 것은 이번이 처음이었다.

태한은 한동안 파란탄의 훈련 광경을 넋을 잃은 채 바라봤다. 자료를 통해 접해봤던 모습과는 차이가 아주 컸다. 우람한 체격에서 뿜어져 나오는 민첩성은 지켜보는 것만으로도 혀를 내두르게 했다.

고개를 돌려보니 소찬도 파란탄 무리에서 시선을 떼지 못하고 있었다.

"저게 파란탄이구나! 정말 신기해."

소찬이 감탄하며 외쳤다.

"영상으로 봤던 것과는 많이 다르지?"

"당연하지."

그녀가 주저 없이 대답했다.

태한은 무언가가 접근해 오는 소리를 듣고는 반사적으로 고개를 우측으로 돌렸다. 무리를 이탈한 파란탄 한 대가 태한 일행을 향해 성큼성큼 다가오는 중이었다.

보폭이 큰 파란탄은 눈 깜짝할 사이에 열 발짝 정도 떨어진 곳에 도달해 있었다. 태한은 가만히 이를 지켜보다가 본능적으로 위협을 느끼며 멈칫 뒤로 물러섰다.

목전에서 바라본 파란탄의 몸체는 더욱 거대했다. 웬만한 병기로는 파란탄을 제대로 상대하기도 힘들 거란 생각이 들었다.

언뜻 봐도 덩치가 일반 성인 남성에 비해 족히 세 배는 더 큼을 알 수 있었다. 몸 크기에 걸맞은 우람한 팔과 굵직한 다리는 위협을 배가하고 있었다. 하지만 몸체 위에 달라붙어 있는 머리

는 너무나도 작아서 거대한 체구와 비교해 극히 초라해 보이기까
지 했다.

눈앞에 멈추어 선 파란탄의 몸체 앞면이 가슴과 배에 걸쳐 세
로로 갈라지듯 순식간에 열렸고, 안에 타고 있던 찬만이 활짝 웃
으며 지면으로 내려왔다.

"오랜만이야! 그동안 잘 지냈나?"

파란탄의 걸음걸이와 비슷한 모양새로 그가 다가오며 물었다.

"네, 사령관님. 바쁘신데 방해가 된 건 아닙니까?"

"방해는 무슨. 특별히 바쁠 건 없네. 늘 이렇게 지내는데 뭘.
그런데 느닷없이 부대 구경을 하고 싶다니. 날 보고 싶어 온 건
가, 아니면 부대를 구경하러 온 건가?"

"둘 다입니다, 하하."

태한이 머리를 긁적였다.

"소찬도 함께 왔군."

"오랜만에 뵈어요."

"잘 됐어. 오늘 남은 시간은 자네들 부대 구경이나 시켜주며 보
내면 되겠군."

"감사합니다."

소찬이 대답했다.

"자네들이 훈련장을 구경해보는 몇 안 되는 일반인이란 사실만

은 꼭 기억해주길 바라네."

찬만은 생색을 내고는 멋쩍은 듯 허허 웃었다.

"그럼요, 배려 잊지 않겠습니다. 저 로봇이 말로만 듣던 파란탄이죠?"

태한이 손가락으로 파란탄을 가리켰다. 그는 조금 전보다 상세히 다시금 파란탄을 살폈다.

"맞아, 파란탄이야. 행성 총방위군의 주력 로봇이지. 난 로봇이라기보단 갑옷처럼 느껴지지만."

"갑옷처럼요?"

"조종을 해보기 전에는 내 말이 무슨 뜻인지 모를 거야."

"그렇군요. 행성 총방위군 병사들이 정말 부럽습니다. 파란탄에 직접 탑승해볼 수 있으니까요."

"부러운가?"

찬만은 짧은 시간 고민에 잠긴 듯하다가 다시 입을 열었다.

"생색낸 김에 오늘 조종할 기회도 한 번 줘볼까?"

"정말입니까? 저야 허락만 해주신다면 영광입니다!"

태한은 들떠서 흥분하며 외쳤다.

"좋아! 연습용 파란탄 한 대 가져와 보게!"

"네! 사령관님."

지시를 들은 부하가 훈련장 쪽으로 즉시 움직였다.

태한은 이곳에 온 진짜 이유를 잠시 잊기로 했다. 어차피 특정한 목표가 있는 임무였던 것도 아니니, 이렇게 시간을 보내는 것도 나쁘지는 않다는 생각이 들었다.

찬만과 대화를 몇 마디 나누는 사이에 하얀색 파란탄 한 대가 어느새 가까이 다가와서 멈춰 섰다. 회색 빛깔을 띤 다른 파란탄들과는 확연한 차이가 있었다. 연습용 파란탄을 구분하기 위해서인 듯 보였다.

파란탄의 앞면의 덮개가 곧 갈라지면서 열렸고, 안에 타고 있던 군인이 태한 일행을 차분한 얼굴로 바라보고 있었다.

"거기서 뭐 하나? 내려와야 사람이 타지!"

찬만이 답답하다는 듯 '허' 소리를 내며 다그쳤다.

"내려오라는 지시를 안 하셔서……."

"알았네, 얼른 내려와서 열다섯 발짝 걸어간 후에 뒤로 돌아 전방을 보고 서 있게!"

"예! 알겠습니다……."

그는 파란탄으로부터 내려와서 지시대로 움직인 후 태한을 바라보며 서 있었다.

"어서 타보게."

찬만이 미소를 되찾으며 태한을 향해 이야기했다.

"네! 사령관님."

태한은 파란탄을 마주 본 상태에서 가까이 다가갔다. 파란탄의 바로 앞까지 접근해서 다리 사이로 내려와 있는 발 디딤대를 밟은 그는 머뭇거림 없이 몸체 위로 올라갔다.

비어 있는 공간에 올라선 그는 몸을 돌려서 자리를 잡고 앉았다. 엉덩이를 뒤에 붙이고 앉았지만 모양새는 서 있는 편에 가까웠다. 파란탄의 덩치가 워낙 커서 찬만이 언급한 갑옷이란 느낌은 전혀 들질 않았다. 자신에겐 말 그대로 탑승한다는 표현이 옳을 듯했다.

"이제 시작해볼까?"

찬만의 말이 끝나기가 무섭게 파란탄 앞면에 열려 있던 문이 순식간에 닫혀버렸다. 이어서 팔과 다리를 포함한 몸 전체를 무엇인가가 바짝 조여오는 느낌이 들었다. 몸을 제대로 흔들지도 못할 만큼 꽉 붙들린 상태가 되자 얼굴 위쪽으로도 무언가가 다가와 머리를 쓰다듬듯 감쌌다. 눈앞에는 좌측 하단에 작은 원형 화면과 함께 찬만의 얼굴이 나타나서 말을 하고 있었다.

"파란탄은 실제로는 로봇이 아니야. 지능이 없지. 단지 자네가 움직이는 대로 따라서 움직이는 것뿐이네. 조종한다는 생각보단 갑옷을 입고 움직인다는 생각을 갖도록 노력해야 돼. 그래야만 적응이 빠를 걸세."

"알겠습니다."

"좋아, 그럼 일단 팔을 움직여보게."

자신의 몸을 고정시켰던 힘이 어느새 풀렸음을 인지한 태한은 그가 알려준 대로 갑옷을 입고 있다는 상상을 하면서 오른팔을 들어 올려봤다. 아직은 갑옷을 입은 것처럼 느끼기 어려웠지만, 자신의 움직임에 따라 파란탄도 오른팔을 들어 올린다는 것을 알 수 있었다.

왼팔도 올려봤다. 파란탄의 왼팔도 마찬가지로 어렵지 않게 움직였다.

이제는 왼팔과 오른팔을 번갈아 가며 수차례 움직였다. 처음보다는 조종하는 느낌이 한결 부드럽고 친숙하게 다가왔다.

한동안 그는 두 팔을 자유롭게 올렸다가 내려도 보고 눈앞의 상대에게 타격을 가하듯이 주먹을 힘차게 휘둘러보기도 했다. 갖가지 유형의 다양한 움직임을 취해봤다.

시간이 흐를수록 익숙함이 더해져서 '갑옷처럼 느껴진다'라는 말의 의미를 조금은 이해할 수 있을 듯했다.

"이제 걸어보게!"

찬만의 화상이 말했다.

"네!"

태한은 대답과 동시에 왼쪽 다리를 살짝 들어 올려봤다. 뒤이어 오른발을 움직였다. 파란탄의 두 발이 충실히 움직임을 따라오고 있었다.

오른발과 왼발을 번갈아 움직이며 걷는 듯한 시늉을 하자 파란탄이 뒤뚱거리며 지면을 걸어가기 시작했다. 걷는 모습이 영 불안하고 부자연스러웠지만 걷는 것만은 확실했다.

"자네, 소질이 있군. 다른 사람들에 비해 조종 감각을 익히는 속도가 확실히 빨라. 역시 자동차 경주 선수라 다르긴 해, 하하."

찬만은 마냥 즐거워하며 칭찬을 쏟아냈다.

"정말 소질이 있는 것 같습니까?"

"물론이지. 내가 거짓말을 왜 하겠나? 하지만 실제 전투를 수행하려면 훈련을 아주 많이 해야 돼. 최소한 수십 일 이상은 기본적인 훈련을 꾸준히 쌓아야만 전투에 투입되는 게 가능하지."

"당연하죠. 하루 이틀 연습한다고 될 일은 아닌 것 같습니다."

태한은 대답을 하면서 걸음을 계속 뒤뚱거렸다. 하지만 조금 전보다는 걸음걸이가 제법 나아졌다는 사실을 알 수 있었다.

"쿨쿤과 비교해서 파란탄의 장점이 무엇인 줄 아나?"

찬만이 물었다. 쿨쿤은 자체 지능으로 움직이는 로봇의 일종으로 태바쿤의 주력 무기였다.

찬만은 어느새 자신의 파란탄에 올라타고 있었다. 탑승을 마친 그가 파란탄의 손으로 바닥의 주먹만한 돌덩이를 주워 들어서 공중으로 던져 올렸다. 하늘 높이 솟아오른 돌이 정점을 찍고 내려오자 찬만은 공중으로 번쩍 뛰어올라 파란탄의 오른발로 돌을 힘껏 걷어찼다.

돌은 '퍽' 소리와 함께 공중으로 높이 날아올라 포물선을 그리며 먼 곳에 떨어졌다.

"바로 동물적인 반사신경이지. 쿨쿤과 같은 자체 지능형 로봇들에게는 상상도 할 수 없는 거야. 그들은 둔한 움직임과 미리 짠 동작으로 공격과 수비를 하는 게 전부지. 육체적인 감각이나 반사신경이란 게 전혀 없어.

파란탄은 로봇의 강력한 힘과 탄탄한 방어막에 더해 탑승한 사람의 반사신경까지도 그대로 반영할 수 있는 막강한 장점을 지니고 있네."

찬만은 이야기하는 내내 자신감으로 가득 차 있었다.

그는 항상 군인이라는 신분 자체에 커다란 자부심을 지니고 있었다.

직업이 주는 사회적인 지위도 무시할 수는 없었다. 차별되는 혜택과 더불어 사회에서 군인을 대하는 태도도 눈에 띄게 달랐기 때문이다.

하지만 그의 자부심이 이런 세속의 욕망과 사회적 대우 따위에서 비롯된 것은 절대로 아니었다. 그는 군인이라는 사명감에 인생의 큰 의미를 부여하고 있었다. 이는 찬만을 아는 대부분의 사람이 인정하고 있는 사실이기에, 그를 따르며 존경하는 이들이 주변에 적지 않게 존재했다.

"자네, 예전에 군사학 강의를 들어본 적이 있다고 했지?"

찬만이 다시 질문을 던졌다.

"들어보기는 했습니다. 기초적인 내용만요."

"여기에 온 김에 무기 역사에 대해서 잠시 설명해줄까 하는데."

"그렇게 해주시면 저야 당연히 감사하죠."

태한이 기다렸다는 듯 대답을 서둘렀다.

"소찬이 심심하겠군……."

찬만의 말에 태한은 아차 싶어서 그녀를 돌아보았다. 파란탄에 흠뻑 빠져있는 사이 그녀와 함께 와 있다는 사실조차 깜빡 잊고 있었던 것이다.

"어서 설명해주세요, 사령관님. 저도 군사학에 관심이 아주 많답니다."

소찬이 반단의 화상을 보며 동의를 보내왔다.

그녀도 외모로 보이는 이미지와는 다르게 군사학 강의를 지금까지 수차례 들어왔고, 조직에서는 그와 관련된 얘기가 나올 때면 적극적으로 토론에 참여해서 자신의 의견을 내놓곤 했다.

이러한 사실을 전혀 모르는 찬만은 그녀를 신경 써주지 못해서 마냥 미안하다는 표정을 짓고 있었다. 그녀의 동의를 확인한 그가 이윽고 설명을 위해 입을 열었다.

"군사학을 배운 사람들은 알고 있는 내용이지만 전쟁과 무기의 역사는 언제 들어도 늘 재미있어."

태한은 파란탄 내부의 찬만의 화상에 집중했다. 소찬도 반단의 영상을 통해서 찬만의 이야기를 듣고 있는 중이었다.

"원시 시절에 우리의 조상들은 다양한 물질을 날카롭고 뾰족한 형태로 가공해서 공격용 무기로 활용했지. 칼이나 창 같은 무기 말일세. 더불어 그들은 방패와 갑옷 같은 방어용 무기도 동시에 발전시켰어."

"창과 칼에 대해서는 저도 자료에서 몇 번 접해본 적이 있습니다."

"그럴 거야. 다양한 자료에서 빈번하게 등장하니까. 그 시절에는 칼과 창 같은 공격용 무기의 발전보다 방패와 갑옷 같은 방어용 무기의 발전이 월등히 빨랐다는 사실도 알고 있나?"

"그런 내용까지는 못 들어봤습니다."

"당시 조상들은 공격 무기보다는 자신들을 보호해줄 갑옷과 방패에 대한 연구에 더욱 치중했지. 스스로에 대한 보호 본능이 더 크게 작용했던 거야. 덕분에 웬만한 창으로는 끄떡도 하지 않는 갑옷과 방패가 오랜 기간 다양한 형태로 발전을 거듭했어.

그런 상태 그대로 긴 세월이 흐르고 나니, 언제부터인가 갑옷

과 방패 앞에서 칼과 창이 보잘것없는 무기가 되어버렸지. 방어
용 무기가 지나칠 정도로 강해져 버려서 공격용 무기가 전혀 제
힘을 발휘하지 못하게 된 거야.

이 시기를 군사학에서는 '방어가 공격보다 우위에 선 시대'로
정의하고 있네. 현대전과 마찬가지로."

"고대 전투의 형태가 근대 전투보다는 오히려 현대전의 모습에
가까웠다는 얘기를 들어본 적이 있습니다."

"생각해보면 참 재미있는 일이야. 현대에 와서 고대 전투의 형
태로 회귀한 것을 보면.

고대에는 방어가 공격보다 우월했기 때문에 대부분의 전투에
서 접근전이 주를 이루게 됐어. 서로에게 접근해서 엉키고 뒹굴
며 싸우는 모습이 전투 현장에서 주로 벌어지던 광경이었지. 방
패를 빼앗고 단단한 갑옷의 약점을 찾아서 칼과 창으로 수없이
두들기며 찔러대는 게 전투 중에 흔히 목격되던 모습이었어. 물
론 나도 자료를 통해서 알고 있는 사실이지만⋯⋯."

찬만은 자신이 실제로 본 것처럼 얘기한단 사실을 의식했는지
얼른 말을 덧붙이고는 멋쩍은 미소를 보였다.

"이러한 현상에 경각심을 느꼈는지, 특정 시점 이후부터는 공격
용 무기의 연구에 열을 올리며 변화를 모색하려는 이들이 하나
둘 생겨나기 시작했어. 시간이 흐를수록 변화에 동참하는 사람

들의 수가 기하급수적으로 늘어났지.

초창기에는 이러한 변화가 영향력 없는 미미한 시도 정도에 불과했지만, 나중엔 급기야 전쟁의 판도를 바꿀 만큼 강력한 무기들이 속속 만들어지게 됐어. 새롭게 등장한 무기들이 기존의 방어체계를 손쉽게 박살내버리며 많은 사람을 경악하게 만들어버린 거야. 이에 충격을 받은 이들은 상대방보다 막강한 공격 무기를 만들기 위해 더더욱 총력을 기울이게 됐지.

이 시점부터 '공격이 방어보다 우위에 선 시대'로 접어들게 된 거야. 드디어 근대전의 모습을 갖추기 시작했던 거지. 근대의 전투에서는 누가 먼 거리에서 상대방을 먼저 파괴하여 공격을 무력화시키느냐가 전쟁의 승패를 갈라놓게 됐어. 방어라는 것은 숨는다는 의미 이상을 지니지 않게 됐지.

그 뒤로 오랜 기간 공격 우위의 전투 형태가 지속되어 온 거야. '판'이란 물질이 만들어지기 전까지는."

"판의 발명이 아주 오래전의 일은 아닌 걸로 알고 있습니다."

"맞아. 판이 만들어진 것은 불과 200년 전의 일이야. 판의 발명은 전쟁의 형태를 다시 한번 뒤바꿔놨지. 물질의 입자와 입자 사이로 들어가서 서로를 단단하게 결합시켜 놓는 특성을 지닌 판은 다시 '방어가 공격보다 우위에 선 시대'를 만들어놨어. 판으로 결합해서 만든 방어 무기는 현시대의 화력으로는 꿈쩍도 안 할 정도로 단단해지게 된 거지.

전투의 형태가 다시 고대로 되돌아갔다고 해도 과언이 아니야. 서로 접근해서 뒤엉켜 싸우고 적의 약한 부위를 찾아 갖가지 총을 들이대고 죽어라 쏴대는 게 현대전의 흔한 광경이 됐지. 결국 그러한 형태의 전투가 되어 오늘날에 이른 거야."

"그렇군요. 훈련장에서 들으니 정말 실감이 납니다."

"군인의 입장에서 바라볼 때, 한편으로는 현대의 발달된 문명과 비교해서 무기는 상당히 더디게 발전하진 않았나, 하는 견해도 갖고 있네. 포와 총기 같은 화력에 대해서 하는 말이야.

이런 류의 무기 쪽으로 관심을 좀더 기울여 왔으면 지금보다 훨씬 강력한 화력을 보유할 수도 있지 않았을까 하는 아쉬움도 있긴 해. 그랬으면 그야말로 많은 우주 중에서도 최강이 될 수 있었을 텐데……"

"예, 맞는 말씀입니다. 그래도 이 든든한 파란탄이 있지 않습니까?"

"그렇지, 파란탄만큼은 정말 믿음직스럽고 강하다고 생각해.

근래 들어 많은 사람이 훈의 파란탄과 태바쿤의 쿨쿤을 자주 비교한다는 걸 알고 있네. 사실 파란탄에게 태바쿤의 장난감 같은 쿨쿤은 상대가 전혀 안 되는데…….

실제 실험을 통해서도 파란탄 한 대가 쿨쿤 일곱에서 열 대까지 동시에 상대가 가능하단 사실이 얼마 전에 밝혀졌어."

"쿨쿤을 직접 본 적은 없지만 파란탄의 기세만 봐도 마음이 든든합니다."

"이 친구, 예전엔 몰랐는데 사람 기분을 좋게 하는 말솜씨가 많이 늘었군, 허허."

"그런가요? 하하하."

"자, 해가 저물어가니 이제 들어가서 저녁 식사나 함께 하면서 얘기를 계속하지."

찬만은 말을 마친 후 파란탄에서 내리기 시작했다.

"그러시죠."라고 말하며 태한도 타고 있던 연습용 파란탄에서 내려왔다.

그는 소찬과 함께 걷고 있는 찬만 옆으로 서둘러 따라붙었다.

함께 동행해왔던 군인이 내부이동용 차량에 미리 타서 찬만 일행을 기다리고 있었다. 모두가 탑승을 마친 것을 확인하자 차량은 왔던 길을 반대로 되짚으며 사령부 건물을 향해 나아가기 시작했다.

"저쪽을 보게."

차가 목적지를 향해 절반 남짓 이동해 왔을 즈음, 찬만이 왼편 먼 곳을 검지로 가리켰다. 그의 손끝 방향에는 주변 지대로부터 불룩 튀어나온 너른 공터가 자리한 모습이 보였다. 그 위에는 낯선 무기 십여 대가 줄지어 늘어서 있었다. 한결같이 높고 단단한 구조물 위에서 기다란 물체를 앞으로 쭉 내민 모양이었다.

"전자기포 훈련장도 한 번 구경해보겠나?"

"전자기포요?"

"처음 들어봤을 거야. 최근에 개발된 무기니까."

"사령관님 덕분에 오늘 좋은 것을 많이 구경해봅니다."

"그렇게 좋아해 주니까 나도 흥이 나네."

찬만의 지시를 받은 군인이 방향을 틀어서 전자기포 훈련장으로 향했다. 차량은 긴 커브를 부드럽게 돈 후 멀지 않은 곳에 위치한 훈련장에 금방 다다랐다. 차는 속도를 조금씩 줄여가며 포대열 가까운 곳에 멈추어 섰다.

"저기 보이는 포가 파란탄에 견주어도 손색이 없을 만큼 강력하고 멋진 무기야. 언뜻 보기엔 평범해 보일지도 모르겠지만."

찬만이 차에서 내리며 말했다.

"포의 일종인가요?"

"포의 일종이긴 하지. 하지만 파괴력 면에서는 일반 포와 차이가 아주 커."

그는 전자기포 중 하나에 가까이 다가갔다.

"조금 전에도 말했다시피, 판은 기존의 원거리 공격용 무기의 파괴력을 무력화시켰다고 봐도 무방해. 하지만 군사과학연구소에서는 판을 파괴할 만한 원거리 공격용 무기를 만들기 위해서 오랜 기간 포기하지 않고 연구를 끈질기게 계속해왔지.

결국 최근에 괄목할 만한 성과물을 내놓고야 말았어. 전자기력을 이용해서 탄을 무섭게 빠른 속도로 날리는 포를 만들어내게 된 거야. 전투 시뮬레이션까진 아니어도, 이미 다양한 실험을 성공적으로 끝낸 상태이네.

전자기포의 유일한 단점이라면, 탄알을 발사한 후 에너지를 다시 모으는 데까지 시간이 너무 오래 걸린다는 점이야. 사정없이 연달아 탄알을 날릴 수만 있다면 그야말로 무적일 텐데……."

약간은 아쉬워하는 듯한 표정으로 말을 마친 뒤, 그는 소찬에게 고개를 돌렸다.

"배가 많이 고프지 않나? 이제 들어가서 식사하며 얘기를 계속 나누기로 해."

"저도 시간 가는 줄 모르고 들었어요. 정말 유익한 시간이었습니다."

"그래? 하하. 그렇게 말해주니 고맙군."

찬만이 내부이동용 차량을 향해 걸음을 옮겼다.

태한은 그를 뒤따르며 나란히 걷고 있는 소찬의 얼굴을 바라봤

다. 그녀도 같은 생각을 하고 있는 듯 고개를 끄덕이며 동의의 신
호를 보내왔다.

태한은 오늘만큼은 모든 일을 잊은 채로 찬만과 남은 시간을
여유 있게 즐기기로 결심을 굳혔다.

세상 밖으로 10

어느덧 시간이 흘러 대업을 실행할 날짜가 되고 말았다. 지도부 의원실에서는 다섯 개 대륙을 대표하는 최고의원들과 부의원들이 모여서 행성 훈의 중대사안에 대해 논의를 벌이고 있는 중이었다. 대칸도 사전에 계획된 대로 지도부 정기회의에 참석한 상태였다.

회의가 진행되는 도중에 '폭풍 속의 고요'의 동료들과 수도방위군이 한꺼번에 의원실로 들이닥치기로 예정되어 있었다. 그럼으로써 지도부 의원들을 한자리에서 모두 체포하기로 한 것이다.

특수작전군 사령관 야찬으로부터는 대업에 동참하겠다는 확답을 한무를 통해 전달받았다. 행성 총방위군 사령관인 찬만의 동태도 특이사항이 없다는 사실을 태한으로부터 보고 받은 후였다.

드디어 약속된 날이 밝았고, 대업을 수행하기 위해 혁명군이 지도부를 향해 진군해오고 있었다. 한무가 이끄는 수도방위군 정예 오백과 '폭풍 속의 고요'의 동료들. 오늘 이들에 의해 행성 훈의 새로운 역사가 펼쳐지는 것이다.

지도부 의원들은 별다른 낌새를 알아차리지 못한 채 회의에 열중해 있었다. 설사 알아챘다고 한들 회의에 참석 중인 대칸까지 연루되었다는 사실은 대업이 성공적으로 끝난 뒤에야 알게 될 것이다.

대칸은 벽 가장자리 허공에 떠 있는 시계를 바라보았다. 약속된 시간이 성큼성큼 다가오고 있는 중이었다. 웬만한 일로는 긴장이라는 걸 모르고 살아온 그였지만, 지금만큼은 가슴의 두근거림을 어찌할 도리가 없었다. 그만큼 그에게 있어서도 현시점이 일생의 성패를 가르는 중요한 순간이었다.

대칸도 다른 동료들과 마찬가지로 처음부터 반란을 계획했던 것은 아니었다. 지도부와 군을 향하여 끊임없는 설득과 노력을 쏟아부으면 어떠한 결실이라도 맺게 될 거라고 믿어 의심치 않았다.

비밀조직을 결성할 당시만 해도 그랬다.

하지만 지도부 최고의원들의 상태는 예상했던 것보다도 훨씬 더 심각했다. 그들은 자신들만의 이기주의로 철저하게 중무장해 있는 상태였다.

진행 중인 설득만으로는 어림도 없다는 사실을 대칸은 깨닫게 되었다. 시간이 지날수록 더욱더 확실하게.

지도부의 확고한 태도를 군에서도 모를 리 없었다. 지도부의 명령에 무조건 복종해야만 하는 것이 군의 숙명이기에, 군의 의견도 그들과 다를 수가 없었다. 침략 대비를 위한 수차례의 강력한 제안도 군을 움직이는 데는 번번이 실패만 거듭해왔다.

난관을 헤쳐나갈 희망이 보이질 않았다. 캄캄한 암흑 속에서 한 줌의 빛도 시야에 보이지 않았다. 그런 와중에 지도부 최고의 원들을 설득하던 태한과 산탄이 역모의 누명을 쓰고 수용소로 가게 되는 사건이 발생한 것이다.

반란에 대한 형치고는 가벼운 벌이라고 여길 수도 있었다. 하지만 역모라는 것 자체가 말도 안 되는 죄명이었다.

대칸은 그 순간 하나의 생각이 뇌리를 스치고 지나가는 걸 느꼈다.

'지도부 최고의원들이 혁명이란 것을 절대 일어날 수 없는, 말도 안 되는 일이라고 생각지는 않는다는 사실……'

대칸도 반란을 심중에 두지 않았던 것은 아니었다. 하지만 그것은 그에게 있어, 당장 조직이고 뭐고 모든 걸 잊은 채 홀연히

파라한

어딘가로 떠나버릴까 하는, 그런 말도 안 되는 생각만큼이나 무의식 속에서 조용히 잠자고 있는 현실성 없는 바람에 지나지 않았다.

그런 면에서 보면 마음 한구석에서 숨죽이고 있던 생각을 최고 의원들이 일깨워준 셈이기도 했다.

의도를 조금이라도 미리 드러내면 위험천만할 뿐만 아니라 실패할 가능성도 높아질 게 뻔했다. 때문에 대칸은 마음속으로만 은밀히 대업에 대한 생각을 싹 틔우고 키워나갔다. 물론 그런 동안에도 조직 본연의 활동에는 소홀함이 없도록 애를 썼다.

그런 상태 그대로 2년이란 세월이 흘렀으나, 달라진 건 아무것도 없었다.

그는 고심을 거듭한 끝에 결국 대업에 대한 의지를 조직의 동료들에게 공표하기에 이르렀다. 그리고 오늘, 드디어 이를 행동으로 옮기게 된 것이다.

대칸이 지도부 최고의원의 꿈을 처음 갖게 된 건 어린 시절의 일이었다. 어렸을 적 그는 책과 영화 등을 통해서 항상 선하고 정의로운 이들이 악당들을 벌하고 승리하는 이야기만을 보고 들으며 자라왔다. 과정과 내용은 다를지라도 모든 이야기 속에서 악은 끝내 정의의 손에 부서지고 말았다. 정의를 실현하는 데에 예

외가 있을 리 없었다. 그것은 너무나도 당연한 일이었다. 그에게
있어 잘못된 이들이 승리한다는 건 새끼 동물이 어미를 낳았다
는 말만큼이나 절대로 받아들일 수 없는 결과였다.

하지만 현실 속에서 벌어지는 일들이 늘 그런 것만은 아니었
다. 때로는 악한 이들이 다른 이들을 을러대며 힘을 통해서 옳은
이들을 꺾는 사태도 발생했고, 그런 힘을 어찌할 도리가 없는 경
우도 다반사로 생겨났다.

대칸이 합리적인 어른의 세계를 동경하게 된 것도 이 무렵부터
였다. 그는 훈의 최고결정권자인 지도부 최고의원이 되어서 사회
전반에 정의를 확실하게 실현하고 싶었다. 힘으로 옳은 걸 꺾었
던 이들에게 정의가 결국엔 승리하는 것임을 일깨워주고 싶었다.
이 세상에 정의가 굳건하게 살아 있음을 각인시켜주고 싶었다.

대칸은 마침내 지도부 최고의원이 되고야 말았다. 어릴 적 꿈
에 그리던 지도부에 끝내는 발을 들여놓게 된 것이다. 그는 지도
부에 들어설 당시의 감격에 겨웠던 순간을 이후로 한시도 잊어본
적이 없다.

하지만 그의 감격은 지도부에 들어온 지 1년도 채 되지 않아
산산조각이 나버렸다. 시간이 지날수록 지도부 최고의원들의 추
태만 속속 드러날 뿐이었던 것이다.

의원들의 이기적인 욕심이 합리에 우선하기 일쑤였고, 잘못된

생각이 옳은 의견을 힘으로 누르는 사례도 빈번하게 발생했다. 지도부에서 벌어지는 수많은 일은 정의롭지도 합리적이지도 않았다. 대칸은 처음에 가졌던 감격만큼이나 날이 갈수록 실망할 수밖에 없었다.

'지도부 자체가 이토록 최악인데, 과연 누구의 잘못을 나무랄 수 있겠는가……'

그의 탄식과 절망은 그 뒤로도 끊어지질 않았다. 훈 전체가 위기에 몰린 이 순간에도 의원들의 이기심은 사그라질 줄 몰랐던 것이다. 모두 제 욕심 챙기기에만 급급했고, 훈의 장래를 진정으로 걱정하는 이는 아무도 없었다.

급기야 이를 참다못한 이들이 대칸을 중심으로 뜻을 뭉쳤고, 오늘의 혁명을 눈앞에 두기에 이른 것이다.

'하지만 만일에라도 대업이 실패한다면 결과는 어떻게 될까? 과연 옳은 일을 행하려다 안타깝게 실패한 사람으로 남겨지게 될까?'

반란을 막아낸 지도부가 이를 허락할 리가 만무했다. 그들은 자신의 편의대로 대업의 의미를 재해석하여 사람들에게 알릴 것이다.

'사사로운 욕심으로 반란을 꾀하고 무력으로 지도부를 장악하려다 실패한 역적의 수장으로……'

여기까지 생각이 미치고 나자 대칸은 두려움이 거세게 이는 것을 느꼈다. 공포가 물밀 듯이 밀려와 전율이 일었다.

실패 자체보다도 실패 후에 남겨질 자신의 모습에 대한 두려움이 더욱 컸다.

지금은 옳은 편이 이기게 되는 것이 아니라, 이긴 사람이 옳게 되는 형국이다.

'결국 힘센 사람들이 옳게 되는 것이라면, 어른의 세계가 아이들의 세계에 비해 나은 게 도대체 무엇이란 말인가……'

그는 마음속에서 우러나오는 깊은 한숨을 토해냈다.

"다음은 병력 증강에 대한 안건입니다."

칼란이 민감한 안건을 꺼내놓는 소리가 홀로 생각에 잠겨 있던 대칸을 밖으로 이끌어냈다. 대칸은 빠르게 현실로 돌아와 칼란의 이야기에 귀를 기울였다.

"태바쿤이 코만을 귀속시킨 후 두 해가 지나는 동안 이렇다 할만한 특이사항은 발견되지 않았습니다. 최근 들어 그들의 움직임이 심상치 않다는 일각의 우려가 있긴 합니다만, 여러 사안을 종합해본 결과 그것은 지나친 걱정이라는 결론을 얻게 되었습니다.

또한 전쟁이 설사 벌어진다고 한들, 훈의 군사력은 그들에게 결코 뒤처지는 게 아닙니다. 우리와 오랜 기간 돈독한 관계를 유지해온 한바우가 모른 체할 리도 없고요. 의형제와도 같은 행성에 불상사가 일어날 경우 그들은 이를 좌시하지 않을 것입니다.

제 말에 이견이 있는 분들은 한번 말씀해 보시오!"

지도부의 다섯 최고의원 중 수장 역할을 맡고 있는 칼란이 병력 증강에 대한 안건을 간단히 마무리 지으려는 듯 다른 네 명의 최고의원과 여러 부의원을 차례로 둘러봤다.

예전부터 대칸이 수차례 이슈화해 온 안건이었다. 하지만 그럴 때마다 칼란에 의해 번번이 묵살되곤 했다.

본래 최고의원 다섯 명은 대등한 위치에 서 있는 것이 정상이었다. 그런 상태에서 특정 안건에 대해 서로의 의견을 자유롭게 교환하고 논의하여 최적의 결론에 이르게끔 되어있는 구조였다. 그것이 정상적인 지도부의 모습이자 최고의원을 다섯으로 구성한 근본적인 취지이기도 했다.

동등한 관계 안에서도 누군가 한 사람은 회의 진행을 맡아야만 했고, 칼란에게는 단지 그 역할만이 주어진 것뿐이었다. 그 이상의 권한은 애초부터 존재하지도 않았다.

하지만 오래전부터 그는 명백하게 나머지 최고의원 위에서 군림해왔다.

지도부에서 진행되는 최고의원들의 논의도 본래의 취지에 맞는 회의 진행의 모습이라고 보기 어려웠다. 칼란이 자기 생각을 먼저 말하고 반대의견을 묻는 방식으로 변질된 지 오래였던 것이다. 대칸이 최고의원으로 추대되어 지도부에 발을 디뎠을 때는 이런 방식의 회의 진행이 고착화된 이후였다.

칼란의 평상시 웃는 모습만을 대해보면 친근함과 인자함만이 느껴지는 게 사실이다. 하지만 그의 실체를 조금이라도 아는 이는 그의 잔인함에 치를 떤다.

칼란은 사람들을 끌어들이는 동시에 이들을 굴복시키며 제압하는 매서운 능력을 지니고 있다. 늘 인자하게 웃고는 있지만 이면에는 지독할 정도의 간사함과 교활함이 숨어있는 것이다.

그가 추진하려거나 결론을 내리려는 일에 반대하는 이들에게는 비록 당장은 앞에서 미소를 보낸다 할지라도 우회적으로 보복을 해오는 일이 다반사였다. 보복의 정황이 표면으로 드러나거나 물증을 남기는 일은 이제까지 단 한 번도 없었다. 겉으로 드러나질 않으니 문제로 삼을 수도 없는 노릇이었다.

지난번에 뜻있는 이들에 의해 한 차례 진실을 파헤치려는 시도가 있기는 했지만, 결국은 헛수고로 끝나고 말았다. 그 뒤로 이어진 보복은 더욱더 잔인해져서 칼란을 이전보다 더 두려워하는 결과만을 낳았을 뿐이다.

이따금 칼란의 독선에 맞서 유일하게 반론을 제기하는 사람이

파라한

대칸이었다. 하지만 다섯의 의견을 조율하는 자리에서 한 사람의 의지가 영향력을 발휘하긴 힘들었다.

칼란이 자신의 안위나 자리보전 외에 어느 것도 안중에 없다는 것은 많은 사람이 잘 알고 있는 사실이었다. 다른 최고의원도 대놓고 말을 않을 뿐 이를 모르고 있는 건 아니었다.

하지만 다른 세 최고의원의 속마음에도 훈의 명운과는 상관없이 자신의 자리를 지키고픈 욕망이 조금씩은 있을 것이었다. 칼란은 그들의 감춰진 이기심을 들추어내 본인의 구미에 맞게 적절히 이용하고 있는 셈이었다.

대칸은 칼란의 발언과 나머지 최고의원들의 침묵을 들으며 마지막으로 그들에게 걸었던 기대를 접기로 결심했다.

칼란은 의원실의 침묵을 깨며 말을 이었다.

"그러면 다음으로 넘어가겠습니다. 직업인에 대한 탄 지급률 인상에 관한 의견이 다음 안건으로 올라와 있습니다.

최근 연구기관의 조사 결과에 따르면, 직업인을 도란으로 대체한 비율이 또다시 사상 최고치를 경신했다고 합니다. 자료를 면밀히 분석해 보면 직업인들의 수가 십 년 전과 비교해서 큰 폭으로 줄었다는 사실을 알 수가 있어요.

물론 도란이 인간을 대신해서 많은 일을 해준다는 사실은 긍정적으로 받아들일 수가 있습니다. 하지만 장기적으로 직업인이 되고자 하는 사람들이 지나치게 줄지는 않을까 우려가 참으로 큽니다. 아무리 도란이 사람을 대체해준다 한들, 지도자와 같이 사람이 할 수밖에 없는 역할이란 게 있습니다. 앞으로 수백 년이 더 지난다고 해도 도란이 이런 일까지 대신 해주진 못할 거예요.

그런 면에서 볼 때 현재의 직업인들이 긍지를 가지고 일하는 모습을 보여야만 유능한 젊은 인재들이 끊임없이 직업인에 자원하여 훈의 미래를 가꾸는 데 힘을 쏟게 될 거라 확신합니다. 탄 지급률 인상은 지극히 타당한 일이라고 봅니다. 여러분의 의견은 어떻소?"

"직업인들의 혜택에 대하여 칼란 의원님이 말씀하신 부분은 그 취지를 공감합니다. 하지만 현시점에서 탄 지급률 인상을 논하는 것은 자칫 지도부가 자기 잇속만을 챙기려 한다는 비판을 받을 우려가 큽니다.

더군다나 코만이 태바쿤에게 복속된 이후로는 훈의 전반적인 분위기도 좋지 않습니다. 여러모로 민감한 사안이니만큼 매우 조심스럽게 접근해야 한다고 생각합니다."

반론을 들은 칼란은 미간을 잔뜩 찌푸리며 불쾌한 표정으로 대칸을 노려봤다. 다른 최고의원들과 부의원들은 모두 칼란의 눈

파라한

치를 보며 입을 굳게 다물고 있었다. 의원실 내부는 어느새 찬물을 뒤집어쓴 듯 냉랭한 기운이 감돌았다.

의원실에서 회의를 할 때면 대칸으로 인해 이따금씩 발생하는 광경이었다.

대칸은 귓속에서 신호음이 얕게 스며들어오는 것을 느꼈다. 그는 보안상 반단을 옷 속에 숨겨놓고 있는 중이었다. 동료들이 보내는 신호를 수신하기 위해서 소형 송수신기를 귓속에 미리 삽입해두었다.

뚜룩뚜룩 울리고 있는 신호음은 동료들이 지도부 근처에 도달한 후 보내주기로 한 신호로, 혁명군이 지도부 턱밑에 와 있다는 뜻이었다.

시계는 회의가 중턱에 임박해있음을 알리고 있었다. 대칸은 귓속 송수신기의 버튼을 손가락으로 살짝 눌러 동료들에게 지도부로 진입할 것을 지시했다.

세상 밖으로 11

신호음을 들은 태한은 고개를 돌려서 한무를 바라봤다. 동시에 같은 소리를 들은 한무는 말없이 맞은편 먼 곳을 응시하고 있었다.

한무의 시선 끝자락에는 반원 모양의 지도부 본관 건물이 아군을 노려보는 모양으로 버티고 서 있었다. 건물의 몸체는 새끼를 보호하는 맹수마냥 빈틈이 보이지 않았다. 높다란 장벽이 건물 전체를 두 겹씩이나 에워싸고 있어 유사시 방어 시설로 활용한다 해도 손색이 없을 듯 보였다.

둥글게 휘어지듯 튀어나온 2층 베란다에는 수십의 군인들이 빼곡히 경계를 서고 있었다. 지도부 정면의 푸른 광장에는 군데군데 무리 지은 다수의 병력이 시야에 발견됐다.

정문 안팎으로 밀집해있는 병사들, 시야에 보이지 않는 내부경

파라한

비병들, 비상대기 병력들. 이들을 모두 합한다면 예상대로 족히 이백은 넘을 듯했다.

수도방위군 병력들은 지도부의 좌우 측에 각각 백 명씩, 본진에 삼백여 명이 배치되어 명령을 기다리는 중이었다. 조직의 동료들, 그리고 선다와 그의 부하들도 본진에 포함되어 함께 대기 중이었다. 아직 먼 거리에 떨어져 있어서, 지도부는 수도방위군의 존재를 눈치채진 못하고 있는 것으로 보였다.

부하로부터 지도부와 외부 간의 통신망을 단절했다는 보고가 들려왔다.

보고를 접한 태한은 각본대로 수도방위군 중 팔십을 인솔하여 지도부 정문을 향해 걸어가기 시작했다. 본진의 나머지 병력들은 한무와 함께 후방에서 대기 상태로 있었다. 지도부 좌우 측의 병사들도 즉시 돌진태세로 명령을 기다리는 중이었다.

팔십 명의 부하들을 지도부와 근접한 거리까지 이동시키는 것이 첫 번째로 주어진 과제였다. 수도방위군이 외형상으로는 지도부의 아군임을 이용하면 어렵지 않게 달성 가능한 일이었다.

이 병력이 어느 순간 적으로 돌변해서 지도부 담장 안으로 진입하고 나면 작전의 맨 첫 단계가 성공하는 것이었다. 이 시점에서 좌우 측의 병력들도 동시에 공세에 가담할 예정이다. 그럼으로써 방어 체계를 일시에 무너뜨리고 지도부를 혼란에 빠뜨릴 수가 있는 것이다.

그 후 한무가 이끄는 후방의 본진이 적정 시점에 지도부를 덮쳐서 상대를 제압한 후 승리를 확정하면 전투가 끝나게 된다.

태한은 수도방위군을 인솔한 상태로 지도부 정문 앞 광장의 정성껏 다듬어진 풀밭 위를 계속해서 걸어갔다. 지도부 정문으로부터 백여 보 떨어진 지점에서 그는 병사들의 전진을 멈추게 했다. 광장의 수비 병력 중 책임자로 보이는 한 사람이 잔뜩 경계를 하며 다가오는 중이었기 때문이다.

"무슨 일입니까?"

책임자가 다가오기가 무섭게 물었다.

"최고의원 칼란의 지시를 받고 들어가는 중입니다."

"칼란 의원님이요? 의원님께 그런 내용은 전달받은 적이 없습니다."

"그럴 리가요. 지금 다시 확인해보시죠."

태한의 말을 들은 책임자는 뒤로 돌아 세 발짝 정도 이동했다. 허리에 부착 중이던 반단을 뽑아 든 그는 의원실로 곧장 연락을 취했다. 지도부 내부 간의 통신은 여전히 가능한 상태였다.

태한은 뒤에 서 있던 부하 한 명에게 재빨리 수신호를 보냈다.

사전에 임무를 부여받은 부하는 곧장 앞으로 걸어 나갔다. 연락을 취하는 책임자에게 다가간 부하는 고개를 돌린 그의 얼굴 앞에 마취총을 들이댔다. 책임자는 기겁한 얼굴로 총구와 부하의 얼굴을 번갈아 보았다.

픽! 픽!

태한과의 대화를 하기 위해 얼굴의 방어막을 위로 젖히고 있던 책임자는 마취 총격을 두 차례 연속으로 뺨에 맞고 서 있던 자리에서 그대로 쓰러졌다.

그 순간 태한이 우렁차게 소리쳤다.

"돌격!"

팔십의 수도방위 병력이 일제히 지도부 정문을 향해 돌진해 달려갔다. 이를 목격한 정문의 수비병들이 다급히 총을 들고 공격 태세를 취하는 중이었다.

탁! 탁! 탁!

지도부 수비병들이 총을 쏘아대는 소리가 들렸다. 총알이 연달아 날아와서 태한의 갑옷을 딱딱 두들긴 후 바닥에 떨어졌다. 태한은 방패를 위로 들어 올리며 뒤이어 오는 총알을 연속으로 막아냈다.

그는 신속히 부하들에게 반격을 지시했다. 부하들은 왼손으로 방패를 들어 올리며 지도부 정문을 향해 사격을 가하기 시작했다.

타닥! 탁! 탁!

수도방위군과 지도부 수비군은 양측 모두 판으로 표면을 뒤덮은 갑옷과 헬멧, 방패로 중무장하고 있었다. 원거리에서 상호 간의 총격이 위협과 접근 방해 이상의 의미가 없음은 서로가 잘 알고 있는 사실이었다. 상대방에게 접근해서 갑옷에 총구를 들이대고 같은 부위에 연속사격을 가하거나, 헬멧이나 갑옷을 벗겨낸 후 총격을 가할 때부터가 진짜 전투인 것이다.

지도부 수비병들의 의미 없는 총격은 쉬지 않고 계속됐다. 태한은 아군을 향해 맹공을 퍼붓고 있는 지도부 병사들의 모습을 바라봤다. 지금은 어쩔 수 없이 서로 싸우고 있지만 모두가 똑같은 훈의 군인이었다. 지도부 최고의원들에게 잘못이 있는 것이지 지도부 수비군들에게 무슨 죄가 있나. 저들은 단지 자신에게 맡겨진 직분에 최선을 다하고 있는 것뿐이다……

아무리 대의를 위해서라고는 하지만, 아군들끼리 총을 겨눌 수밖에 없는 현실에 그는 마음이 아려왔다. 예상하고 있던 일이지만 막상 눈앞에 맞닥뜨리고 나니 죄책감과 부담이 몇 배나 더 크게 느껴졌다.

잠시 후 지도부 내부로 진입하고 나면 서로 간에 피를 흘리는 광경도 결국 눈앞에서 벌어지게 될 것이다. 피할 길은 없다. 군과

파라한

군 간의 싸움에서 생포로만 승패를 판가름한다는 것은 애초부터 불가능하기 때문이다.

태한은 한쪽 눈을 질끈 감았다. 괴로움이 들수록 일부러 소리를 높여서 부하들에게 전진을 명령했다. 수도방위군은 달려드는 총알을 방패와 갑옷으로 받아내며 한 발 한 발 전진을 이어갔다.

지도부 정문 앞 삼십여 보까지 접근한 수도방위군은 지도부 측을 향해 다시 총격을 가했다. 태한은 부하들로 하여금 사격을 하면서도 전진을 멈추지 않도록 계속 독려했다.

지도부를 둘러싼 담장에 새로운 병사들이 추가로 나타나는 모습이 보였다. 2층 난간에도 병사들이 속속 충원되는 중이었다. 새롭게 나타난 이들이 아군을 향해 총구를 들이댔다. 멀리서 봐도 생김새가 상당히 생소한 총이라는 것을 알 수 있었다.

탕! 탕! 탕!

천둥이 치듯 고막을 찢는 소리가 허공을 울렸다. 굉음과 함께 날아든 총알이 방패와 갑옷을 사정없이 빡빡 때려댔다.

조금 전 탄알과는 강도가 확연히 달랐다. 방패를 잡은 왼손이 충격에 밀려 심하게 흔들렸고, 떨림은 통증이 되어 팔뼈를 타고 어깨까지 전달됐다. 갑옷을 두들긴 탄알은 강력한 힘을 몸 안 깊숙이 주입하고 있었다.

베일에 싸여 있던 압축 가스총이 틀림없었다. 대업 하루 전 막판까지도 논란의 중심에 섰던 지도부의 숨은 병기였다.

총이 최초로 발명된 이래, 총기는 전쟁의 역사와 더불어 오랜 기간 발전에 발전을 거듭해왔다. 초기의 총은 둥근 돌이나 쇠붙이를 총알로 이용했다. 총기 내의 기계장치를 이용해서 이를 세차게 때려 날려 보냄으로써 적에게 타격을 입히는 원리였다.

이후에도 근본적인 방식 자체에는 변화가 없었다. 단지 총기의 발사 원리, 총알의 구성 재료와 형태가 적에게 치명적인 타격을 입히는 방향으로 꾸준하게 진화를 거듭해온 것이다.

현재 사용되는 총기도 이러한 발전 역사의 연장선에서 크게 벗어나지는 않았다. 기계식으로 총알을 때려서 날려 보내는 작동 방식도 여전히 애용되고 있었다. 단지 총기 내에 저장된 에너지에 의존해서 순간적으로 강력한 힘을 분출한다는 점이 예전과 달랐다.

하지만 문제의 총기 하나가 조직을 무거운 고민에 빠뜨렸다. 주범은 지도부 병사들에게 새로이 지급되었다던 압축 가스총이다.

압축 가스총은 지도부 산하의 군사과학연구소가 최근 개발하여 실험 중에 있던 병기로, 총기 안에서 압축된 가스가 폭발하는 힘에 의해 총알이 튕겨지듯 날아가는 원리로 작동되었다.

파라한

기존의 총기에 비해 파괴력이 훌륭한 편이었다. 하지만 가스폭발 시 발생하는 총의 반동과 소음이 지나치리만큼 커서 정상적인 병기로서의 사용이 불가할 정도였다.

이 때문에 실험으로만 그치리라는 의견이 지배적이었다.

지금까지 외부에 공식적으로 드러난 사실은 여기까지다.

하지만 이후에, 일부 지도부 병력을 대상으로 시범적으로 압축 가스총을 지급하는 일이 발생했다. 이유를 아는 사람은 아무도 없었다. 이러한 조치는 당시 주변의 많은 관계자에게 궁금증과 의혹을 불러일으켰다.

압축 가스총에 관하여 더 이상 알려진 사실은 없었다. 이후로는 더욱더 베일에 가려진 채 실험이 진행되는 듯했다.

파란탄에 장착된 총에 견줄 만큼 파괴력이 크다는 소문이 한때 떠돌기도 했다. 원거리에서 판으로 보호된 갑옷을 뚫는 것이 가능하다는 말까지 나돈 적도 있었다. 하지만 이를 믿는 사람들은 극소수에 불과했다.

대업을 앞둔 조직의 최종적인 판단은 이랬다.

'힘이 다소 강할 수는 있다. 하지만 전투의 결과를 뒤집을 만큼은 아니다!'

세상 밖으로 12

타당! 탕! 탕! 탕!

시간이 지날수록 압축 가스총을 앞세운 지도부 측의 공격이 더욱 거세졌다. 태한과 수도방위군 병사들은 얼굴 보호를 위해 방패를 더욱 위로 들어 올렸다. 총알은 따당땅땅 소리를 내며 방패를 뚫어버리기라도 할 기세로 사정없이 덤벼들었다.

그런 와중에도 전진은 계속됐다. 여기까지 와서 물러설 수는 없었다.

한동안 수도방위군 병력들은 멈칫거리다가 앞으로 나가길 수없이 반복했다. 시간이 지나도 총격의 힘은 수그러들 줄 몰랐다. 탄알이 갑옷을 두들길 때면 깜짝깜짝 놀라기 일쑤였고, 갑옷이 행여 뚫리지는 않았나 확인하는 광경도 여기저기서 벌어졌다.

정문에 가까워질수록 총격은 위력을 더해갔다. 당황한 부하들

파라한

이 이제는 전진하는 것마저도 주저하고 있었다.

이들이 당황하는 것을 나무랄 일은 아니었다. 어쩌면 당연한 반응이기도 했다. 뜻밖의 거센 저항인 데다가 훈련 중에는 한 번도 경험해보지 못한 충격의 강도였다.

상대도 마냥 침착하지만은 않으리란 생각이 들었다. 오랜 기간 훈에서는 제대로 된 전투가 거의 일어난 적이 없다. 어차피 양 진영 병사들 대부분에게 처음 실전이며, 첫 전투 경험으로부터 오는 공포가 서로 다를 리는 없었다.

선두에 있던 두 명의 병사가 바닥으로 푹푹 쓰러지는 모습이 보였다. 지도부 정문을 불과 스무 걸음 언저리 앞둔 지점이었다. 주변 병사들이 기겁하며 우왕좌왕하고 있었다.

"정지!"

태한은 큰소리로 고함을 치는 동시에 쓰러진 병사들을 향해 급히 다가갔다.

한 사람은 얼굴을 덮은 투명 방어막이 총알에 뚫려 숨져 있었고, 다른 한 명은 갑옷의 옆구리 부위를 총에 맞아 죽은 상태였다. 두 사람 모두 방어 체계 중 약한 부위를 총격에 맞고 사망한 것이다.

태한은 정신이 아찔해지는 것을 느꼈다.

'적의 압축 가스총이 헬멧의 앞면이나 갑옷의 약한 부위를 뚫을 수가 있다. 어느 정도 가까운 거리에선 그것이 가능하다…….'

사실을 정리하고 나니 눈앞이 더 깜깜해졌다. 도무지 대책이란 게 생각나질 않았다.

느닷없이 거대한 벽을 마주하게 된 것만 같았다.

'어떻게 이 난관을 헤쳐가야 되나…….'

서로 상대방에게 접근하기 전까지 치명적인 타격을 줄 수 없다면 대등한 관계지만, 이젠 지도부 수비군이 월등한 지위에 서게된 것이다.

태한은 대책 마련을 위해 고심을 거듭했지만, 위기를 극복할 묘안이 끝내 떠오르지는 않았다.

"전군, 후퇴! 방패로 몸을 보호하라!"

수도방위군은 빗발치듯 쏟아지는 총알을 필사적으로 받아내며 뒷걸음질로 후퇴를 시작했다. 후퇴하는 병사들의 사기는 급격히 바닥에 가라앉은 걸로 보였다.

한참 동안이나 후퇴는 계속됐다. 도무지 어디까지 물러나야 할지 가늠하기도 힘들었다. 총알은 여전히 거셌고 부하들의 생명은 계속적으로 위협을 받고 있었다.

충분한 거리까지 적으로부터 멀어졌다고 판단되자 태한은 아

파라한

군의 후퇴를 멈추도록 지시했다. 그는 한무에게 상황을 알린 후 도움을 요청했다.

전진도 후퇴도 없는 대치 상태가 지속됐다. 지도부 병력도 섣불리 밖으로 나서진 못하고 있는 중이었다. 후방에 본진이 대기하고 있다는 사실을 알아차리고 있는 듯했다.

원거리에서도 지도부의 공격이 그치지는 않았다. 총격과 정적이 규칙적으로 반복되었다.

짧은 시간 정적이 흐른 뒤 다시금 적의 공세가 시작된 직후, 한무에게서 드디어 연락이 도착했다.

"태한! 간부들에게 즉시 '다급한 비명'을 준비하라고 전달해!"

"다급한 비명?"

"간부들에게 지시하면 알아. 수도방위군에서 주기적으로 훈련해오던 작전들 중 하나야."

"알았어! 지금 바로 전달하지."

"지도부 좌우 측 병력들이 먼저 진입할 거야. 작전에 성공하고 나면 그쪽에서 본진에 연락을 줄 예정이니까, 본진이 돌진하면서 신호를 보낼 때 같이 합류하도록 해!"

한무가 이야기하는 작전의 요지는 이랬다. 지도부의 좌측과 우측에서 대기 중인 이백의 부하들이 먼저 담장을 넘어 진입한다. 어느 정도의 희생을 감수하더라도 세 명당 한 개조로 신속히 접근전을 만든다. 그리고 '다급한 비명'이란 작전을 수행하는 것이다.

'다급한 비명'은 셋당 하나의 조를 이루어 수행하는 작전의 일종이었다. 수적인 우위를 내세워 상대를 빠르게 제압하려고 할 때 제격인 방법으로, 지금 형세에서 이것이 최상이라고 그가 설명했다.

작전의 원리는 단순했다.

첫째, 셋 중 두 명이 적의 몸을 잡고 헬멧이나 갑옷 일부를 벗겨낸다.

둘째, 나머지 한 명이 드러난 허점에 총을 들이대고 즉시 사격한다.

단순하면서도 모험적인 성향이 큰 작전이었다. 자칫 대규모의 병력 손실을 초래할 가능성도 다분히 있었다. 하지만 현재의 불리한 형국을 벗어날 뾰족한 대책이 있는 것도 아니었다. 우물쭈물하거나 미지근하게 접근하다간 더 많은 희생이 뒤따를 게 뻔했다.

파라한

지도부 좌우 측의 병사들이 진입해서 어느 정도 혼란을 일으키고 나면, 뒤이어 한무의 본진과 태한의 병력이 합류해서 들어갈 예정이었다. 본진에 의해 상대를 모두 제압하고 나면 싸움이 끝나게 된다.

한무의 계획이 드디어 실행에 옮겨졌다. 지도부 좌우 측에서 대기 중이던 부하들이 신호에 맞춰 동시에 지도부로 밀려들어 갔다. 담장을 넘어 내부로의 진입에 성공하고 나자 지도부 진영은 순식간에 혼란에 빠져들었다. 이러한 광경은 밖에서도 여과 없이 그대로 드러나 보였다.

잠시 후 한무의 본진이 지도부를 향해 뛰어가기 시작했다. 한무의 진입 신호를 들은 태한도 본진과 합류해서 지도부로 돌진했다.

얼마 전 두 명의 병사가 사망했던 지점을 지나치자 선두의 병사 너덧 명이 한꺼번에 바닥에 꼬꾸라지는 모습이 보였다. 압축가스총의 공격에 맞아 쓰러진 듯했다. 예상한 일이었다. 작전의 의도를 아는 아군 병사들은 조금도 주춤거리지 않았다. 오히려 속도를 더 높여서 지도부 문전으로 힘껏 뛰어갔다.

드디어 정문에 다다른 본진이 벽을 뛰어넘어서 우르르 안으로 진입했다.

지도부 내부는 곧 얼기설기 엉켜 싸우는 병사들의 혼란과 비명으로 가득 채워졌다.

진입 초기에는 대등한 싸움으로 보였다. 하지만 승패의 윤곽이 드러나는 데는 그리 오랜 시간이 걸리지 않았다. 두 배가량의 수적 우위에서 벌어지는 육박전 속에서 압축 가스총은 소리만 요란한 무기에 불과했다. 조금 전과 같은 위력은 전혀 발휘하질 못하고 있었다.

역할분담형 작전인 '다급한 비명'은 갈수록 효과를 발휘했다. 적들은 우왕좌왕하며 속수무책으로 쓰러져갔다.

선다 일행의 활약도 눈이 부셨다. 수도방위군과 함께 훈련한 적은 없었지만 실전경험은 누구보다도 풍부한 이들이었다. 그들은 시간이 갈수록 지도부 측에게 공포의 대상이 되어가고 있었다. 그들이 지나치는 경로마다 지도부 병사들은 제대로 된 반항조차 하지 못하고 비명을 지르기에 급급했다.

수도방위군 측도 병력손실을 입긴 했지만 지도부 병력의 수가 훨씬 빠르게 줄어갔다. 대세가 기울수록 사기가 꺾인 상대방은 형편없이 무너져 내렸다. 승리 가능성이 없어 보이자 급기야 지도부 수비군들은 여기저기서 투항을 하기에 이르렀다.

승리를 확인한 태한은 한무와 함께 병력 일부를 이끌고 지도부 본관 안으로 진입했다. 본관 1층에 들어서자 바닥을 절반 가까이 메우며 널따랗게 혀를 내민 대형계단이 눈에 들어왔다.

 계단 앞에서 대기 중이던 병사들이 태한 일행을 보자마자 필사적으로 달려들었다. 이들의 저항이 예상 밖으로 거세긴 했으나 승기가 기운 탓인지 오래 버텨내지는 못했다. 결국 모두가 제압당하고 수도방위군의 포로가 되어버렸다.

 태한과 한무는 서둘러 계단으로 뛰어 올라갔다. 계단 중턱과 2층에서 기다리고 있는 지도부 병력이 시야에 들어왔다. 이들은 수도방위군이 채 접근하기도 전에 혼비백산하며 달아나고 있었다. 태한은 달아나는 그들을 내버려 두고 한무와 함께 의원실로 달려갔다.

 의원실 앞에 도착한 한무가 문을 발로 세게 걷어찼다. 쾅 소리를 내며 문이 부서지듯 한번에 열렸다.

 안으로 들어가니 다섯 등분된 커다란 세 겹의 원형 테이블 밑으로 최고의원들과 부의원들이 기어들어 가서 몸을 웅크린 채로 숨어있었다. 테이블 아래에서 얼굴만 삐죽 내밀며 거북이가 몸을 감춘 듯한 모양새로 수도방위군을 맞이하는 중이었다.

 유일하게 자리를 지키고 있던 대칸이 태한을 마중하며 급한 걸음으로 다가왔다.

"칼란이 달아났어! 본인만 알고 있던 뒤쪽 비밀 문을 통해 빠져나갔네!"

그가 의원실 뒤쪽을 손가락으로 가리켰다. 그는 수도방위군이 반란에 성공할 때까지 정체를 드러내지 않기로 되어있어서 달아나는 칼란을 어찌할 수 없었던 것이다.

"이런!"

한무가 당황하며 병력을 데리고 뒷문을 통해서 부리나케 쫓아 나갔다. 의원실에 남은 태한은 부하들에게 의원들의 체포를 지시했다.

"설명은 나중에 드리겠습니다. 의원님들은 통제에 잘 따라 주시면 됩니다."

태한은 방 안의 의원들을 차례로 둘러보았다. 대칸을 포함한 최고의원 다섯 중 유일하게 칼란이 빠져 있었다. 부의원은 스물다섯 중 두 명이 사라지고 없었다.

"밖에서 포위해 들어왔으니 금방 잡힐 겁니다."

태한은 염려를 하고 있는 대칸을 안심시켰다.

"꼭, 그렇게 돼야지."

대칸은 여전히 근심스러운 듯 인상을 잔뜩 찌푸렸다.

세상 밖으로 13

　조직의 동료들, 선다와 일부 부하, 그리고 수도방위군 병력 일부가 의원실로 몰려 들어왔다. 지도부 수비군 제압이 끝난 듯 보였다.

　"선다의 활약이 대단했어요! 동료들도 마찬가지였고요!"

　막 들어선 동료들 한가운데에서 소찬이 대칸을 향해 외쳤다. 고개를 돌린 그녀가 선다를 바라보고 있었다.

　쿠바이센에서 온 선다는 생김새가 그와 비슷한 동료들 여러 명과 무리를 지어 있었다.

　"고맙네, 선다!"

　대칸이 선다에게 감사를 표했다.

　그는 시야를 바꿔서 한쪽 구석에 공포에 질린 채 모여 있는 의원들을 바라봤다.

이어서 태한에게로 시선을 옮긴 그가 다시 입을 열었다.

"일단, 칼란을 쫓아간 한무를 기다려보기로 하지."

그의 표정은 다시금 깊은 근심 속으로 잠겨버렸다.

한동안 침묵의 시간이 흘러갔다. 칼란이 탈출에 성공할 경우 일이 상당히 난해하게 펼쳐질 수 있기에, 동료들 모두가 긴장의 끈을 내려놓지 못하고 있었다.

얼마나 지났을까? 한무가 의원실 앞문을 통해 뛰어 들어왔고 안에 머물러있던 동료들이 동시에 그의 얼굴을 쳐다봤다.

"칼란을 놓쳤습니다!"

태한은 덜컹하는 충격을 느꼈다.

불길한 예감이 눈앞을 급습해왔다.

순탄하게만 진행되던 대업이 결국 고비를 맞이하게 되고야 만 것이다.

"부의원님 두 분은 찾았습니다. 하지만 칼란은 종적을 감춘 뒤였습니다. 부의원님들도 칼란의 행방은 맹세코 모른다고 합니다."

잠시 후 두 부의원들이 안으로 이끌려 들어왔다. 둘 다 양손을 묶인 채로 병사들에게 붙들려 있었다.

"우려하던 사태가 발생한 것 같군."

태한은 의자에 털썩 주저앉았다.

"지나가 버린 일을 후회해봐야 소용없는 일이야. 이대로 앉아서 칼란을 기다릴 수만은 없지 않나. 대비했던 계획을 서둘러야겠어."

칼란이 행성치안군 사령관에게 도움을 청하러 갔음을 대칸은 확신한 듯 보였다. 행성치안군이 몰려들어오는 것은 시간문제라는 얘기였다.

"특수작전군 야찬에게 연락을 취하겠습니다!"

한무가 대칸의 의도를 알아차리고 서둘러 지시를 구했다.

"지도부와 외부의 통신을 정상화시키고 야찬에게 연락을 하게! 또 한 번의 일전을 치를 수밖에!"

"알겠습니다, 대칸!"

한무는 통신병이 대기 중인 밖으로 급히 걸어 나갔다.

"남아 있는 병사들을 어서 정비해 놔야겠어. 특수작전군의 합류에 미리 대비를 해야 되니까."

사전에 짜놓았던 계획을 동료들에게 되짚어주려는 의도인 듯, 대칸은 반단에 저장되어 있던 데이터를 의원실 중앙의 허공에 넓게 뿌렸다.

허공에는 지도부의 전체 모습과 주변 지형지물을 나타내는 영상이 큼지막하게 펼쳐졌고, 다양한 타입의 군사 배치를 그린 그림들이 눈앞을 빠른 속도로 스쳐 지나갔다.

그는 그중 하나를 선택해서 곧장 멈춰 세웠다. 정지된 영상 안의 지도부 요소요소에는 수도방위군과 특수작전군의 배치가 섬세하게 묘사되어 있었다.

대칸이 모두를 향해 입을 열려는 순간, 한무가 다급히 들어와 소리쳤다.

"대칸! 큰일입니다!"

얼굴이 파랗게 질려 있는 그가 입술을 떨며 대칸을 바라보고 있었다. 오랜 기간 한무를 지켜봐 왔지만 그가 이토록 긴장하는 모습은 처음이었다. 대칸을 비롯한 동료 전체가 숨죽이며 그의 입에 시선을 모았다.

"야찬과 연락이 되질 않습니다! 아니, 연락을 의도적으로 안 받는 것 같습니다!"

한무의 보고를 들은 대칸도 순식간에 표정이 굳어졌다.

"의도적으로 연락을 받지 않는 게 확실한가?"

대칸이 확인하듯 물었다.

"확실합니다. 연락을 취한 통신 라인은 정상적인 군이라면 안 받을 수가 없는 회선입니다. 어떠한 경우에도 받아야만 하는 군마다 하나씩 있는 비상 라인이니까요. 게다가 이맘때쯤 연락한다고 신신당부까지 해뒀는걸요."

"반단으로도 연락해봤나?"

"물론입니다."

한무의 목소리는 아직도 떨리고 있었다.

태한도 딱히 대책이랄 만한 게 생각나지를 않았다. 태한은 망연자실하며 시선을 돌려 대칸을 바라봤다.

"행성치안군의 예상 병력 수가 이…… 만 정도라고 했나?"

"수도 전역과 인근도시에서 모두 끌어모으면 이만 정도는 동원이 가능합니다. 급히 모으더라도 일만은 족히 넘으리라고 생각됩니다."

한무는 감당하기 버거운 숫자임을 다시 확인시켜주고 있었다. 지도부 병력들과 일전을 치르고 남은 수도방위군들의 수는 사백이 채 되지 않을 터였다. 도란들을 일만 병력이라고 가정해도, 수도방위군 한 명당 이십이 넘는 도란을 상대해야 한다는 얘기였다. 아무리 치안을 목적으로 만든 도란들이라 할지라도 수적으로 상대하기가 너무나 버거웠다.

"병력을 어서 정비하게. 아무래도 야찬이 우리한테서 등을 돌린 것 같군. 칼란이 개입했을 수도 있고.

이렇게 된 이상, 우리에겐 지금 두 가지 선택만이 남아있는 거야. 지도부를 빠져나가서 평생을 숨어 사느냐, 아니면 여기서 죽기 살기로 싸워보느냐.”

대칸은 이미 결심이 선 듯 보였다. 그의 말에 어느 누구도 섣불리 긍정의 답변을 주지는 못하고 있었다. 하지만 이를 부정하는 이 또한 아무도 없었다.

“산탄과 소찬은 중요한 임무를 하나 맡아주게.”

“말씀하세요.”

산탄이 즉각 대답했다.

“서둘러 행성치안군 사령관을 만나서 새로운 지도부가 수립되었음을 공표하게. 우리의 통제에 따를 것을 적극적으로 설득하라는 거야. 무척 위험한 일이고 칼란보다 먼저 도착하기도 힘들 거야. 하지만 조직 전체의 운명이 달린 일이니 최선을 다해주게.”

“알겠습니다, 대칸!”

산탄은 소찬과 함께 십여 명의 병력을 이끌고 의원실을 빠져나갔다. 대칸은 나머지 동료들로 하여금 전원 1층 대강당으로 이동해서 상황실을 갖추도록 지시했다.

수도방위군 병력을 모두 정비하고 지도부 주변에 대한 경계를 완비하는 데에는 예상보다 많은 시간이 소요됐다. 그러는 동안에 지도부에서는 아무런 일도 발생하지 않고 오로지 침묵만이 흘러갔다. 하지만 이러한 고요함이 더 큰 두려움을 몰고 오는 듯 느껴졌다.

혁명군을 이끌고 지도부로 진입해올 때만 해도 이처럼 두렵지는 않았던 것 같다.

'공격을 해오는 자와 기다리는 자의 차이일까?'

태한은 두 눈을 감은 채 불안함을 잠재우려고 안간힘을 썼다.

세상 밖으로 14

다음날 새로운 태양이 떠오르도록 산탄과 소찬에게서는 아무런 연락이 오지도 연락을 받지도 않았다. 이러한 상태가 동료들의 불안감을 가중시키고 있었지만 그 원인을 알 도리는 없었다. 간간이 통화 시도를 반복적으로 해보는 것이 현재로서 할 수 있는 일의 전부였다.

다행히 칼란과 행성치안군은 밤 동안에 모습을 드러내지는 않았다. 어찌됐건 간에 지도부를 접수한 첫 하룻밤을 무사히 지켜낸 셈이기는 했다.

날이 저물어있는 동안 눈을 제대로 붙이지 못한 동료들이 대다수였다. 이제서야 꾸벅꾸벅 조는 이들이 여럿 눈에 띄었다.

대칸의 목에 걸려있던 반단이 우렁찬 소리를 내며 장시간의 정

파라한

적을 드디어 깨뜨렸다. 대칸이 반단의 버튼을 눌렀고 그의 얼굴 앞에 둥근 화면과 산탄의 영상이 그려졌다. 화면 속 그의 표정은 이미 부정적인 소식을 전하고 있는 중이었다.

"지금 거긴 어떤가요? 칼란이 도착했나요?"

"칼란? 자네가 칼란이 있는 쪽에 가 있는 게 아니었나?"

"실패했어요! 칼란과 행성치안군 사령관이 지도부를 향해 떠났어요. 아직 도착 안 했다면 조만간 도달할 거예요. 소찬과 저는 조금 전까지 체포돼 있다가 간신히 탈출해서 이제야 연락을 드리는 거예요."

마지막 희망의 불빛이 꺼지는 소리였다. 대칸은 어느 정도 짐작을 했다는 듯 담담한 표정을 짓고 있었다.

"무슨 얘기인지 알겠네. 얼른 안전한 곳으로 피신해 있도록 하게. 여긴 우리가 알아서 할 테니."

서서히 침몰 중인 배에 탄 선장이 뭍에 나간 선원과 통화하듯, 암운이 깊게 배인 목소리로 대답을 마친 그는 반단을 눌러 화상을 지웠다.

마치 시간을 맞추기라도 한 듯 밖에서 요란한 총성이 울려왔다.

우려하던 사태가 발생한 것이었다.

한무는 총성을 듣자마자 반사적으로 상황실 밖으로 뛰쳐나갔다. 태한은 안에 남아서 대칸의 곁을 지키기로 했다.

대칸은 고민에 깊게 잠겨 있었다. 하지만 현재의 위기를 반전시킬 만한 돌파구가 생겨날 가능성은 거의 없었다. 이는 대칸도, 태한도, 모두가 다 알고 있는 사실이었다.

대칸에게서도 결국 깊은 체념의 한숨 소리가 새어 나왔다.

전투는 예상했던 것보다는 팽팽하게 치러지는 것처럼 보였다. 하지만 그들을 제압하기엔 수적인 열세가 너무나 컸다. 간간이 들려오는 소식들은 승리로부터 점점 멀어지는 소리들이었다.

한 가닥 희망마저 사라져갈 즈음 장교 한 명이 상황실 안으로 허겁지겁 뛰어 들어왔다.

"피하십시오, 대칸! 도란들이 내부로 들이닥치기 직전입니다!"

대칸은 태연한 표정으로 장교를 바라봤다. 패배에 대한 마음의 준비를 진작부터 하고 있었던 듯, 그의 얼굴은 어느 때보다도 평온해 보였다.

"내가 여길 피하면 어디로 가겠나? 돌아가서 최선을 다해 싸우게……"

마지막이 될 듯한 지시를 마치고 나자 대칸의 얼굴에는 곧 어둠이 드리워졌다.

"네! 대칸!"

장교는 고개를 푹 숙여서 인사를 한 후 상황실 밖으로 달려나갔다.

시간이 더 흘러가고, 총성과 비명소리가 한층 잦아들었다.

정적이 찾아왔다.

이렇게 평화롭게 승리로 끝나버렸으면⋯⋯.

태한은 간절한 바람이 들었다. 하지만 그것은 실현 불가능한 희망 사항일 뿐이었다.

상황실 문이 쾅 소리를 내며 박살이 났다. 부서진 입구를 통해서 무기를 든 이십여 대의 도란들이 쏟아져 들어왔다. 무리 안에서는 칼란과 행성치안군 사령관의 모습도 나란히 보였다. 한무는 양손이 묶인 채 칼란 옆에 붙들려 있는 중이었다.

"대칸! 포기하시오!"

칼란이 날카로운 눈매로 대칸을 노려봤다.

"그렇게 쉽게 반란에 성공할 거라고 생각했소?"

대칸은 눈을 감았다. 짧은 시간이 지나가고 그가 다시 눈을 열었다. 그의 입술에는 잔뜩 힘이 들어가 있었다.

"내 스스로 결과를 받아들일 기회를 주기 바랍니다."

대칸의 한 손에는 총이 들려 있었다.

"좋을 대로, 하시오."

고민하던 칼란이 허락을 했다.

대칸은 총구를 자신의 관자놀이 부근에 갖다 댔다. 대칸의 마지막 청을 들어주려는 듯 칼란은 그를 주시하며 가만히 기다리고 있었다.

태한은 아무 일도 할 수 없다는 무력감이 공포를 앞서고 있음을 느꼈다.

'이렇게 끝나버리는 건가?'

상황실 안의 동료들은 대칸의 손에 들린 총구 끝으로 시선을 모은 채, 숨죽이며 아무 소리도 만들지 못하고 있었다.

태한은 대칸을 따르기로 결심을 굳히고 손에 든 총을 세게 감아쥐었다. 한무는 두 손이 묶인 채 망연자실한 얼굴로 대칸을 바라보고만 있었다. 그의 표정에는 극도의 안타까움과 허무함이 뒤범벅되어 있었다.

대칸은 총을 머리에 댄 채 고개를 움직이면서 동료들 하나하나와 눈을 맞췄다. 이윽고 총이 흔들리는 순간, 행성치안군의 간부로 보이는 군인 하나가 도란들과 함께 안으로 허둥허둥 뛰어 들어왔다.

"사령관님! 큰일입니다!"

"무슨 일인가?"

"아군이 파란탄에게 당하고 있습니다!"

"파란탄?"

태한은 판세의 변화를 감지하고 대칸을 향해 급히 손을 뻗었다. 잠시 멈춰보라는 신호였다. 대칸은 결과를 지켜보려는 듯 총을 서서히 내리고 있었다.

"파란탄이 왜!"

행성치안군 사령관이 이해가 안 된다는 표정으로 고함을 쳤다.

"행성 총방위군이 반란을 돕는 듯합니다!"

"찬만이?"

사령관의 얼굴이 하얗게 질렸다.

"지금 전세가 어떤가?"

"다소 밀리고는 있지만 아군의 수도 만만치 않아서 아직 승패를 가늠하긴 힘듭니다!"

"어, 어서 돌아가서 놈들을 막아내게!"

"네! 사령관님!"

간부는 대답과 동시에 인솔해온 도란들을 데리고 밖으로 금방 사라졌다.

태한은 짧은 안도의 숨을 내쉬었다. 최악의 위기를 극적으로 벗어났다는 생각이 들었다.

'그런데 찬만 사령관님이 어떻게?'

갑작스런 찬만의 등장에 태한은 궁금증이 급격하게 밀려 올라오는 것을 느꼈다. 다른 동료들도 어리둥절해 있긴 마찬가지였다.

조직이 사전에 계획했던 일이 아니라는 것만은 확실했다.

바깥의 총성과 격투 소리가 갈수록 거세졌다. 수도방위군과 행성치안군 간의 싸움 때보다 몇 배는 더 격렬하게 들려왔다.

이윽고 쿵 하는 굉음이 울렸다. 상황실의 출입구 주변의 벽이 일시에 와르르 무너져 내렸다. 무너진 입구를 통해 거대한 체구의 파란탄 세 대가 터벅터벅 걸어 들어왔다.

상황실 안에 대기 중이던 도란 이십여 대가 동시에 파란탄들에게 덤벼들었다. 파란탄들은 팔을 휘두르며 난쟁이를 다루듯 이들을 단번에 제압해버렸다.

칼란은 이런 광경을 아연한 표정으로 지켜만 보고 있었다. 창졸간에 벌어진 일이라 극도로 당황했는지 자리를 피할 생각도 하질 않고 있었다. 결국 도피나 저항도 하지 못한 채 그는 서 있던 자리에서 그대로 붙들리고 말았다. 이어서 파란탄 수 대가 출구 쪽을 빽빽이 봉쇄했다.

파라한

단시간 만에 상황실 내부가 완전히 평정됐다. 동료들은 갑작스럽게 벌어진 반전에 넋 나간 듯 눈을 동그랗게 뜬 채 입을 다물지 못하고 있었다. 파란탄 중 한 대가 터벅터벅 가까이 걸어왔다. 대칸과 태한이 있는 곳까지 접근해온 파란탄이 자리에 멈춰 섰고, 앞면의 덮개가 갈라지면서 낯익은 얼굴이 곧 모습을 드러냈다. 다름아닌 찬만이었다.

"늦지 않게 왔군. 하마터면 큰일날 뻔했어."

마치 약속시간에 늦지 않게 왔다는 듯, 그가 천연한 표정으로 이야기했다.

"찬만! 지금 제정신이오? 행성 총방위군 병력으로 반란을 돕다니!"

칼란이 새된 소리로 비명을 질러댔다. 찬만은 그의 부르짖음을 외면한 채 태한을 계속 쳐다봤다.

"오랜 기간 지도부의 태도와 행동에 나도 고민을 많이 했네. 어제 소식을 전해 듣고 갈등이 아주 컸지. 잘못된 지도부를 바라보며 가만히 자리를 지키고만 있는 게 맞는가, 아니면 행성 총방위군의 임무 자체에 궁극적으로 충실할 수 있는 방향으로 중대한 결심을 하는 게 맞느냐.

결국 곪아 터진 지도부를 맹목적으로 따르진 않기로 결심했네. 그런 것만이 군인의 도리가 되는 건 아니라고 결론을 내린 거지."

"잘하셨습니다!"

대칸의 얼굴에는 당황과 감동이 여전히 떠나질 못하고 있었다. 죽음을 목전에 둔 시점까지 경험했으니 어쩌면 당연한 일이었다.

비로소 최종적인 승리를 확인하자 동료들의 표정에 점차 화색이 번지고 있었다. 잠시 후 그들의 갈채와 환호성이 상황실 내부를 가득 메웠다.

이틀 동안 대업의 결과가 몇 차례나 극적으로 뒤바뀌면서 반전에 반전이 연거푸 일어났다. 태한은 고도의 공포에서 벗어났음을 재차 확인하고는 안심과 기쁨을 만끽했다.

세상 밖으로 15

    팽팽한 긴장감과 갑작스런 안도감이 얼버무려진 채로 지도부에 새벽 여명이 밝아왔다. 산탄과 소찬도 지도부에 도착해서 함께 아침을 맞이하는 중이었다.

    '폭풍 속의 고요'의 동료들 다수는 상황실 여기저기서 여전히 잠들어 있었다. 대칸을 비롯한 일부 동료들은 아직까지도 테이블에서 열띤 논의를 벌이는 중이었다. 밤을 꼬박 새운 듯 이들의 얼굴에는 피곤함이 가득 묻어있었다.

    밤사이 훈의 각 대륙 주요 도시로 새로운 지도부의 등장에 대한 소식이 다양한 경로를 통해 전달됐다. 몇몇 주요 도시들로는 새 지도부의 대의와 타당성을 명확히 밝히기 위해 동료들이 직접 파견되기도 했다.

    대업을 성공적으로 마친 후 아침까지 행성 훈은 딱히 이렇다

할만한 소요사태 없이 고요한 상태를 계속 유지했다. 하지만 앞으로 크고 작은 소동이 벌어지는 것은 불가피한 일이 될 것이다. 동료들의 상당수가 주요 도시들의 비상 안정화 임무를 진작부터 부여받은 이유도 이 때문이었다.

대칸이 회의를 소집한다는 메시지가 반단을 통해 들려왔다. 아침 식사 중이던 태한은 식사를 간단히 마치고 서둘러 상황실 안으로 돌아왔다.

파견된 이들을 제외한 모든 동료가 상황실 안의 좌석에 앉은 것을 확인한 대칸은 곧 자리에서 일어났다. 잠이 부족한 탓인지 새빨갛게 충혈된 눈으로 동료들을 쭉 둘러본 그는 이윽고 입을 열었다.

"우리는 마침내 대업을 성공적으로 이루게 되었습니다. 모두가 단합하여 헌신의 노력을 기울인 결과와 찬만 사령관님의 도움 덕분입니다.

하지만 우리의 임무는 여기에서 끝이 아닙니다. 단지 시작에 불과할 뿐입니다. 앞으로 해결해야 할 일이 무수히 산적해 있음은 여러분들이 더 잘 알고 있으리라고 생각합니다.

당면한 급선무들 중 하나가 훈의 안정화입니다. 이 때문에 많은 동료들이 여러 도시의 비상 안정화 임무를 부여받고 날이 밝기 전에 해당 도시로 향했습니다."

그는 자리를 떠난 이들의 빈자리를 다시 확인했다.

"비상 안정화도 중요한 일이지만, 동시에 우리는 무슨 이유로 여기까지 오게 됐는지를 한시도 잊어서는 안 됩니다. 지금까지 입수된 정보만으로도 훈은 충분한 위기에 놓여 있습니다. 태바쿤이 당장 들이닥친다고 해도, 이상할 게 하나 없을 정도이죠. 그만큼 근래 들어 그들의 움직임이 심상칠 않다는 얘기입니다."

자축의 온기가 어느새 사라져버리고, 미래에 대한 긴장감이 성큼 다가와 자리를 잡았다. 동료들은 굳은 얼굴로 대칸의 이야기를 계속 경청하고 있었다.

"여기 남아계신 분들은 이제부터 조직 본연의 목적인 '태바쿤과의 전쟁 준비'에 총력을 기울여야만 합니다. 이를 위한 계획의 틀은 밤새 논의를 통해 만들어졌습니다. 여러분께 이에 대한 상세한 설명을 드리려고 합니다."

그는 옆자리에 앉은 찬만에게로 고개를 한차례 돌렸다.

"제가 군과 행성 안정화에 관한 전반적인 내용을 통제하는 동안, 실질적인 전쟁 준비와 전쟁 발발 시 군 지휘는 옆에 계신 찬만 사령관님께서 맡아주실 예정입니다.

한무가 이끄는 수도방위군도 당분간은 행성 총방위군에 편입되어 찬만 사령관님의 통제에 따르기로 결정됐습니다.

이후의 좀 더 상세한 내용에 대해서는 찬만 사령관님이 별도로 설명을 해드릴 예정입니다."

수도방위군의 편입에 대해서는 사전에 논의가 이미 끝난 듯, 한무가 코를 한번 훌쩍하고는 테이블 위를 오른손 검지로 벅벅 긁고 있는 중이었다.

찬만은 곧 묵직한 몸을 자리에서 일으켰다. 굵은 헛기침 소리를 한 차례 낸 그는 마른 입술에 침을 축인 후 설명을 시작했다.

"훈의 명운을 건 중차대한 상황에서 군의 전체 지휘를 맡게 된점에 대해 어느 때보다 무거운 책임을 느끼는 바입니다. 훈의 미래와 안녕을 위해 기꺼이 이 한 몸 희생할 각오로 최선을 다하겠습니다."

그는 인사를 마치자마자 지체 없이 본론으로 들어갔다.

"여러분께 우리가 현재 처해 있는 정황에 대해서 먼저 말씀을 드리도록 하겠습니다. 그리고 이어 우리와 태바쿤의 군 전력에 대해서도 비교설명을 드리겠습니다.

태바쿤이 코만을 침공하여 귀속시킨 지도 어느덧 2년이 흘렀습니다. 그동안 그들의 추가 도발 가능성과 우리의 대처방안 강구에 대한 필요성은 지금까지 수없이 논쟁의 대상이 되어왔습니다. 우리가 이렇게 아무런 대비도 없이 논의만 거듭해오는 동안, 천만다행으로 아무런 일도 일어나지 않고 오늘에 이르렀습니다.

파라한

하지만 최근 태바쿤의 도발 징후가 다시금 포착이 되었고, 규모와 움직임이 여느 때와는 확연히 다릅니다. 멀지 않은 시기에 전쟁이 발발할 가능성이 농후하다는 것이 첩보 담당 기관의 중론이죠.

그들의 도발 징후에 대해서는 우리뿐만이 아니라 한바우에서도 포착된 상태입니다. 그들도 이에 대한 논의를 자체적으로 수차례 가진 것으로 알고 있으나, 애석하게도 한바우는 아직까지 별다른 대응을 보이지 않고 있는 실정입니다.

하지만 태바쿤이 아무리 흉포한 놈들이라고 해도, 그들은 섣불리 한바우에게 맞서거나 도전을 감행하지는 않을 겁니다. 한바우가 자신들보다 강하다는 사실을 그들이 더 잘 알고 있을 테니까요."

그의 표정이 돌연 굳어지면서 목소리가 굵고 강해졌다.

"그렇다면 그들의 다음 도발 목표가 훈이 될 것임은 무엇보다도 자명한 사실입니다!"

상황실의 공기가 얼음장처럼 차가워졌다.

"태바쿤의 다음 목표가 훈이라는 것을 안 이상! 우리는 그들의 침략을 대비하기 위해 총력을 기울여야만 합니다.

이를 위해서는 적과 우리 자신에 대한 철저한 분석이 선행돼서 이루어져야 하죠.

행성 총방위군은 예전부터 훈과 태바쿤의 전력에 대해서 비교와 분석을 거듭해왔습니다. 이에 대한 내용을 여러분에게 지금부터 설명해 드리겠습니다."

찬만은 동료들의 진지한 표정들을 확인하며 제복의 겉옷을 벗어서 의자에 걸쳐 놓았다.

"우선 군사과학 측면에서만 본다면, 훈이 태바쿤보다 한 수 위에 있다, 적어도 그들에게 뒤떨어지지는 않는다고 봐도 무방합니다. 일반 순수과학이나 문명 수준으로 비교해보면 더욱 그러하죠.

반면에 군사력으로 따질 때에는 논란이 아주 많습니다. 수적으로는 단연 태바쿤이 앞서고 있기 때문이죠.

하지만 그들의 쿨쿤과 훈의 파란탄을 일대일로 비교한다는 것은 상당한 무리가 따릅니다. 둘 간의 전투능력 차이가 너무도 크게 나기 때문에, 양측의 군사력에 대한 절대 비교가 거의 불가능하다는 말입니다. 어느 한 쪽이 우위다 또는 아니다라고 어느 누구도 단정 지을 수가 없죠.

분명히 말씀드릴 수 있는 것은, 훈의 병력 규모가 그들이 무시할 만한 수준은 절대로 아니라는 점입니다."

"과학 수준이나 군사력에서도 뒤지지 않는다면, 우리가 그들을 두려워하는 이유가 대체 뭐죠?"

태한이 의아해하며 물었다.

"객관적인 사실만을 놓고 보면 당연히 그렇지. 하지만 전쟁에서 절대로 간과해선 안 될 것이 있네. 바로 풍부한 실전을 통해 다져진 전투 경험과 전략이야. 그 방면으로는 우리가 그들을 이길 수가 없지.

저들은 코만과의 여러 전투를 통해서 실전경험을 충분히 쌓은 반면, 우리는 일정 규모 이상의 전투를 치러본 적이 없어. 게다가 저들이 코만과의 전쟁 말기에 펼쳤던 지능적인 전략은 혀를 내두를 정도로 대단해."

찬만은 다수에게로 시선을 다시 옮겼다.

"태바쿤의 주 병력은 쿨쿤이라는 작은 로봇들입니다. 표준 남자의 어깨에 조금 미치지 않는 키에, 덩치도 일반 남성의 평균을 넘지 않죠. 우리의 주력무기인 파란탄에 비하면 비교 자체가 우스울 정도로 왜소합니다. 전투능력에 있어서도 실험을 거친 결과, 파란탄 한 대가 쿨쿤 일곱 대에서 열 대까지 동시에 상대가 가능하단 사실이 얼마 전 입증됐습니다."

그는 맞은편 출입구 쪽에 서 있는 파란탄을 한번 바라본 후 동료들에게 시선을 다시 돌리며 말을 계속했다.

"파란탄과 쿨쿤의 가장 큰 차이점 중 하나는 자체 지능 소유의 유무입니다. 파란탄은 탑승형 로봇의 일종으로 사람이 안에 타서 조종하는 로봇입니다. 반면 쿨쿤은 자체 지능을 가지고 자율 판단 하에 움직이죠.

　이로 인해 파란탄의 경우에는 수에 비례해서 사람들이 필요하지만 쿨쿤의 경우에는 그렇지가 않습니다. 이런 특성이 파란탄과 비교해서 쿨쿤이 지닌 최고의 강점이라 할 수 있죠.

　하지만 파란탄은 인간의 반사 동작과 같은 민첩한 행동을 그대로 따라 할 수 있는 막강한 능력을 갖고 있습니다. 게다가 힘의 측면에서 봐도 쿨쿤을 단연 압도하죠.

　둘의 성격이 이처럼 다르기 때문에 단순비교가 어렵다는 말입니다."

　그는 허공에 잠시 시선을 얹어둔 채로 한 손으로 턱을 쓱 문질렀다. 이윽고 몸을 지탱하듯 두 손으로 테이블을 짚은 그가 말을 다시 시작했다.

　"또 한 가지 차이점은 몸체의 방어막입니다. 파란탄의 경우에는 몸체를 이루는 성분 자체에 판이 혼합되어 있습니다. 그만큼 방어력이 뛰어나단 얘기죠. 반면에 쿨쿤의 경우에는 몸체를 완성한 뒤 표면에 판을 얇게 도포했기 때문에, 방어 능력이 상대적으로 열악할 수밖에 없습니다.

　실제 전투 시 파란탄은 쿨쿤이 어느 정도 근접한 경우 자체 장착된 총기로 상대를 유효하게 공격할 수 있습니다. 하지만 쿨쿤의 경우에는 그럴 수가 없죠. 쿨쿤이 파란탄을 쓰러뜨리려면 밀

　　　　　파라한

착해야만 합니다. 총을 파란탄 몸체에 갖다 댄 후 같은 곳을 연속으로 가격해야만 해당 부위를 파괴할 수 있죠. 그것도 몸에 단순히 구멍을 내는 정도에 불과합니다."

"그렇다면 쿨쿤이 파란탄을 쓰러뜨릴 방법이 없다는 얘기 아닌가요?"

소찬이 고개를 갸우뚱하며 물었다.

"방법이 없다는 것은 아니야. 쿨쿤이 파란탄을 상대로 어떤 방식으로 공격을 구사해올 것이냐에 대해서는 한 가지로 의견이 좁혀졌네. 지금 그것에 대해서 설명하려던 참이었지."

찬만의 이야기가 계속됐다.

"실전에서 쿨쿤들은 다수가 한꺼번에 몰려와서 파란탄에게 엉겨 붙으려고 할 것입니다. 파란탄의 약한 부위에 총을 들이대고 필사적으로 총격을 가하려는 의도이죠. 안에 타고 있는 조종사를 사망시킴으로써 파란탄을 무용지물로 만들려는 겁니다. 그들 입장에서는 그것이 파란탄을 쓰러뜨리는 거나 다름없으니까요.

여기서 약한 부위란 대표적으로 파란탄의 가슴 부위가 될 가능성이 아주 큽니다. 파란탄은 구조적으로 이 부분이 약할 수밖에 없으며, 또 안에 타고 있는 사람의 머리 부분이기도 하기 때문이죠.

따라서 파란탄에게는 적들이 접근하기 전에 이들을 가능한 신속히, 많이 파괴하는 것이 관건이 될 겁니다. 물론 상대가 몸에 달라붙는다고 해서 그들에게 무조건 당한다는 것은 아닙니다. 힘에서 월등히 앞서는 파란탄이 그렇게 쉽게 당하지는 않을 테니까요.

제 개인적인 판단으로는, 파란탄과 쿨쿤의 싸움만으로 그들이 우리를 이길 수는 없습니다."

그의 표정은 자신감으로 가득 차 있었다.

"하지만 중요한 것은 전략입니다. 코만과의 크고 작은 전투에서 이미 드러났듯이, 그들은 주력이 쿨쿤이면서도 한 번도 그것으로 전투를 끝낸 적이 없습니다. 항상 쿨쿤을 주력으로 하면서도 결국엔 다른 병기들을 이용해서 전투에서 승리해왔죠.

대표적인 예가 코만 수도에서 벌어졌던 마지막 전투입니다. 코만은 마지막 대전에서 쿨쿤을 막아내는 데 사력을 다하다가 결국 공중전에서 당하고 말았습니다. 놈들이 다수의 쿨쿤으로 정신없이 공격해서 코만군의 혼을 쏙 빼놓은 뒤, 전투기로 기습해서 허를 찔렀던 거죠."

"우린 아예 쿨쿤을 대충 상대하면서 놈들의 또 다른 병기에 전력을 집중해야겠네요."

상황실 바깥쪽에 있던 동료 한 명이 큰 소리로 말했다.

"쿨쿤이 그 정도로 무시할 만한 병기는 아닙니다. 그들을 얕봤

파라한

다가는 자칫 쿨쿤에 의해서도 전투를 패배할 수가 있어요."

"태바쿤의 전투기는 얼마나 강합니까?"

반대편의 다른 동료가 질문을 추가로 던지자, 이번엔 한무가 미간을 찌푸리면서 대답했다.

"매우 강합니다. 아, 강하다기보단 민첩성이 뛰어나다는 표현이 더 정확하겠네요. 공중전에서 전투기 대 전투기로만 맞붙는다면 그들을 이길 재간이 없습니다. 아무리 강력한 무기를 들고 있다고 한들, 속도와 민첩성에서 뒤지니 그들을 상대할 수가 없는 거죠. 심지어 한바우마저도 공중전만큼은 그들을 이기기가 힘듭니다."

이야기를 듣던 찬만이 한무의 말을 받았다.

"그렇다고 해서 저들의 전투기가 절대무적이란 얘기는 아닙니다. 공중전에 있어서는 무적인 게 맞습니다. 하지만 그들의 무기로는 원거리에서 파란탄의 단단한 몸체를 파괴하진 못하죠. 오히려 정반대의 현상이 일어날 겁니다.

아시는 분들도 있겠지만, 비행기 몸체에는 판을 전혀 섞지 않습니다. 몸체에 판을 섞거나 판으로 몸통을 뒤덮게 되면 비행기는 판의 무게로 인해 간신히 날아다니는 정도만 가능하게 되죠. 때문에 판을 섞는 어리석은 곳은 어디에도 없습니다.

이러한 특성으로 인해 태바쿤의 전투기는 파란탄에게 접근하고 나면 일방적으로 당할 수밖에 없습니다. 그러니 그들이 파란탄에게 친절히 다가와 주지는 않을 겁니다. 당할 게 뻔하니까요.

결국 파란탄과는 전투 자체가 성사될 수가 없습니다. 태바쿤에게 있어 공군력은 훈의 전투기가 뜰 때만 의미를 갖게 되는 거죠.

우리의 전투기는 태바쿤만큼 민첩하지는 않지만, 쿨쿤의 약한 방어 체계를 근거리에서 파괴할 수가 있습니다. 전투기를 띄워서 쿨쿤을 상대하는 것이 우리에게는 당연히 유리하죠. 하지만 그럴 경우 적의 공군이 가만히 있을 리 만무합니다.

서로 물고 물리는 관계라는 겁니다. 우리가 전투기를 이용하면 태바쿤도 띄울 수밖에 없고, 우리가 그러지 않으면 그들도 띄우는 의미를 잃게 되죠.

결론적으로, 공중전에 대한 선택권은 우리에게 있다는 얘기가 됩니다."

그는 동의를 구하려는 듯 대칸과 시선을 마주쳤다.

"지금으로선 공중전을 하지 않는 것이 낫다는 판단이 듭니다. 우리는 태바쿤에 비해 실전 경험이 턱없이 부족하다는 약점을 지니고 있습니다. 전투에 필요한 요소를 가능한 줄여서 변수가 나타날 가능성을 최소화하는 편이 더 유리하다는 생각이 듭니다.

표면적으로 드러나 있는 육상전력 면에서 우리가 저들에게 밀리지 않는다는 점에서도 그렇습니다."

논의는 한나절 동안 계속되었다. 논의에서 결정된 사항들은 그 자리에서 빠른 속도로 구체화되었고, 적임자에게 임무가 하달되는 것에도 기다림이 전혀 없었다.

태한은 무엇보다도 수도 방어를 강조했다. 훈의 행정 구조적 특성상, 주요 시설과 기관이 수도에 밀집되어 있기 때문이었다. 수도를 내어주고 나면 전쟁이 상당히 힘들어질 게 불을 보듯 뻔했다.

대칸과 찬만은 이를 받아들여 수도의 병력을 대폭 증강하기로 결정했다.

또한 강력한 신무기인 전자기포를 수도 곳곳에 실전 배치하고, 기존의 원거리 공격용 무기를 전자기포로 대체하여 수도 방어를 강화하기로 했다.

약속을 지키지 않아 대업을 큰 위기에 빠뜨렸던 야찬은 사령관 지위를 박탈당하게 됐고, 특수작전군은 수도방위군과 마찬가지로 행성 총방위군에 편입되어 찬만의 통제를 받게 됐다.

모두가 공동의 목적을 위해 합심해있는 터라 일의 진행은 신속했다. 대칸과 찬만의 지시와 결정에 별다른 이견이 없었고, 잡음 또한 거의 발생하질 않았다.

동료들과 분주히 전쟁준비에 몰입해있는 동안 시간은 소리 없이 흘러갔다. 수십여 일이 지나는 동안 태바쿤은 별다른 도발 없이 침묵으로만 일관했다. 훈 내부적으로도 소소한 일 외에는 특이하다고 할 만한 이슈는 없었다.

덕분에 행성 안정화와 전쟁 준비는 기대 이상으로 순조롭게 척척 진행되어갔다.

세상 밖으로 16

퍽!

둔중한 무언가가 몸 측면을 세차게 강타했다. 몸이 공중으로 솟구친 후 길바닥에 내쳐지면서 데굴데굴 나뒹굴었다.

태한은 옆구리를 파고드는 극렬한 통증을 이겨가며 고개를 가까스로 들어 올렸다. 한 남성이 당황한 얼굴로 자신을 쳐다보는 모습이 보였다. 무척이나 놀란 듯 그는 자리에서 전연 움직이지를 못하고 있었다.

간신히 버티고 있던 목에서 힘을 빼내자 머리가 옆으로 힘없이 돌아갔다. 길바닥 위에 뿔뿔이 흩어진 초콜릿들이 시야에 들어왔다.

시간이 지날수록 몸에서 힘이 더 사라지고 정신은 몽롱해졌다. 태한은 마지막으로 죽을힘을 다해서 고개를 다시 들어 올려,

조금 전 남성을 바라봤다. 당혹감에 어쩔 줄 모르던 남성의 표정에는 어느새 미소가 번져 있었다. 그의 오른손에는 묵직한 쇠망치가 들려 있었다. 그는 하려던 일을 마저 마무리 지으려는 듯 성큼성큼 다가와서 손에 든 쇠망치를 크게 휘둘렀다.

"헉!"

태한은 침대에서 눈을 뜨며 외마디 비명을 질렀다. 주변의 사물들을 부리나케 둘러보며 수용소가 아니라는 것을 연거푸 확인한 뒤에야 그는 간신히 안심했다.

수용소를 나오기 전 마지막 사고의 순간은 지금까지 여러 형태로 끊임없이 진화해왔다. 그리고 자신을 괴롭히는 일을 여전히 멈추지 않고 있었다.

'도대체 출소한 지 얼마나 지난 거야?'

그는 기억 속 시계를 출소 시점으로 되감은 후 정방향으로 다시 움직여봤다. 여러 가지 장면이 뇌리를 빠른 속도로 지나쳐갔다. 새로운 지도부의 구성, 태바쿤과의 전쟁을 위한 준비, 관련한 수많은 사건.

전쟁 준비가 시작되어 제시된 방어 전략에 따라 일정 수준 준비를 완료하는 데에 60여 일이 소요됐다. 태한은 자신에게 맡겨진 일을 어느 정도 마무리 지은 뒤에 집으로 돌아와서 기절하듯

쓰러져 누웠다. 그 뒤 잠이 들어서 기나긴 시간을 침대에서 보내
온 것이다.

느닷없이 울리는 반단의 음악 소리에 화들짝 놀란 그는 기억
속에서 급히 현실로 빠져나왔다. 반단의 버튼을 누르자 허공에
원형의 평면화면이 나타났고 자신을 바라보는 한무의 모습이 보
였다.

"아직도 침대에 누워 있었어? 도대체 얼마나 자는 거야?"

화면 안의 한무가 물었다.

"그러게…… 다행히 하루를 다 채우진 않았어……."

"그나저나 큰일이 생겼어, 태한! 지도부로 어서 들어와!"

"무슨 일이야?"

"한바우가 기습을 당했어. 제대로 손도 써보지 못하고 수도가
점령당했나 봐."

"뭐야?"

태한은 깜짝 놀라서 다시 물었다.

"들은 그대로야. 한바우가 기습을 당해서 점령됐어."

태한은 어이없고 황당해서 말문이 막혀버렸다. 혼이 점령당했
다는 소식보다도 충격적으로 들려왔다.

"일단 상황실로 어서 들어와. 자세한 내용은 도착해서 같이 애

기해."

태한은 반단을 눌러서 화상을 없앴다. 충분한 시간을 더 할애한 뒤에야, 그는 충격과 어리둥절함에서 어느 정도 헤어나올 수가 있었다. 그는 나갈 채비를 위해 몸을 허둥지둥 움직였다.

태한이 지도부 본관 건물에 도착했을 때에는 상황실의 타원형 테이블에 동료들이 그득히 자리하고 있었다. 대칸과 찬만, 한무, 산탄, 소찬 등 동료 모두가 한 사람도 빠짐없이 눈에 들어왔다.

대칸 옆에는 군사과학연구소 복장을 한 남성이 앉아 있었다.

군사과학연구소는 지도부 산하의 대표적인 연구기관으로서 훈의 군사과학 분야 연구를 총괄하고 있는 곳이며, 또한 일반 과학 분야의 연구까지 폭넓게 진행하는 곳이었다.

"어서 오게, 태한."

대칸이 태한의 모습을 보자마자 하던 이야기를 멈추고 그를 불렀다.

"한바우가 기습을 당했다는 게 정말입니까?"

태한이 다그치듯 물었다.

"갑작스런 공격에 당한 것 같아. 나도 지금 무엇을 어찌해야 할지 갈피를 못 잡고 있네."

대칸이 한숨을 훅 몰아쉬면서 손끝으로 자신의 관자놀이를 문

파라한

질렀다.

"어떻게, 그렇게 쉽게……."

"처음 얘길 들었을 땐 나도 설마 했어. 믿기질 않았지. 한바우가 한순간에 그렇게 무너지다니. 하지만 무엇에 당했는지를 알고 나면 조금은 이해가 될 거야."

태한은 무슨 말인가 싶어 그의 입술을 주시했다.

"숙소에 한바우에서 피신해온 연구원 한 명이 안정을 취하고 있는 중이야. 한바우중앙연구소의 연구원인데 우리 쪽 군사과학연구소와도 오랫동안 교류를 해와서 상당히 안면이 있는 친구이지. 막 피신해 왔을 때에는 완전히 얼이 빠져 있는 상태였네. 저기 보이는 것이 그가 함께 가져온 물체야."

태한은 대칸이 가리키는 방향으로 시선을 돌렸다. 테이블 위에는 주먹만 한 크기의 은회색 빛깔을 띤 물체 하나가 놓여 있었다. 금속인 것 같기도 하고 광물처럼 보이기도 했다. 어딘가에서 떨어져 나온 듯 모서리가 울퉁불퉁 불규칙했다.

"무엇에 당했는지를 알리려고 필사적으로 들고 탈출한 거야. 우리 모두 그에게 감사해야 해."

대칸은 오른손의 검지와 중지를 내밀어서 물체를 앞으로 쭉 밀었다. 물체는 손가락에 밀려 움직이면서 순식간에 시야에서 가뭇없이 사라져버렸다. 움직임을 멈추자 물체는 곧장 은회색으로 되돌아와 있었다.

"움직임이 있을 때에만 투명해지는 물체이지. 한바우를 기습할 때 태바쿤에서 사용한 것 같아. 이걸로 제작한 로봇들을 쿨쿤들 사이사이에 섞어서 공격한 거지."

태한은 테이블 위의 물체를 다시금 바라봤다. 조금 전과는 달리 소름이 돋으며 공포감이 불쑥 밀려오는 것이 느껴졌다.

'투명한 로봇이라……'

생각만 해도 대책이 안 생길 노릇이었다. 보이지 않는 적들을 어떻게 상대한단 말인가…….

"감지 장비들로도 보이지 않긴 마찬가지야. 아무리 성능이 뛰어나다고 한들 바탕이 같으니…… 그렇지 않아도 군사과학연구소장님께서 그 물체에 대해 우리에게 설명을 해주시려던 참이었네."

대칸은 말을 마치면서 왼편에 있는 연구소 복장의 남성을 돌아봤다.

가벼운 미소를 머금은 남성의 얼굴에는 복잡한 과학과는 거리가 멀다 싶을 정도로 인자함이 듬뿍 녹아 있었다. 하지만 그 인자함 속에서 그의 두 눈은 연못 안의 보석처럼 영롱하고 예리하게 빛났다.

"안녕하세요. 군사과학연구소장 두탄이라고 합니다. 이제 다 모이신 것 같으니 투명물체에 대해서 설명을 드리도록 할게요."

파라한

두탄은 테이블 위의 물체에 시선을 올려놓았다.

"어떠한 물체가 투명하다는 것은 두 가지 경우로 생각해 볼 수가 있습니다. 첫 번째는 물체가 빛을 전부 투과시키는 경우이죠."

그는 물체를 손끝으로 섬세하게 더듬었다.

"두 번째는, 빛이 일반적인 방향과는 반대로 굴절하는 경우입니다.

서로 다른 물질 사이를 통과하는 빛은 굴절이라는 것을 하게 돼요. 이동 방향이 꺾이게 되는 거죠.

그런데 만일 빛이 자신의 파장보다도 더 작은 구조를 지닌 물질을 만나게 되면, 일반적인 경우와는 반대 방향으로 꺾이게 됩니다. 그러면서 빛이 물체의 뒤쪽으로 휘어져 빠져나가게 되는데, 그러한 현상이 물체를 바라보는 입장에서는 투명하게 보이게 만드는 거죠."

그는 눈썹을 약간 찌푸렸다.

"그런데 이 물체는 참으로 난해해요. 평상시에는 불투명하다가 움직이면서 투명해진다…….

직관적으로 이해하기가 힘이 듭니다.

연구소 생활을 수십 년 해왔지만 이런 물체는 난생처음이에요. 아무래도, 연구소로 일단 가져가서 정밀하게 분석을 해봐야겠어요."

그는 연륜이 느껴지는 하얀 머리를 손으로 살며시 쓰다듬었다.

"행성이 위태로우니 서둘러주셨으면 합니다."

대칸이 재촉했다.

"알겠습니다. 그럼 한시가 급하니 저는 먼저 일어나도록 할게요."

"그렇게 하세요. 좋은 결과가 있길 기다리겠습니다."

"너무 빨리 가시는 것 아닌가요? 모처럼 오셨는데."

산탄의 말에 두탄은 멈칫했다가 대칸과 산탄을 번갈아 보았다.

"아, 아닙니다. 바로 가시는 게 나을 것 같습니다. 산탄, 그렇게 하도록 하게."

"알겠습니다, 대칸. 소장님, 지금 가시면 주차 확인은 안 하셔도 됩니다."

"주차 확인요?"

두탄이 고개를 갸우뚱하며 물었다.

"농담이에요, 하하. 제가 다른 곳에 잠시 있을 적 쓰던 말이에요. 어서 가시죠."

"네, 그럼."

두탄은 테이블 위의 물체를 조심스럽게 감싸 들고 자리에서 일어났다. 그는 지체하지 않고 상황실을 곧 빠져나갔다.

태한은 두탄이 했던 말을 머릿속으로 되뇌다가 불현듯 수용소에 있을 적 어렴풋이 들었던 용어가 떠올랐다.

"산탄! 예전에 수용소에 있을 적 메타 물질이니 음 굴절이니 하면서 신문에서 떠든 적이 있었던 것 같은데, 혹시 기억나? 투명 망토니 뭐니 하면서 말이야. 그 후로 어떻게 됐지? 자넨 수용소에서 나보다 훨씬 오래 있었잖아."

"글쎄…… 여기서야 내가 과학 쪽으로 꽤 해박하단 소리를 듣지만, 수용소에선 그런 것들에 영 관심을 두지 않아서……."

산탄은 허공에 시선을 둔 채로 잠시 있다가 갑자기 무언가가 생각난 듯 소리쳤다.

"투명기술을 일부 군사 용도에 활용한다는 얘기를 들어본 적이 있긴 해! 티비에서! 구체적인 내용까지는 모르겠지만……."

태한은 그의 얘기를 듣자마자 기다렸다는 듯 대칸을 향해 외쳤다.

"대칸! 수용소에 돌아가 볼 수만 있다면 실마리를 풀 가능성이 있습니다! 연구소의 답변만을 기다릴 수는 없으니까요."

"지금으로써는 가능하다면 무엇이든 해봐야 하지 않겠나?"

대칸도 관심을 크게 둔 듯 곧바로 답변을 던졌다.

"수용소장을 찾아가 보겠습니다. 제가 있던 수용소도 한바우나 코만, 훈과 같은 행성들 중 하나라는 생각이 듭니다. 사람들이 잘 모르는 어떤 우주와 행성을 찾아서 통째로 수용소로 활용하고 있다는 거죠. 철저하게 폐쇄된 채로요. 만일 그렇다면 그곳을 들렀다 나올 방법도 알 수가 있을 겁니다."

태한은 추측하는 듯 이야기했지만 스스로는 그렇게 확신하고 있었다.

"파천이란 이름의 수용소장이 수용소 설계자라고 들었습니다. 그를 만나보면 수용소에 들를 방법을 알아낼 수 있을 겁니다. 내일 아침에 바로 찾아가 보도록 하겠습니다."

"그래, 자네가 그 부분은 맡아서 수고해주게나."

연구소의 결과를 기다리기로 하면서 회의는 간단히 마무리되었다. 날이 어두워지려면 시간이 아직 많이 남아 있었다.

뒤늦게 일어나서 반나절 조금 넘는 시간을 보냈지만 체감한 시간은 무척이나 길었다. 하루의 시작은 한바우의 패배에 대한 당혹감, 이제는 투명체에 대한 두려움과 해결책에 대한 고민으로 다양한 상황에 의해 시간을 가득 채우며 보낸 탓인 듯했다.

태한은 수용소와 연구소 어느 쪽이든 대책이 서둘러 나오기만을 바라며 지도부에서 밖으로 빠져나왔다.

파라한

세상 밖으로 17

수용소를 다시 찾는 길은 2년 전 수용소를 향할 적과는 사뭇 다른 느낌이 들었다. 당시에는 같은 길을 가면서도 밀폐된 공간에 있어 밖을 구경할 도리가 없었다. 그럴만한 심적인 여유도 없었다.

태한은 수용소를 향하는 내내 산책을 하는 것처럼 산뜻한 기분을 유지했다.

차가 달리는 길 양옆으로는 끝없이 길게 늘어선 가로수들이 시야를 장식했다. 마치 그를 반기기라도 하듯 가로수는 쉬지 않고 도로 위에서 가지를 흔들어댔다.

'오늘 이 길을 다시 찾아오지 않았더라면……'

지금 달성하려는 목적이 아니더라도, 수용소로 가는 길을 눈으로 경험하는 것이 정말 다행스런 일이라고 그는 생각했다.

시간 가는 줄 모르고 정경을 즐기던 태한은 어느덧 수용소 입구에 도착했음을 알아차렸다.

훈의 상징인 구 형태의 조형물이 가장 먼저 시야에 들어왔다. 수용소의 입구임을 알리려는 듯 정문을 대신해서 한가운데에 큼지막하게 자리를 잡고 있었다. 조형물 오른편으로는 강물이 굽이치며 돌아 감싼 모습으로 기다랗게 길이 나 있었다.

흐르는 길에 차를 맡긴 채 시간을 잠시 스쳐 보내고 나니, 수용소가 드디어 본 모습을 드러내 보이기 시작했다.

일정한 간격으로 늘어선 수많은 원통형 회색 건물. 그 건물들이 수용소를 구성하는 전부인 듯 그 외의 것은 거의 보이질 않았다. 건물들은 입구에서 보았던 구 모양의 조형물을 머리 위에 하나씩 얹고 있었다. 원통형 외벽에는 창문이 하나도 없어서 누가 봐도 그 용도를 단번에 알아차릴 수 있을 것 같았다. 1층 둘레로 몇 개 나 있는 출입구가 그나마 건물 안으로 누군가 드나들긴 한다는 사실을 말해주고 있었다.

수용소의 풍경에 흠뻑 취해 있던 태한은 특이한 건물 하나에서 시선을 멈춰 세웠다. 다른 건물과는 모양새부터가 확연히 달랐다. 보통의 장소에서는 이런 건물이 좀 더 일반적이겠지만, 적어도 여기에서만큼은 아주 특별해 보였다.

파라한

수용소장이 머물고 있는 관리 건물임이 틀림없었다.

거리가 그리 멀지 않은 덕에, 짧은 시간 동안 차를 몰아간 그는 관리 건물 앞에 금방 도착했다.

몸통을 하얀색으로 뒤덮은 관리 건물은 다른 건물과는 달리 층마다 창문을 지니고 있었다. 머리 위에 얹은 구 모양의 조형물 크기도 단연 컸다.

차에서 내린 태한은 관리 건물의 정문 앞으로 당당하게 걸어 갔다. 사전에 연락을 한 덕분인지, 안내도 제재도 전혀 없었다.

건물 입구에 도착하자 도란 하나가 투명 문을 사이에 두고 대한을 마주 보았다. 도란은 태한의 인상착의를 간단히 살핀 후 곧 문을 열어주었다. 안내를 맡은 듯 도란이 앞장서서 먼저 걸어가기 시작했다. 태한도 도란의 뒤를 따라서 1층에 둥글게 나 있는 복도를 조심스럽게 걸었다.

정문에서 어느 정도 걸음을 옮기고 나니, 타원형 방문 하나가 눈에 보였다. 도란이 방문을 열자 조촐한 방 안에서 홀로 식사 중인 수용소장의 모습이 시야에 들어왔다.

"식사 중이셨군요. 죄송합니다, 밖에서 기다리겠습니다."

태한이 급히 말을 꺼냈다.

"아니에요, 그럴 필요 없어요. 막 끝내려던 참이었는 걸요."

수용소장이 만류했다.

둥근 얼굴에 인자한 눈매를 지닌 그는 오십 세 전후의 연륜이 느껴지는 인상을 풍기고 있었다. 그의 표정에는 초면인 사람의 경계심마저도 단번에 허물어버릴 정도로 선량함과 여유로움이 가득 배어 있었다.

"태한이라고, 했나요?"

"네, 태한입니다. 처음 뵙겠습니다."

"반가워요, 수용소장 파천이라고 해요. 어서 앉으세요."

파천이 한 손을 뻗어 맞은편 의자를 가리켰다.

"네."

태한은 대답을 마친 후 자리에 앉았다.

"2년 동안 이곳에서 수용 생활을 했다고 들었는데, 감회가 새롭겠어요."

파천이 식사를 끝낸 자리를 정리하며 말했다.

"다른 세상에 온 것 같습니다."

"하기야, 당연하겠죠. 그때와는 입장이 아주 다르니까요."

"하하, 맞습니다."

태한은 말을 마친 뒤 궁금한 것과 요청 내용을 빠르게 정리해 봤다. 하고 싶은 이야기는 많은데 어디서부터 말을 꺼내야 할지 계속 망설여졌다.

파라한

"추억을 더듬기 위해서 온 건 아닐 테고, 무슨 일로 여길 찾아왔는지 물어도 되나요?"

파천이 먼저 방문 목적을 물었다. 그는 처음 봤을 때보다도 더욱 부드럽고 인자한 표정을 만들어 보이고 있었다.

"수용소장님께 부탁드릴 것이 있어서 왔습니다."

태한은 자신의 목적을 곧장 실토하기로 결심했다.

"편하게 말씀하세요."

파천의 표정에는 여전히 경계라곤 찾아볼 수가 없었다.

"최근에 복잡한 일이 참 많았습니다."

"알고 있어요."

파천이 짧고도 빠르게 대답을 했다. 자신도 세상 돌아가는 일에서 그리 멀리 있지는 않다는 듯.

"한바우가 태바쿤으로부터 급습을 당했습니다. 그리고 훈도 지금 극히 위태로운 입장에 처해 있습니다."

태한은 복잡한 그 일이 태바쿤의 침략에 관한 일임을 명확히 했다. 새로운 지도부의 등장에 관한 일이 아니라.

"저도 그 소식을 듣고 무척 놀랐어요. 어떻게 그런 일…… 한바우가 방심한 걸까요? 아니면 저들이, 그토록 강한 걸까요?"

"둘 다라고 생각합니다."

"그렇군요."

"혹시 투명체에 대해서도 들어보셨습니까?"

"투명체요?"

투명체에 관해서는 처음 들어보는 듯 파천이 되묻고 있었다.

태한은 곧바로 투명체에 대한 자세한 설명을 시작했다. 여기를 찾아오게 된 이유와 수용소인 지구에 다녀와야 하는 필요성에 대해서도 그는 차근차근 모두 이야기했다.

투명체에 대한 설명을 듣고 난 파천은 무척이나 놀라고 있었다.

"결국은, 투명체에 대한 대비책을 마련하기 위해서 수용소에 다녀와야 한다는 얘기군요. 그와 관련해서 수용소 설계자인 저의 도움이 필요한 것이고요."

"맞습니다."

"하지만 불행히도 그곳은 그리 쉽게 드나들 수 있는 장소가 아니에요."

"알고 있습니다. 단지 어떻게든 해법을 찾아야겠다는 생각이 들었습니다. 훈 전체가 위험에 빠진 상태이니까요. 수용소를 설계한 분이라면 방법을 찾을 수 있을 것이라고 여겼습니다."

태한은 간절한 마음으로 그를 바라봤다. 파천은 입을 다물고 무엇인가를 골몰히 생각하고 있었다. 계속 얘기가 없어 태한이 먼저 무슨 말이든 던져보려고 할 즈음, 그가 드디어 말문을 열기 시작했다.

파라한

"사람들이 잘못 알고 있는 것이 있어요."

태한은 무슨 말인가 싶어 청각을 곤두세웠다.

"많은 사람이 저를 수용소의 설계자로 알고 있어요. 하지만 그것은 사실이 아니에요."

"무슨 말씀이신지……."

태한은 영문 모를 이야기에 그의 얼굴을 빤히 쳐다봤다.

분명히 그는 수용소의 설계자가 수용소장 파천이라고 들었다. 수용소를 나온 후 궁금해서 따로 알아본 적까지 있었다. 수용소와 직간접적으로 연관이 있는 누구나가 한결같이 파천을 언급했다. 다른 사람을 지칭하는 이는 난 한 명도 없었다.

태한이 파천을 찾아서 여기까지 온 이유도 이를 의심의 여지 없이 믿고 있었기 때문이다.

"공식적으로는 제가 설계자로 되어 있는 게 맞아요. 모두가 그렇게 알고 있죠. 틀린 말은 아니에요. 단지 기여도 부분에 있어서, 사람들이 알지 못하는 또 다른 사실이 존재한다는 얘기죠."

태한은 뜻밖의 이야기에 놀라며 파천의 입술을 가만히 응시했다.

"수용소를 설계할 때 저는 설계 보조 역을 주로 맡았어요. 주역할을 한 설계자는 저 말고 따로 있었죠."

"따로 있었다고요?"

"네, 따로 있었어요."

"그렇다면, 누구라는 말씀이신지……."

"길이라고, 예전에 저의 일을 돕던 한 젊은이예요."

파천은 회상에 잠기는 듯 시선을 허공에 두며 말을 이었다.

"십 년 전, 그러니까 제 나이가 마흔이 되었을 무렵, 길이라는 한 청년을 알게 됐어요. 군사과학연구소에서 연구원으로 일하던 젊은이였죠. 그는 시간이 갈수록 저와 사이가 아주 많이 가까워졌어요. 자연스럽게 많은 일을 같이 진행하곤 했죠. 연구소의 일 외적으로요."

"이름이 특이한데요. 외자입니까?"

"본명은 란한이라고 따로 있었어요. 하지만 주변 사람들은 주로 그를 길이라고 불렀죠. 본인도 그걸 원했고요. 그 친구가 태어난 훈의 남부 일부 지역에서는, 흔히들 본명 외에 외자로 된 부르기 편한 이름을 따로 가지고 있다고 했어요. 저도 그에게서 들은 얘기죠. 가까운 사람들끼리는 오히려 외자 이름을 더 많이 사용한다고요."

'길이라……'

태한은 마음속으로 '길'이라는 이름을 불러봤다. 특이하지만 낯설게만 느껴지는 이름은 아니었다.

"길은 정말 총명했어요. 처음 만났을 때 그의 나이는 스물이

채 안 됐지만, 아는 게 무척 많고 두뇌가 비상했어요. 경이로울
정도였죠. 처음엔 단지 그렇게만 생각했어요. 경이로울 정도로
총명하다고……."

태한은 궁금증이 일어나는 것을 꾹 참고 파천의 다음 이야기
를 기다렸다.

"나중에 그에 관한, 놀라운 사실 하나를 알게 됐죠. 길은 자신
이 어딘가에서 살다 왔다고 했어요. 32년 정도를요."

태한은 들을수록 어리둥절하게 만드는 그의 이야기에 눈을 크
게 떴다.

"무슨 얘기인지 의아하겠죠. 처음 그 이야기를 들었을 땐, 저도
마찬가지였으니까요."

파천은 태한의 표정을 읽은 듯 입가에 엷은 미소를 띠었다.

"믿기지 않았죠. 무슨 소리인가 반문했어요. 하지만 길이 꺼낸
예전 삶에 대한 이야기는, 구체적이고 진솔했어요. 결코 꾸며낸
얘기처럼 들리지 않았죠. 길이 살던 곳은 지구라 불린다고 했어
요. 그는 거기서 힘겨운 삶을 살았다고 했죠. 훈에서와는 비교가
안 될 정도로요."

"지구라면 제가 갇혀있던 수용소 아닙니까?"

"맞아요. 자세히 설명하자면 얘기가 아주 복잡하고 길어요."

파천은 설명할 것이 많다는 눈빛으로 태한을 바라봤다. 태한

은 얼마든지 들을 준비가 되어 있다는 의미로 그의 입술에 시선을 가만히 묶어두었다.

파천은 태한의 반응에서 대답을 얻은 듯 뒤의 이야기를 꺼내놓기 시작했다.

"길은 지구에서 전쟁을 겪었다고 했어요. 전쟁 중에 그는 포로가 되었다고 했죠. 포로가 되어 거제도라는 섬의 수용소에 갇혔고, 그곳에서 사망했다고 했어요.

길은 지구에 두고 온 아내와 아들을 무척이나 그리워했어요. 그들을 다시 만나기 위해 갖은 노력을 다했죠. 지구에 대한 비밀을 풀기 위해, 그는 자신이 지닌 모든 능력과 노력을 쏟아부었어요.

저도 그와 대화를 나누면 나눌수록 그의 진심을 알게 됐고, 나중에는 그를 적극적으로 도와주게 되었죠."

"거제도?"

태한은 귀에 익은 단어를 듣고는 자신도 모르게 말을 입 밖으로 뱉어냈다.

"아는 곳인가요?"

"직접 가본 적은 없지만 사람들에게 잘 알려진 곳 중 하나입니다. 수용소에서요."

"그렇군요. 같은 곳에서 지냈으니 알 수도 있겠군요."

"같은 곳?"

태한은 자신이 갇혀 있던 수용소가 길이 지내던 곳과 같다는 이야기에 의문이 솟구쳐 올랐다.

"이야기를 다 듣고 나면, 왜 같은 곳인지 이해가 될 거예요."

태한은 그의 답변을 듣기 위해 입을 꾹 다물었다.

"길의 능력은 참으로 대단했어요. 그는 끈질긴 연구 끝에, 지구에 관한 많은 것을 알아냈죠. 결국 지구에 갈 수 있는 방법도 알아내게 됐어요. 지구로 되돌아갈 장치까지도 개발해내고야 말았죠.

하지만 그 장치에는 치명적인 제약이 존재했어요. 지구로 돌아가려면 모든 기억을 잃고 재탄생하는 과정을 겪어야만 한다는 것이었죠."

"기억을 잃고 다시 태어난다는……."

"지구에서의 삶에 대한 기억을 고스란히 지니고 태어난 길도, 그 장치를 이용한 뒤에는 기억을 전부 잃어버리고 말았어요. 장치를 사용할 때만큼은 누구도 예외일 수 없었던 거죠."

"이해가 된다고 해야 할지, 아니라고 해야 할지 모르겠습니다. 수용소장님께서 말씀하신 이야기의 의미 자체는 이해가 됩니다."

"그게 정상이에요. 이런 얘기를 듣고 단번에 '그럴 줄 알았어요.'라고 말하는 사람이 있다면, 그게 이상한 거죠."

파천은 얼굴에 작은 미소를 그리며 이야기를 이어갔다.

"장치에는 또 한 가지의 제약이 있었어요. 지구에 다녀오는 동안, 훈에서 흐르는 시간의 양은 조절이 가능했어요. 하지만 지구에서는, 사망할 때까지 지내고 난 뒤에야 그곳을 빠져나올 수가 있었죠."

"예를 들자면 훈에서는 2년의 시간이 흐르도록 설정되어 있어도, 지구에서는 태어나서 죽을 때까지 수십 년을 보내야만 한다는 얘기군요."

태한은 마치 자신이 수용소에 있을 적 경험을 그대로 설명을 듣는 것만 같았다. 방금 자신이 한 말은 수용소를 나오고 나서 계속 의문이 풀리지 않아 늘 궁금증을 불러내는 경험 중 하나였다.

"지금 설명하려는 장치와 태한 씨가 갇혔던 수용소 사이에 무슨 연관이 있는지는, 차츰 설명해 드리도록 할게요."

파천은 말을 계속했다.

"기억을 다 잃고 다시 태어나는데, 무슨 수로 지구에 가서 아내와 아들을 찾을 수가 있겠어요? 게다가 사망해야만 지구를 빠져나올 수 있다는 점도 치명적인 제약사항이기는 마찬가지였죠.

길은 장치의 이런 문제를 해결하기 위해 지난 시간보다도 애면글면 더 많은 정성을 쏟았어요. 옆에서 보면 마치 미친 사람 같았죠. 하지만 제아무리 총명한 길이라고 해도, 그 부분까지는 어찌할 수 없었나 봐요. 결국엔 그도 포기하고야 말았죠."

"아내와 아들은 끝내 만나지 못했나요?"

"안타깝게도요. 장치의 그러한 제약을 해결하지 못한 이상, 사용한다는 것 자체가 어리석은 일이었으니까요.

지구를 찾아가는 일을 포기한 뒤에, 길과 저는 장치를 다른 용도로 활용할 방법을 모색해봤어요. 이런저런 고민을 한 끝에, 우리는 그것을 수용소로 활용하자고 결론을 내렸죠."

"수용소요?"

"잘 아시는 바와 같이, 훈은 오래전부터 여러 우주로부터 첨단 설비를 갖춘 대형수용소를 제공하는 일을 맡아왔어요. 다른 우주의 골칫덩이 범죄자들을 수용해준 것이죠. 다른 우주들에서는 자체적인 수용시설을 거의 짓지를 않고 계속해서 우리에게 수용 의뢰를 해오곤 했죠. 물론, 그 대가로 우리는 그들로부터 많은 것을 얻었고요.

그러던 중 쿠바이센에서 행성 전체가 큰 혼란에 빠지는 사건이 발생했어요. 엄청난 혼란이었죠. 행성 각지에서 시위와 폭력, 전쟁이 끊이지를 않았고, 쿠바이센 지도부는 시위자들과 반군들을 포로로 잡는 족족 수용 요청을 우리에게 해왔어요.

그들의 요청을 지속적으로 받아들인 우리 수용소는 포화를 목전에 두게 됐죠. 수용의 한계도 난제였지만, 쿠바이센 포로들의 거친 성향도 관리의 어려움에 크게 한몫을 했어요.

길과 저는 만들어낸 장치가 수없이 불어나는 거친 포로들을 일정 기간 완벽하게 가두는 데에 제격이라는 결론을 내렸죠. 물론, 기대했던 것 이상으로 장치는 제 역할을 톡톡히 해냈어요."

태한은 수용소에서의 경험과 그 장치라는 존재가 자연스레 연결되면서 의문의 매듭이 점점 풀려가는 것을 느꼈다.

"제가 갇혀 있던 곳이 바로……."

태한의 말에 파천은 안타까운 표정으로 그를 바라봤다.

"예, 맞아요. 그 장치의 활용 규모는 지속적으로 커졌고, 어느 순간부터는 수용소 기능을 대표하게 된 거죠……."

"이제야, 알겠습니다. 제가 갇혀있던 수용소에 대해……."

"저에게는 지구가 제 역할을 훌륭히 소화해내는 수용소일 뿐이었어요. 하지만 길에게 지구는 단순한 수용소가 아니었죠. 그에게 있어 지구는 특별한 의미가 있는 곳이었어요.

지구는 길이 자신의 의지와는 무관하게 쓰디쓴 고난을 겪은 곳이었어요. 지구는 그에게 불행을 안겨준 곳이며, 사랑하는 아내와 아들과 생이별한 곳이기도 했죠.

그는 수용소의 이름을 '파라한'이라고 짓기를 원했어요.

'파라'는 '수용소'를 의미해요. 길이 태어난 훈의 남부 지역에서 쓰던 옛말이죠."

"파라……."

"혹시 훈이라는 호칭의 과거에 대해서 아시나요?"

파천이 무엇인가를 설명하려는 듯 태한에게 물었다.

"그 방면으로는 솔직히 지식이 부족합니다."

역사에 대해서는 대부분의 사람이 관심을 두지 않는 탓에, 파천은 예상했다는 듯 곧바로 설명을 시작했다.

"오랜 과거에 훈은, 행성 전체가 아닌 행성의 일부를 차지하고 있던 지역공동체를 지칭하는 말이었어요. 역사에 깊이 관심 있는 일부 사람만이 알고 있는 내용이죠. 그 지역공동체를 당시에는 '국가'라는 단어로 표현했어요.

훈은 다른 국가들을 상대로 전쟁을 벌였고 상당 기간 전쟁을 지속했어요. 훈은 행성 남부에 있는 국가들을 정복해나가며, 불어나는 포로들을 가두기 위해 곳곳에 수용소를 지었어요. 행성 남부 사람들은 그 수용소를 '파라'라고 불렀죠. 이후 시간이 흐르면서, 행성 남부 사람들에게 '파라'는 구속과 고통을 의미하는 일반적인 용어가 되어버렸죠.

'한'은 길이 수용소, 즉 지구에서 살고 있을 때 함께 지내던 사람들이 사용하던 말이었어요. 슬픔, 원망 등을 의미한다고 했죠."

"파라한이라……."

파천의 설명을 듣고 나니 '파라한'이란 명칭을 통해 길이 전달하려는 의미를 어느 정도는 짐작할 수 있었다.

태한은 파라한에서의 기억을 더듬어봤다. 그러다가 불현듯 수용소에서의 아내 얼굴을 머리에 떠올렸다.

출근길에 본 아내의 모습이 마지막이 될 줄은 전혀 예상치 못했었다. 약혼녀 소찬 때문에 겉으로 드러낸 적은 없었지만, 수용소에서의 아내에 대한 그리움은 마음속 깊은 곳에서 조금도 희석된 적이 없었다. 작별 인사도 못하고 나왔다는 사실에 그는 마음이 더욱 아려왔다.

그의 기억은 아내의 얼굴에서 수용소를 나오기 전 마지막 장면으로 자연스럽게 옮겨갔다.

쓰러져 있는 자신을 바라보며 공포에 질려 서 있던 한 남성의 모습.
길바닥에 제멋대로 흩어져 있던 초콜릿들.

이 장면은 시간이 지날수록 사진을 찍어 둔 것처럼 오히려 선명해졌다. 꿈속에서는 시시때때로 등장해서 자신을 끊임없이 괴롭히곤 했다.

안경을 쓴 단발머리의 얼굴을 다시 떠올리자, 갑자기 '길'이라는 이름이 뇌리를 스쳐 갔다.

'설마⋯⋯.'

태한은 근거 없는 직감을 무시해 버리려고 했다. 하지만 꺼림칙한 무언가가 남아있는 것은 어찌할 도리가 없었다.

태한은 마지막에 본 남성의 눈빛을 도저히 잊을 수가 없었다. 그의 눈빛은 우연한 사고를 낸 사람처럼 보이지 않았다. 무엇인지 모를 수많은 내용을 내포하고 있는 듯했다.

여기에까지 생각이 미치고 나자, 수용소에서 마지막 날 아침 아내가 했던 말이 떠올랐다.

전날 '현아!'라고 아내의 이름을 부르고 사라졌다던 그 남자.

당시에는 대수롭지 않게 넘겼었고, 지금껏 다른 기억들 속에 묻혀서 표면으로 드러난 적은 없지만.

전날 아내 이름을 불렀다던 그 남자.

쓰러져 죽어가는 자신을 바라보던 그 남성.

그리고 길.

아무 근거도 없는 연관이지만, 이들은 태한의 머리 안에서 자연스럽고도 강하게 하나의 연결고리로 묶였다.

태한은 현실로 다시 생각을 돌렸다. 지금 나는 투명체를 막을 방법을 찾고자 여기에 온 것이다. 하지만 파천으로부터 자초지종을 들은 결과, 길과 마찬가지로 수용소에 가면 기억을 전부 잃기 때문에 어떤 임무도 수행할 수가 없을 것이다.

"파라한에 다시 가볼 필요는 없겠군요."

태한은 머리 안에서 만든 결론을 짧게 정리해서 이야기했다.

"그곳에서 원하는 목적을 달성하는 것은, 불가능하다고 봐야죠."

파천은 결론이 틀리지 않다는 걸 확인시켜 주었다.

"길은 어디에 있습니까?"

"사망했어요. 오 년 전에. 갑작스럽게 원인 모를 병에 걸려 시름시름 앓다가 죽었어요. 무척 젊은 나이였죠."

파천은 길이 생각나는 듯 그윽한 눈으로 허공을 바라봤다. 태한은 잠시동안 그를 물끄러미 지켜보다가 인사를 한 후 조용히 방을 빠져 나왔다.

수용소 관리 건물을 나오는 내내 파천에게서 들은 이야기가 머릿속을 맴돌았다. 수용소에서의 기억, 파천에게서 들은 이야기, 현실 속 복잡한 사건, 이런 여러 가지 생각이 얼기설기 뒤섞이며 머릿속을 헤집고 파고들었다.

태한은 잡념들을 모두 물리치고 당면한 일에만 집중하려고 애썼다.

'결국 연구소에 마지막 기대를 걸어야 한다는 것인가?'

그는 대칸에게 수용소 방문 결과에 대한 보고를 마친 후 지도부를 향해 차를 몰았다.

세상 밖으로 18

수용소에서 파천을 만나고 온 지도 어느덧 이틀이 흘러갔다. 지도부 상황실에는 태한과 대칸을 비롯한 조직의 동료들이 한자리에 모여 있었다. 모두 초조한 마음으로 연구소장의 등장을 기다리고 있는 중이었다.

수용소 파라한을 찾아가 투명체에 대한 대비책을 구해낼 길이 없음은 이미 명백히 드러났다. 대칸도 내심 기대를 걸었던 듯 실망하는 기색을 감추지는 못했다.

이렇게 된 이상 연구소의 분석 결과는 유일한 희원이 되어버렸다. 다행히 긍정적인 답변을 줄 수 있을 것이란 연락을 받고 난 이후였다.

시계가 약속된 시간을 넘어가려고 할 즈음 연구소장 일행이 드디어 모습을 드러냈다. 군사과학연구소장 두탄과 함께 동일한 복장의 연구소 직업인 둘, 그리고 그 뒤에 한바우인도 따라 들어오고 있었다. 장시간 충분한 안정을 취해서인지 한바우인의 얼굴에 공포는 남아있지는 않았다.

"어서 오세요. 좋은 답변을 가지고 오셨다니 천만다행입니다. 연구소의 분석 결과를 애타게 기다리고 있었습니다. 자리에 앉으세요."

두탄을 향해 대칸이 반갑게 인사를 했다.

"저희로서도 대처할 방법을 찾게 돼서 참으로 다행입니다. 훈의 명운이 걸려 있는 만큼 연구소에서도 심려가 아주 컸어요.

하지만 제가 가져온 답변이 모든 것을 단번에 해결할 수 있지는 않아요. 중대한 의사결정을 필요로 하죠."

"현재의 위기를 극복할 길이 열려 있다는 사실이 중요한 겁니다. 기탄없이 말씀해 주시길 바라겠습니다."

"네, 그러면 해결책에 대한 내용을 계속 기다리셨을 테니, 서두를 생략한 후 본론을 바로 말씀드리도록 할게요."

동료들 모두가 숨죽이며 두탄의 얼굴에 시선을 집중했다.

"군사과학연구소에서는 지난 며칠 동안 한바우에서 얀후 씨가 가져온 투명체에 대하여 면밀히 분석을 해봤습니다. 투명체는 지금껏 한 번도 본 적이 없는 물체였죠. 아마도 훈에는 존재하지 않거나 또는 존재하더라도 어느 누구도 발견해낸 적이 없는 물체인 것 같아요. 인위적으로 만들어진 물질일 수도 있고요. 고민 끝에 연구소에서는 투명체의 구조와 성분을 분석한 뒤 동일한 물체를 합성해내는 시도를 해봤어요."

"성공했나요?"

산탄이 기대 어린 눈으로 두탄을 쳐다봤다.

"합성은 성공했어요. 하지만 동일한 특성을 지니지는 않았죠. 정지해 있는 상태에선 틀림없이 똑같은 물체였어요. 차이가 전혀 없었죠. 하지만 움직임을 줄 때 합성한 물체는 조금도 투명해지지 않은 채 그대로였어요."

"그렇다면 가져오신 답변이라는 건 무엇입니까?"

한무가 당황 섞인 목소리로 물었다.

"실험을 하다가 우연히 투명체가 판에 반응한다는 사실을 알아내게 됐습니다. 얀후 씨의 도움이 컸죠."

두탄이 옆에 앉은 한바우인에게 미소를 보냈다. 얀후란 이름의 한바우인도 가볍게 웃음을 보였다.

두탄은 투명체에서 떼어낸 듯한 작은 조각을 꺼내서 테이블 위에 올려놓았다.

"이것이 투명체의 일부분입니다."

그는 투명체 위에 손가락 크기의 원통형 물병을 가져갔다. 물병 안에는 탁한 녹색 빛깔의 액체가 절반가량 채워져 있었다. 물병을 기울이자 액체가 몇 방울 투명체 표면 위로 떨어졌다.

투명체는 액체에 닿기가 무섭게 빠른 속도로 반응을 보이기 시작했다. 처음에는 액체에 닿은 부분만이 밝은 연두색으로 변화했지만, 잠깐의 시간 동안에 연두색 얼룩은 상당히 넓은 면적으로 퍼져 있었다.

두탄은 연둣빛으로 얼룩진 투명체 조각을 들어서 좌우로 흔들어 보였다. 투명체 조각의 내부는 움직임에 따라 투명해지는 듯 보였으나, 표면의 넓은 얼룩으로 인해 투명체로서의 기능을 거의 상실해 있었다.

"그 액체가 판인가요?"

산탄이 호기심 섞인 목소리로 물었다.

"맞아요. 액화시킨 거죠."

"판을 들이부어 투명체를 막는다는 겁니까?"

대칸의 표정이 돌연 심각해졌다.

판은 파란탄 몸체의 방어막 역할을 하는 주요물질이자 현대전의 전투 형태를 바꾸어버린 주인공이었다. 그가 지금 민감해져 있는 것은 어쩌면 당연한 결과였다.

"네, 하지만 들이붓는 형태는 아니에요."

"그러면 전투현장에서 구체적으로 어떻게 사용한다는 거죠?"

대칸이 날카로운 어투로 다시 물었다.

"액화된 판을 미세한 입자로 만들어서 공중에 뿌리면 상당 시간 공중에 머물러 있게 돼요. 바닥에 내려앉기까지요. 전투현장에서 이를 분사해두면 투명체도 정체를 드러낸 채 싸울 수밖에 없을 겁니다."

두탄의 말은 거침이 없었다.

"소량의 액체에만 닿아도 투명체 표면이 넓게 얼룩져버리게 됩니다. 얼룩으로 인해 투명체의 역할을 지속할 수 없단 뜻이죠. 투명체에 대항할 방법은 현재 이것이 유일하다고 볼 수 있어요. 충분히 승산이 있는 계책이죠!"

"하지만 장시간이 지나고 나면 소용없어지는 것 아닙니까? 분사된 액체가 지면에 내려앉게 되면요."

산탄이 입을 툭 내밀며 고개를 갸웃거렸다.

"맞아요. 때문에 액체를 아주 미세하게 만들어서 공중에 머무는 시간을 오래 연장시켜야 합니다. 물론 분사된 액체가 땅에 내려앉기 전에 추가로 분사를 해주어야 하죠.

그렇다고 입자를 지나치게 작게 만들면 오히려 제 기능을 못하게 될 수도 있어요. 역할을 제대로 할 수 있는 한도 내에서 최대한 작게 만들어야 한다는 의미죠."

두탄은 산탄의 얼굴을 바라보며 말을 계속했다.

파라한

"분사하는 높이도 마찬가지입니다. 높은 곳에서 분사할수록 공중에 더 오래 머물 수는 있어요. 하지만 실제 효과를 볼 수 있는 유효한 위치까지 내려오는 데에 시간이 너무 오래 걸리게 되죠.

적당한 위치에서 뿌려주는 것이 중요하다는 얘기예요. 최적의 위치에서요.

분사할 크기와 높이에 관해서는 연구소에서 충분한 테스트를 통해 확정한 후 제시해 드리도록 하겠습니다."

"액화된 판을 사용할 게 아니고, 일반 그림물감 같은 것을 물에 섞어서 분사하면 되지 않을까요?"

불쑥 떠오른 생각에 태한이 물었다.

"그냥 보시면 잘 모르겠지만, 투명체 조각은 표면이 엄청나게 미끄러워요. 로봇을 제작할 때에는 표면을 더 매끄럽게 만들 테니 그 정도가 더욱 심해지겠죠. 로봇이 움직이게 되면 물감 정도의 일반 물질로는 투명체 표면에 잠시도 머물지 못할 거예요."

이미 확인한 내용이라는 듯 두탄이 틈을 두지 않고 곧장 대답했다.

"분위기를 망치는 것 같지만 미리 말씀을 드려야겠습니다."

찬만이 우려 섞인 표정으로 끼어들었다.

"투명체를 막을 만한 결정적인 방법을 찾아낸 것까지는 좋습니다. 하지만 그런 용도로 사용할 만한 판이 거의 남아있질 않습니다. 파란탄과 병사들의 갑옷을 제작하는 데에 써버린 후 오랫동안 판을 만들어오지 않았어요."

"지금이라도 서둘러 만들어야 하지 않을까요?"

소찬이 의견을 제시하듯 물었다.

"판을 만드는 것이 그리 쉽게 생각할 일은 아니야, 소찬. 구하기 힘든 희귀 물질이 다량으로 필요할 뿐만 아니라, 더 큰 문제는 판을 제조하는 데 필요한 절대적인 시간이지.

제조 기간만 따져도 아무리 짧게 잡아야 이백 일 정도는 족히 걸려. 제조하려는 판의 양과는 상관없이. 구성하는 재료만 있다고 해서 뚝딱 만들어지는 게 아니지.

그래서 예전부터 지도부에 수차례 강력히 요구를 했던 거야. 병력 증강을 위해 판의 생산을 서둘러야 한다고. 그럴 때마다 번번이 묵살됐지만……."

"못된 놈들!"

한무가 화내며 외쳤다.

"제조 기간이 오래 소요된다는 것은 저 또한 잘 알고 있는 엄정한 사실입니다. 아마 그런 것에 관해서라면 연구소장인 제가 더 많이 알고 있을 거예요."

두탄이 말했다.

"그럼 애초에 그런 얘기를 왜 한 겁니까?"

한무가 어이없다는 표정으로 물었다.

"말씀하신 방법으로만 생각하면 기간이 상당히 필요한 게 사실이에요. 하지만 그렇게만 판을 구할 수 있는 것은 아니죠."

동료들의 시선이 두탄의 입술로 일제히 쏠렸다.

"파란탄으로부터도 구할 수가 있어요."

"아니, 그러면, 파란탄을 부수잔 말입니까?"

찬만의 흥분한 목소리가 상황실 안을 쩌렁 울렸다.

"사령관님의 심정은 충분히 이해해요. 하지만 그리 흥분할 일만은 아니라고 생각됩니다. 제 얘기는 현재의 난국을 헤쳐나갈 현명한 방법을 찾아내자는 것이죠."

"정 그렇다면 군인들의 갑옷은 어떻소? 굳이 파란탄을 부술 게 아니라 말이오."

"갑옷으로는 어림도 없습니다. 사령관님도 잘 아시다시피 군인들의 갑옷에는 표면에만 소량의 판을 입혔어요. 훈에 있는 갑옷을 몽땅 모은다고 해도, 예상되는 전투 규모를 감안하면 한 끼 식사할 정도의 시간밖에는 버티지 못할 거예요."

찬만은 마뜩잖은 얼굴로 두탄을 뚫어져라 쳐다봤다. 둘의 긴장감으로 상황실 안은 급격히 얼어붙었다.

"그럼 도대체 파란탄 몇 대를 희생해야 한단 말이오!"

찬만이 눈을 부릅뜨며 고함을 치듯 묻자, 두탄이 대답했다.

"안타깝게도 파란탄 한 대에서 추출할 수 있는 양 또한, 우리가 필요로 하는 양에 비하면 그리 많지는 않아요."

두탄은 목소리를 착 가라앉히며 냉정을 계속 유지했다.

"하루 종일 전투를 한다고 가정하면, 하루에 대략 여섯 차례 정도는 액화된 판을 뿌려줘야만 투명체 걱정 없이 전투를 계속해서 수행할 수가 있어요. 물론 분사하는 높이와 분사액의 크기에 따라 달라질 수는 있지만요.

전쟁이 얼마나 길어질지는 모르겠으나, 적어도 열흘 정도의 분량은 확보해 두어야만 안심할 수 있다는 판단이 들어요. 당연히 실제 전투에서는 그때그때 분사하는 빈도와 양을 조절해가며 전쟁에 임해야 하겠죠."

민감한 대답을 앞두어서인지 두탄은 사전설명을 가능한 상세히 하려고 노력하는 중이었다. 하지만 모두들 뒤에 나올 대답에만 관심을 두고 있었다.

"예상되는 여러 사항을 종합하고 일반적인 수비대형에서 파란탄 한 대가 커버할 수 있는 면적을 고려한다면, 파란탄 한 대당 파란탄 한 대 분량의 판이 필요하단 결론을 얻었습니다."

"파란탄 전체가 삼십만인데, 그러면 절반인 십오만 대를 부수

잔 말이오?"

찬만의 언성이 다시 커지자 이번엔 대칸이 나섰다.

"잠시 냉정하게 들어보는 것도 괜찮을 것 같습니다."

찬만은 마지못해 입술을 꾹 다물었다. 대칸이 찬만을 바라보며 말을 이었다.

"코만에서의 큰 전투 위주로만 보면, 태바쿤 측에 동원된 쿨쿤들의 수가 몇 대나 됐죠?"

"전투 규모에 따라 다르긴 하지만, 가장 큰 전투 기준으로 봤을 때 백만에 육박합니다."

한무가 찬만을 대신해서 대답했다.

"한바우의 전투에서는 어땠소? 아, 우리말을 할 줄 아시오? 통역 장치가 필요한가요?"

대칸이 한바우인 얀후를 바라보며 물었다.

"통역 장치는 필요 없습니다. 어느 정도의 대화는…… 음…… 가능합니다. 당시를 보면 대략…… 팔십만 대에서 백만 대 사이로 추측…… 아니…… 추정이 됩니다. 쿨쿤들 사이사이에 섞여 들어오는 투명체의 경우는…… 음…… 사라졌다 멈추기를 반복해서 정확한 측정까진…… 불가능하지만 대략…… 쿨쿤 열 대당 한 대꼴 정도로 보면 될 것 같습니다."

얀후가 제법 능숙한 훈의 언어로 대답했다.

"그렇다면 쿨쿤들을 백만 대로, 그리고 뒤섞여 들어오는 투명체들을 십만 대로 가정해서 전체를 백십만 대로 예상해볼 수 있겠군요."

"수도 방어가 아무리 전쟁의 승패를 판가름할 만큼 중요하다고는 하지만, 행성 전체의 각종 시설과 주요 도시에 배치되어야만 하는 최소 유지 병력이라는 게 있습니다. 십만 정도의 파란탄들은 그 용도로 유지되어야 하죠.

실질적으로 수도 방어에 사용될 수 있는 파란탄은 이십만 안팎이라고 보시면 됩니다. 그렇게 되면 십만으로 판을 추출하고 십만으로 전투를 하는 처지가 되고 말죠."

찬만이 애써 침착을 지키며 말했다.

"파란탄 한 대가 쿨쿤 일곱에서 열 대까지는 상대할 수 있다고 들은 것 같습니다만."

"그건…… 맞습니다."

"그렇다고 한다면 파란탄 십만 대로 쿨쿤 백만 대를 상대할 수 있지 않겠습니까? 수치상으로만 본다면요."

대칸의 이야기에 찬만은 말문이 막힌 듯 멈칫하다가 다시 입을 열었다.

"실전에서는 파란탄의 위력이 그 이상일 겁니다. 실험에서와 같은 경우가 그리 쉽게 오진 않을 테니까요. 파란탄 한 대에 쿨쿤들이 최적의 위치에서 동시에 덤벼드는 경우 말입니다.

게다가 후방에서 전자기포까지 가세하면 그 정도 수의 쿨쿤들은 상대하고도 남을 거예요."

찬만도 이제는 현실적인 접근을 하고 있었다.

"이번 전쟁에서 우리는 투명체에 집중할 필요가 있어요. 삼십만 대의 파란탄을 그대로 살리려다가 투명체에 전부 당하는 것보다는, 십만 대를 희생해서 현실적인 승리를 이끌어내는 것이 현명한 일이라고 판단됩니다.

내일 당장이라도 쳐들어올 수 있는 적에 하루빨리 대비하기 위해서는 연구소장님이 제시한 방법이 최선이라고 여겨집니다."

대칸이 결론을 내리듯 얘기하자 동료들은 모두 침묵했다.

"저도 그 방법에 동의는 하겠습니다. 하지만 판을 생산하는 일도 반드시 병행해서 이루어져야 합니다. 적이 내일 올지 수백일 후에 올지 모르는 일이니, 시간이 허락하는 만큼은 파란탄을 추가로 만들어서 충원해야만 합니다."

"당연한 말씀입니다."

대칸의 입가에 미소가 돌았다.

"날씨는 고려하고 있겠죠? 예를 들어 비가 오는 깜깜한 밤에 기습해오는 경우라던가……."

소찬이 대뜸 물었다.

"그런 걱정은 안 해도 돼, 소찬. 적이 공격을 해온 뒤에도 순식간에 비구름을 소멸시켜버릴 수가 있어. 야간이라는 것도 문제가 되질 않아. 전투 중에 대낮보다 밝게 유지할 수 있으니까.

훈에서 전쟁을 치르는 만큼 그 부분은 우리한테 유리한 방향으로 이끌 수가 있어. 그들이 우리의 기술 수준을 알고 있는데 굳이 날씨를 보며 때를 기다리는 구식 전투를 할 이유는 없을 거야."

군사과학이나 순수 과학 등 과학 분야에 조예가 깊은 산탄이 그녀의 우려를 일축했다.

세상 밖으로 19

전날의 화창한 날씨를 부정이라도 하듯 하늘에서 물 덩어리가 세차게 떨어져 내렸다. 굵은 빗줄기는 달리는 차 앞 유리창을 향해 사정없이 돌진해왔다. 차창은 충격을 받아내느라 쉬지 않고 신음을 울렸다.

태한은 눈을 부릅떴다. 어룽거리는 전방을 바라보며 시각을 잔뜩 곤두세웠다.

'지금 전쟁이 일어나면 안 돼!'

그는 마음속으로 간절히 외쳤다.

한바우인이 투명체를 들고 피신을 와 큰 소동이 벌어진 지도 어느덧 50여 일이 흘러갔다. 파란탄을 해체해서 판을 추출하는 작업은 이제 막바지에 이르고 있었다. 다행히도 태바쿤은 긴 시간 동안 침묵을 그대로 지켜줬다. 덕분에 훈의 지도부와 군은 총력을 기울여서 전쟁 준비를 거의 마무리할 수 있게 됐다.

조금만 더 속도를 내면 투명체에 대비한 만반의 준비를 마치게 된다. 보이지 않는 적에 대한 공포와 두려움을 완벽히 제거할 수 있게 되는 것이다.

그러나 침묵만을 지속해 오던 태바쿤이 기어이 움직임을 보였다. 오랜 기간 이어온 고요함이 끝내 막을 내리게 된 것이다.

전날 대낮에 상공에서 태바쿤의 전투기가 중규모로 출현하는 사건이 발생했다. 십여 대씩이나 동시에. 당시 행성 총방위군은 다급히 전투기를 띄워서 대응에 들어갔다. 훈 전역에 비상이 선포되고 전군은 본격적인 전투태세에 돌입했다.

지도부는 촉각을 곤두세우며 이어질 사태변화를 주시했고, 군은 초긴장 상태에 휩싸인 채 다가올 운명의 일전을 기다렸다.

하지만 적기들은 종적을 감춘 뒤 지금까지 한 대도 다시 나타나지 않았다.

사건이 벌어진 직후부터 새로운 공포가 지도부를 장악했다. 불길한 예측이 지도부를 마구잡이로 휘젓고 다녔다. 급기야 전투기도 투명화했을지 모른다며 공포에 떠는 이들까지 보였다.

파라한

군사과학연구소장 두탄은 아침부터 소집을 요청했다. 전날 사건과 관련하여 동료들을 연구소로 긴급히 모이게 한 것이다. 공개할 중대사안이 있다는 언질도 그는 덧붙여 전달했다.

연구소로 가는 길은 초행이었다. 그동안에 연구소를 찾아올 일이 한 번도 없었던 것이다. 굵게 내리던 비는 한결 가늘어져 있었다. 뿌옇게 시야를 가리던 장애물이 걷히며 전경이 눈앞에서 점점 맑아지고 있는 중이었다.

태한은 눈앞 저편에 보이는 건물이 연구소임을 금방 알아차렸다. 달걀이 반쯤 땅에 묻혀서 비스듬히 기운 듯한 형상은 누구나 설명을 대충만 들어도 단번에 찾아내는 데 무리가 없을 듯 보였다.

그는 연구소를 바라보며 부드럽게 방향을 틀어서 차를 몰아갔다. 초대형 달걀은 몸을 조금씩 더 부풀리면서 차 앞으로 점점 다가왔다.

차에서 내리자마자 태한은 손목에 부착된 시계로 시간을 확인했다. 통보된 시각보다 약간 이르게 도착했음을 알 수 있었다.

그는 연구소 내부로 여유 있게 걸어 들어갔다.

복도 끝의 연구실 안에는 많은 수의 동료가 이미 자리를 차지하고 앉아 있었다. 창문 쪽에 무리를 지어 착석해있는 연구원들도 여럿 보였다. 태한은 연구원들 뒤쪽으로 이동해서 빈자리를 찾아 조용하게 앉았다.

듬성듬성 보이던 빈자리마저 동료들과 연구원들로 가득 메워질 즈음, 두탄이 드디어 앞문을 통해 모습을 드러냈다.

앞쪽으로 걸어와서 참석자들을 마주하고 선 그는 연구실 안의 전체 인원을 빠르게 훑은 후 대칸을 바라봤다.

"지도부에서는 모두 도착했나요?"

"네, 연락을 받고 제가 소집한 인원 모두 도착했습니다."

대칸은 대답과 동시에 동료들을 재차 확인했다.

"이렇게 급하게 여러분을 모이게 해서 정말 죄송합니다. 내용 전달을 지체할 수가 없어서 그런 것이니 널리 양해를 부탁드릴게요.

소집을 요청한 것은 다른 이유에서가 아니라 어제 발생한 태바쿤 전투기의 출현 사건 때문이에요. 그와 관련해서 여러분께 긴히 공개해드릴 게 있어서 이 자리에 모이도록 한 것입니다."

두탄의 표정에서 읽히는 분위기로 보아 꽤나 대단한 무언가를 공개하려는 걸로 보였다.

"연구소에서는 오래전부터 비공개적으로 연구를 해오던 것이 하나가 있어요. 상공에서 이따금씩 출현하는 비행체에 대한 연

　　　　파라한

구가 바로 그것이죠. 지금까지 훈의 상공에서는 여러 우주의 다양한 비행체가 꾸준히 목격되어 왔어요. 어제 나타난 태바쿤의 전투기들이 다가 아니거든요."

다가 아니다? 태한은 머리를 갸우뚱했다. 그러고 보니 정체불명의 비행체들이 어디선가 나타났다는 얘기를 몇 차례 들어본 적이 있기는 했다. 그럴 때마다 미궁 속으로 빠져버리긴 했지만.

그는 두탄의 얼굴을 다시금 바라봤다.

"한바우나 코만 등 다른 우주의 일반 비행체들도 지금까지 수없이 상공에 나타났어요. 적게는 한두 대, 많게는 서너 대 이상이요. 그들은 등장했다가 돌연 흔적도 없이 사라지곤 했죠.

일반인들에게도 이런 현상이 가끔 목격되긴 했지만, 대부분의 경우는 연구소나 공군부대에서 발견이 됐어요."

두탄은 참석자들을 향해 시선을 골고루 뿌렸다.

"연구소에서는 이런 현상에 대해 오랜 기간 추적과 연구를 지속해왔어요. 나름대로 괄목할 성과도 거두었죠. 어제 태바쿤의 전투기가 나타난 일도 이와 다르지는 않다고 보입니다.

전투기 수가 다른 때와 비교해서 유달리 많긴 했습니다만, 그것은 태바쿤 상공에 전투기들이 분주히 떼 지어서 움직이는 것 때문이라고 여겨져요. 전시와 관련해서요."

태한은 머리가 갑자기 멍해지는 것을 느꼈다.

'태바쿤 상공의 전투기들이?'

전날 우리 상공에 나타난 전투기들과 태바쿤 상공이 무슨 관계가 있단 말인가?

태한은 두탄이 전달하고자 하는 의미를 도무지 알아들을 수가 없었다. 주위를 둘러보니 어리둥절해 있긴 다른 사람들도 마찬가지였다.

"태바쿤 상공의 전투기와 어제 일이 무슨 관계가 있는지, 좀 더 상세히 설명해주실 수 있습니까?"

태한이 두탄에게 요청하듯 물었다.

"결론부터 말씀을 드리자면, 우리가 알고 있는 다른 우주들은 훈의 우주와 겹쳐진 채로 존재하고 있어요."

두탄은 추가적인 설명을 염두에 둔 듯 간단히 답변을 던졌다. 영문 모를 소리에 좌우를 두리번거리는 모습들 다수가 시야에 들어왔다.

"한바우나 태바쿤, 코만, 쿠바이센과 같은 다른 우주들은 저 멀리 어딘가에 존재하는 것이 아니에요. 여기에서 훈과 겹쳐진 채로 공존하고 있죠. 자신만의 땅을 밟고, 자신만의 공기를 마시며, 자신만의 사물과 세계를 인지하는 상태로요.

어제 상공에 나타난 태바쿤의 전투기들은 우주의 상공에 일종의 중첩 현상이 일어난 것 때문입니다. 이로 인해서 다른 세계의

파라한

비행체들이 잠시 상공에 보이게 된 거죠. 정상적으로는 일어날 수 없는 현상들이 이따금씩 상공에서 벌어지는 거예요."

그는 여전히 어리둥절해 있는 사람들의 표정을 읽으며 말을 계속했다.

"이해를 돕기 위해 물질의 기본 입자인 원자에 대해 먼저 설명 드릴게요.

물질을 이루는 최소 단위가 원자라는 건 다들 잘 아는 사실일 겁니다. 일반사람들에게 흔하게 알려진 내용 중의 하나이니까요.

이 원자라는 것도 내부적으로는 더 작고 다양한 입자가 여러 종류의 힘에 의해 결합되어 있어요. 결합된 형태에 따라 원자는 산소 원자가 되기도 하고, 구리 원자가 되기도 하며, 탄소, 수소, 철 등 다른 원자가 되기도 하죠.

여기까지가 과학계에 공공연하게 알려진 사실입니다."

방금 들은 이야기는 연구소 직업인들뿐만 아니라 대부분의 동료에게도 익숙한 내용이었다.

"연구소에서는 원자가 사람들에게 직관적으로 인지되지 않는 다양한 상태를 갖는다는 사실을 알아내게 됐어요. 같은 구리 원자라도 여러 상태의 구리 원자가 존재한다는 의미이죠.

하지만 우리는 그 중 한 가지 상태의 구리 원자밖에는 인지하지 못합니다. 다른 상태의 구리 원자들은 우리에겐 다른 구리 원자가 아니라 존재하지 않는 것이 되니까요."

'존재하지 않는다?'

태한은 의문이 부쩍 들었다.

"연구소에서는 과거에 구리 원자를 구성하는 입자를 조작하다가 우연히 사라지는 현상을 경험하게 됐어요. 이러한 놀라운 경험은 연구원들에게 신선한 충격으로 다가왔죠. 이후에 다른 종류의 원자들을 대상으로도 동일한 과정을 재현해봤습니다. 결과는 같았죠. 그 뒤로 수많은 가정을 세우고 추측과 실험을 반복했어요. 그런 끝에 여러 가설 중의 하나가 진실이라는 결론에 도달하게 됐죠."

관심에 젖은 모두의 눈이 일제히 그의 입에 고정됐다.

"원자를 조작할 때 그것이 없어진 건, 사실은 사라진 게 아니라 다른 상태로 바뀐 것이었어요. 이를 없어졌다고 인지하는 것은, 눈과 피부와 몸 전체를 이루는 원자들의 상태와 동일한 상태의 원자만을 우리는 존재하는 것으로 여기기 때문인 거죠.

연구소는 더 나아가서, 모든 원자가 다양한 상태를 가질 수 있으며 원자들간에는 같은 상태의 원자들끼리만 서로 존재를 인지하고 반응한다는 것 또한 알아내게 되었어요."

"사람들에게 인지되지 않는 원자들끼리 서로 다르다는 사실은 의미가 없지 않을까요? 존재하지 않긴 어차피 마찬가지이니까요."

파라한

산탄이 호기심을 드러내며 물었다.

"예, 맞아요. 인지할 수 없는 원자는 어떤 상태이든 우리에게 존재하지 않긴 마찬가지예요. 여러 상태를 갖는다는 것은 한 차원 위에서나 구분할 수 있으니까요."

두탄은 예상한 질문이라는 듯 빠르게 답변했다.

"차원?"

산탄이 눈을 동그랗게 떴다.

"연구소에서는 그와 관련한 오랜 연구 끝에, 사람들이 살고 있는 세계가 실제로는 우리가 인지하고 있는 세계보다 한 차원 위의 세계라는 결론에 이르게 됐어요.

인간은 한 차원 높은 세계 안에서 자신의 세계만을 인지하며 살고 있다는 뜻이죠. 다른 세계의 사람들은 다른 상태의 원자로 이루어진 세계에서 서로를 인지하지 못한 채 겹쳐져서 함께 존재하고 있다는 얘기예요. 각각 자신만의 땅을 밟고, 자신만의 공기를 마시며, 지금 이곳에서 같이 살고 있다는 거죠. 여기서 다른 세계란, 태바쿤, 한바우, 코만, 쿠바이센을 의미합니다."

두탄의 이야기를 듣고 난 태한은 할 말을 잃어버렸다. 그의 논리는 태어나서 처음 들어보는 생소한 이야기일 뿐만 아니라, 지금까지 알아 온 진리의 상당 부분을 무너뜨리는 궤변과도 같았다.

훈, 태바쿤, 한바우, 코만, 쿠바이센과 각각의 우주는 상호 간에 멀리 떨어져 있다고 여겨 왔다. 공간적인 거리 측정이 무의미할 정도로. 상상도 못할 정도로 먼 거리에 있어서, 공간상 어디에 존재한다는 위치적인 사실 자체가 무의미했다. 우주와 우주 사이를 이동하는 통로는 까마득하게 먼 세계 사이를 순식간에 이동시켜주는 기능을 하는 것이었다.

이것이 지금껏 사람들의 생각을 지배해온 진리이자 지식이었다.

태바쿤, 한바우, 코만, 쿠바이센과 훈이 서로 겹쳐있으며, 각자 자신의 행성만이 존재하는 것으로 인지한 채 살아가고 있다는 사실은 그야말로 충격이었다.

"그 말이 사실이라면, 우리가 이용 중인 통로는 무엇이란 말입니까?"

산탄이 반박하며 물었다.

"통로는 우주와 우주 사이를 순간이동 시켜주는 기능을 하는 게 아니에요. 단지 착각일 뿐이죠. 통로를 통과하고 나면, 통과한 비행체와 그 안에 타고 있던 이들을 구성하는 모든 원자의 상태가 일시에 변화하게 됩니다. 통과한 후에는 새로운 세계의 존재를 인지하게 되고 이전의 세계는 인지하지 못하게 된다는 뜻이죠.

이런 현상이 마치 다른 세계로 순간이동 해온 것과 같은 착각을 불러일으키는 거예요."

파라한

산탄은 더 이상 할 말을 잃은 듯 입을 꾹 다물고 있었다. 태한이 듣기에도 선뜻 반박할 논리가 없어 보였다. 두탄의 말이 비록 새롭긴 했지만, 적어도 논리의 오류를 범하고 있지는 않았다.

"그렇다면 원자가 아닌 빛이나 에너지 같은 것들은 어떤 상태를 갖는 거죠?"

이번엔 소찬이 물었다.

"원자가 아닌 물질들은 자신을 발생시킨 원자의 상태를 그대로 따르게 돼요. 특정 원자로부터 파생된 물질들은 자신을 만들어 낸 원자의 상태와 동일하다고 여기면 됩니다."

두탄의 계속되는 궤변 같은 이야기에도 불구하고 사람들의 반론은 나타나지 않았다. 연구소에서 근거 없는 사실을 말할 리가 없었고, 지금껏 연구소가 쌓아온 신뢰와 권위도 듣는 이들의 의구심을 반감시키고 있었다.

"한 차원 높은 세계를 인지하는 존재가 있습니까?"

과학에 유달리 관심이 많은 산탄만이 아직도 도전적인 어투를 유지하고 있었다.

"그것까지는 모르겠어요. 하지만 개인적으로는 존재하리라 믿고 있습니다. 만일 그러한 존재가 실제로 있다면, 그들만의 방식으로 훈이나 한바우, 코만, 태바쿤, 쿠바이센을 구분할 수가 있겠죠."

두탄은 앞의 둥그런 소형탁자를 잠깐 살폈다.

"제가 흥미로운 비유를 한 가지 들어볼게요. 인간보다 한 차원 높은 존재가 어떻게 우리를 바라보고 있는지에 대한 이해를 돕기 위해, 한 차원 낮은 세계를 가정하여 설명을 해볼까 합니다.

사람은 공간이란 개념에 매우 익숙해 있어요. 따라서 공간이라는 개념 안에서 예를 보여 드릴게요.

만일 특정한 세계에 살고 있는 존재가 상하라는 것, 즉 위와 아래를 인지할 수 없으며 그러한 개념조차 모른다고 가정해 보세요. 그러면 그가 아는 세계는 평면의 세계가 되고 맙니다. 이렇게요."

그는 탁자 위에서 원형의 얇은 판자 하나를 수평으로 들어올렸다.

"이 판자가 그가 아는 세계의 전부가 돼요. 위와 아래라는 것을 모르니까요."

그는 다른 손으로 또 하나의 원형판자를 들어올려서 먼저 든 판자 위에 평행하게 가져갔다.

"수평의 세계만을 인지하는 또 다른 존재가 있고, 그 존재가 살고 있는 세계가 새로 들어올린 판자라고 가정해 보죠.

아래에 있는 판자와 위에 있는 판자는 한 차원 위의 존재인 우리가 볼 땐 동일한 공간 상에 존재해요. 하지만 두 판자의 세계

파라한

에 존재하는 각각의 이들은 서로 상대방의 존재와 세계를 알지 못하죠. 자신만의 세계가 전부인 양 여기며 동일한 공간 안에서 공존하고 있는 겁니다."

이번에는 두탄이 위에 들고 있던 판자의 한쪽을 엄지로 눌러 구부렸다. 그러자 위쪽 판자의 일부가 부드럽게 구부러지며 아래쪽 판자에 살짝 닿았다.

"이렇게 하면 중첩현상이 일어나겠죠. 아래쪽 판자에 살던 존재는 상공에 외계비행체가 느닷없이 출현했다고 생각할 거예요."

그는 구부러진 판자를 편 후 두 원형판자들을 겹쳤다.

"위와 아래라는 개념과 인지 수단을 갖지 않은 이들은, 서로 겹쳐져 있되 상대방의 세계를 인지하지 못하는 것입니다. 각각 자신과 동일한 상태의 원자로 구성된 세계만을 인지하며 살아가고 있는 거죠."

두탄은 정면을 바라봤다.

"이들보다 한 차원 높은 세계에 사는 우리는 이들에게는 없는 위와 아래라는 인지 수단을 도입해서 이 두 개의 세계를 직관적으로 구분하고 있는 거예요."

그는 손에 들고 있던 두 개의 판자들을 탁자 위에 내려놨다.

"현실 세계로 돌아와 보죠. 훈과 한바우, 코만, 태바쿤, 쿠바이셴은 서로 겹쳐져 있되 자신의 세계만을 인지하며 살아가고 있어요.

그리고 이보다 한 차원 높은 존재는 인지 수단을 통해서 여러 세계들을 직관적으로 구분하고 있다는 거죠."

태한은 이제야 비로소 두탄이 전달하고자 하는 의미를 조금은 이해할 수 있을 것 같았다.

두탄의 이야기는 쉬지 않고 계속 이어졌다.

"연구소에서는 이러한 사실을 근거로 우주 상호 간에 지상에서 직접 이동할 수 있는 방안을 장기간 연구해왔습니다. 어느 한 세계의 특정 위치에서 다른 세계의 대응되는 위치로 지상에서 순식간에 움직이는 방식을 연구해 온 거죠.

연구가 성공하고 나면 우주 간 이동을 위해 대기권 밖까지 나갈 필요가 없어지게 되는 거예요. 지상 부근에서 다수의 인원과 대량의 물품을 타 우주로 단시간에 이동 가능해진다는 뜻이죠.

그야말로 교통수단의 혁신을 이루게 되는 겁니다.

오랜 기간 연구소는 이에 대하여 연구를 꾸준히 지속해 왔어요. 그리고 목표하는 만큼은 아니어도 상당 수준 성과를 이루었죠."

"지상에서 다수의 인원이 물자와 함께 이동 가능해진다는 말입니까?"

찬만이 관심을 크게 드러냈다.

"네, 맞습니다."

"그렇다면 군사 작전에도 그 방식을 활용할 수 있지 않겠습니까?"

"물론입니다. 여러분을 급히 모이게 하고 장시간 설명을 드린 이유가 바로 거기에 있어요. 어제 발생한 태바쿤 전투기 출몰 사실과 앞으로의 군사 작전에 대해서 설명을 드리려는 게 오늘 이 자리의 주된 목적이라고 보시면 됩니다.

대규모의 병력과 물자가 이동 가능해진다는 것은, 다수의 파란탄과 전자기포가 순식간에 적진 속 원하는 위치에 도달하는 것이 가능해짐을 의미해요. 적의 입장에서는 그야말로 끔찍한 일이 발생하게 되는 거죠."

"우리가 태바쿤을 선제공격하지 못하는 결정적인 이유가 상대적으로 열악한 공군에 있었습니다. 공중을 장악하지 못하면 대기권 밖의 통로를 통해 적진으로 이동하기가 힘드니까요. 지상군이 아무리 힘이 강하다고 해도요.

하지만 지금 설명하신 방법을 잘만 활용하면, 선제공격도 가능해지겠는걸요."

위기 안에서 새로운 희원을 발견한 듯 찬만의 목소리에 생기가 넘쳤다.

"그렇습니다. 하지만 아직 문제점이 남아 있어요. 지금까지의 연구성과를 봤을 때, 상대 진영에 이동해가는 것까지는 가능해요. 문제는 되돌아오는 게 불가능하다는 데에 있어요. 이에 관해서는 연구가 여전히 진행 중이죠."

찬만은 뭔가를 골몰하는 듯하다가 말을 다시 꺼냈다.

"돌아오지 못한다면 그야말로 낭패군요. 적진에 가서 전투에서 이긴들 회군하지 못할 경우 끔찍한 곤란에 빠질 수가 있으니까요. 공중을 장악하지 못한다면 영영 못 돌아오게 될 수도 있고요."

"사령관님의 말씀이 정확히 맞습니다. 그래서 절반만 완성된 연구로 여기고 있는 거예요."

두탄이 '절반'이라는 단어를 강조하며 말했다.

"진행 중인 연구는 언제쯤이면 결과를 낼 수 있을까요?"

이번에는 대칸이 질문을 던졌다.

"장담을 드릴 수는 없지만, 그 연구도 이제 막바지에 이르러서 앞으로 20일 정도면 원하는 결과를 얻으리라 기대하고 있어요."

"결국 반만 성공한 연구 결과를 이용해서 당장 선제공격을 하느냐, 아니면 조금 더 기다려서 완벽하게 선제공격을 하느냐의 문제가 있는 것이군요."

대칸이 내용을 간략히 정리하며 둥그런 소형탁자 위에 올려있던 두 손으로 깍지를 꼈다.

"적진으로 이동해가는 기술만으로 섣불리 선제공격을 한다는 건 모험입니다. 돌아오지 못할 경우 이동한 병력만으로 전쟁 자

파라한

체를 끝내야만 하니까요."

한무가 미간에 깊은 주름을 잡으며 심려 섞인 목소리로 이야기
했다.

"공격할 때, 살림살이 다 들고 가는 수밖에 없겠네요……."

산탄이 자신의 이마를 손가락으로 톡톡 두들기며 한무의 우려
를 거들었다.

"앞으로 20일 정도만, 연구소의 답변을 기다려보도록 합시다.
물론 선제공격에 대한 시나리오는 미리부터 구상을 해두어야죠.

연구소장님께는 연구에 더욱 박차를 가해주시길 부탁드리겠습
니다. 연구소의 결과에 훈의 사활이 달려 있습니다."

대칸이 목소리에 힘을 가득 주었다.

"최선을 다하겠습니다."

두탄이 지체 없이 대답했다.

세상 밖으로 20

대칸을 연구소 출입문까지 배행한 후 연구소장실로 들어온 두 탄은 털썩 의자에 앉았다.

그는 대칸에게 언급했던 연구 완료 일정을 머릿속으로 점검해 봤다. 동시에 의무감과 부담감이 물밀듯이 밀려와 가슴을 거세게 압박했다.

20일이란 기간은 솔직히 시간적 여유를 조금도 가미하지 않은 빡빡한 일정이었다. 이를 알면서도 지도부 앞에서는 그렇게 말할 수밖에 없었던 것이다. 훈의 위기를 고려할 때, 도저히 방어적인 태도를 보일 수가 없었다.

연구의 성격상 예상 밖의 변수들이 불쑥불쑥 튀어나올 가능성이 상당히 농후했다. 예측 못한 돌발사태로 인해 치명적인 시간 손실을 볼 수도 있는 것이다.

파라한

따라서 앞으로 연구원들은 하루 대부분을 연구소에 머물며 주어진 스케줄을 소화해야만 할 것이다. 그래야만 적시에 원하는 결과를 만날 확률을 높일 수가 있게 된다.

이번 임무는 연구원들 모두에게 분명 고달프고 힘거운 여정이 될 것이다. 그러나 훈의 미래와 안녕을 위해 이 정도의 희생은 기꺼이 감수해야만 한다.

계획대로 잘 되어준다면, 완성된 전송 장치를 이용해서 태바쿤에 대한 선제공격을 감행하는 것도 가능해진다. 기습 작전을 통해서 그들의 도발 의지를 영영 잠재워버릴 수도 있게 된다.

연구를 처음 진행할 당시에는, 결과물을 군사 작진에 사용하게 될 줄을 아무도 예상치 못했다. 본래의 의도는 민간 기관에 결과를 제공함으로써 교통수단의 혁신을 이루려던 것이었다.

전송 장치를 통해 목적지로 이동한 후 되돌아올 해법으로, 연구소는 분해된 전송 장치 한 세트를 따로 지니고 가는 방식을 채택했다. 목적지에서 장치를 조립해서 이를 통해 되돌아오려는 것이다.

의도는 괜찮았다. 하지만 그러한 아이디어가 쉽사리 해답을 제공해주지는 못했다.

전송 장치를 통과하고 나면 모든 구성 원자의 상태가 목적지와 동일하게 바뀌어야 하는데, 유독 핵심적인 부품 하나가 변하질 않고 말썽을 부렸던 것이다. 이대로 간다면 목적지에 핵심부품 한 가지만 빼고 옮겨가는 꼴이 되고 만다.

연구소는 장기간 이 골치 아픈 문제의 해결을 위해 끈질기게 연구를 거듭했다. 수년 동안의 각고의 노력 끝에 드디어 꿈에 그리던 목표지점에 다다를 수 있게 된 것이다.

진행이 순조롭게만 되어준다면, 앞으로 20일 전후로 기나긴 여정의 결실을 거두게 된다.

두탄은 불현듯 길의 얼굴이 머리에 떠올랐다.

'길만 있었으면 진작에 해결하고도 남았을 일…….'

그는 아쉬움과 안타까움이 크게 교차하는 것을 느꼈다.

길은 비록 젊은 나이였지만 군사과학연구소의 핵심 동력이자 별과도 같은 존재였다.

군사과학연구소에 길이 처음 찾아왔을 때만 해도, 그는 과학 분야에 관심 많은 평범한 청년으로만 보였다. 하지만 과제를 본격적으로 맡게 되면서 그는 놀라울 정도로 두각을 드러냈다.

장기간 미궁에 빠져 있던 수많은 난제가 그에 의해 서슴없이 풀렸고, 새롭게 생겨나는 연구도 제 주인을 만난 듯 척척 진행됐다. 날이 갈수록 그의 천재적인 두뇌는 연구소에서 빛을 더해 갔다.

파라한

상공에 출몰하는 비행체에 대한 연구에서도 길은 핵심적인 역할을 했다. 여러 우주의 구성 관계와 차원에 대한 비밀도 그를 통하면서 해결의 실마리를 찾아 급류를 타게 됐다. 우주에 관하여 지금까지 알게 된 사실도, 전송 장치의 고안에 있어서도, 그 밖에 연구소가 만들어낸 수많은 성과에서도 길이 일등 공신임은 누구도 부인할 수 없는 사실이었다.

하지만 불행하게도 전송 장치를 통해 되돌아오는 문제를 해결하던 중 그는 갑작스런 병으로 사망을 하게 됐다. 길을 잃은 연구소는 큰 충격에 빠졌고, 순탄하게 진행되던 연구에는 급제동이 걸리고 말았다.

그 후로 그가 살아있었으면 벌써 해결하고도 남았을 일을 5년이 지난 이제서야 끝마칠 수 있게 된 것이다.

두탄은 돌연 대칸을 돕는 것이 잘하는 일일까 하는 질문을 스스로에게 던져봤다. 아무리 지도부의 판단이 자신과 다르다고 해도, 무력으로 그들을 끌어내리는 건 결코 정상적인 방법이 아니었다. 비록 그것이 성공했다고 할지라도.

지도부가 바뀌고 훈에 격동이 덮쳐왔을 무렵, 그에게도 자신의 자리에 대한 갈등이 심각히 찾아왔다. 얼마 전까지만 해도 자신을 지원해주던 주체가 하루아침에 몰락해 버렸는데, 어느 누가 새롭게 등장한 이들을 아무 거리낌 없이 받아들일 수가 있단 말인가.

갈등과 고민을 수십 번 거듭한 끝에 두탄은 현재의 자기 직분에만 충실하자는 결론을 내렸다. 성향과 추구하는 바가 다르다 뿐이지 새로 나타난 이들이 결코 나쁜 짓을 도모하려는 사람들은 아니었기 때문이다. 새로운 지도부가 추구해 나가는 중심에도 훈의 미래에 대한 기대와 우려가 존재하고 있음은 분명했다.

연구소는 새 지도부의 지원을 받아 가며 본래의 소임을 다하면 그만이다. 연구소에 들어온 목적도 연구 자체에 있는 것이지 특정한 지도부를 섬기러 온 것은 아니기 때문이다.

갈등이 일 때마다 그는 연구소에 들어올 적 초심과 동기만을 생각하려고 노력했다. 직업인으로서 연구소를 택하고 그 안에서 인류의 번영을 위해 혼신을 바치겠다는 각오, 그것은 그가 수많은 역경을 이겨내고 지금에 이른 힘의 원천이었다.

세상 밖으로 21

태한은 하루 일과의 대부분을 파란탄 조종 훈련에 매진하며 보냈다. 전쟁이 발발할 경우 산탄과 소찬은 내칸과 함께 지도부에 머무르며 상황 지휘를 도울 예정이었다. 반면에 태한은 전투 현장에 참여하길 희망했다.

찬만이나 한무와 달리 파란탄 조종 경험이 턱없이 부족했던 그는 새 지도부가 구성된 직후부터 틈틈이 훈련에 힘을 쏟아왔다. 다행히 탑승형 장비에 대한 적응 능력이 뛰어난 덕에 그의 숙련도는 하루가 다르게 올라갔다.

태바쿤 전투기의 출현 사건으로 훈 지도부가 발칵 뒤집힌 지도 벌써 15일이나 지나갔다. 이 기간 동안 지도부는 방어형 전쟁과 선제공격 시나리오를 동시에 검토했고, 검토된 계획은 신속하게 모습을 구체화해 나갔다.

군사과학연구소는 15일 전 소집 요청 이후로 아무런 소식도 전하지 않고 있었다. 적진으로 이동한 후 되돌아오는 문제가 쉽사리 해결되지는 않는 듯했다.

전쟁에서 훈이 유리한 고지에 오를 수 있을지의 여부는 절대적으로 연구소의 결과에 달려 있었다. 따라서 원하는 결과가 하루빨리 나와주는 것이 중요했다. 늦어도 두탄이 언급했던 시기까지는.

태바쿤의 전투기가 출현했던 그 날 이후로 군은 비상 태세를 줄곧 유지했다. 반면 군을 제외한 여타 직업인들과 일반인들은 평소대로의 여유로운 일상을 보내고 있는 중이었다.

태한은 모처럼만에 훈련을 잠시 접기로 결심했다. 소찬이 참여하는 연주회를 관람하기 위해서였다. '폭풍 속의 고요'와 인연을 맺기 한참 전부터 그녀는 다양한 종류의 악기를 연주하는 걸 자신의 주특기로 삼아왔다. 연주 실력은 자타가 인정할 정도로 수준급이었다. 합동 연주회뿐만 아니라 자신의 이름을 내건 단독 연주회도 수차례나 가졌을 정도이다.

공연장에 도착한 그는 연주를 관람하기에 최적인 중앙 부근의 자리로 이동해서 앉았다. 며칠 전에 예약을 미리 해둔 자리였다.

무대 위로 시선을 올리자 십여 명의 연주단 속에서 소찬의 모습이 눈에 띄었다. 연주단 오른편 한쪽에서 자신의 악기를 조심

파라한

스럽게 다듬고 있는 중이었다.

잠시 후 공연장의 좌석이 청중으로 가득 메워지고, 공연장 안은 부드러운 운율에 젖어 들기 시작했다. 악기를 손에서 놓은 지 오랜 시간이 흘렀지만 그녀의 연주 실력은 전혀 녹슬어 보이지 않았다. 태한은 평온하게 들려오는 연주에 몸을 맡긴 채 긴장의 끈을 조금씩 내려놓았다.

그는 무대 한쪽에서 기다란 현악기의 음을 다루느라 여념이 없는 소찬의 아름다운 모습을 바라봤다. 전시 상황만 아니었어도, 아니 조직의 일에 휘말리지만 않았어도 그녀는 악기 연주에 소질이 많은 성격 활달한 아름다운 여인으로만 살았을 것이다. 자의든 타의든 간에 행복과는 거리가 먼 거친 활동에 몸담고 있는 그녀를 보니 태한은 더없는 안타까움이 밀려오는 것을 느꼈다.

오랫동안 그는 두 눈을 감은 채 시간 가는 줄 모르고 음악에 심취해 있었다. 연주가 어느덧 후반부로 넘어갔음을 인지하고 눈을 뜬 그는, 목에 걸린 반단이 언제부터인지 몰라도 분주히 빛을 깜빡이고 있는 것을 발견했다. 태한은 주위에 방해가 되지 않도록 허공에 아담한 화면을 만들었다. 화면과 함께 등장한 대칸이 무척이나 다급한 듯 틈을 두지 않고 말을 뱉어냈다.

"태한! 태바쿤이 공격해 왔네!"

"태바쿤이요?"

태한은 온몸에 전율이 흐르는 것을 느꼈다.

"규모가 상당히 커! 적진에 한차례 수색대를 보냈지만 순식간에 전멸당해 버렸어."

태한은 넋을 잃은 채 화상을 바라보다가 정신을 곧 가다듬었다.

"지금 즉시 지도부로 들어가겠습니다, 대칸!"

"자넨 찬만이 있는 진영으로 바로 합류하게! 소찬에게는 지도부로 서둘러 집합하라고 전해주고."

"일반인들부터 대피시켜야 하지 않을까요?"

"행성 전역에 비상 선포를 하고 일반인들을 대피시키려던 참이었네. 여기에서 그 부분은 알아서 처리할 테니까, 자네는 합류를 서두르도록!"

"알겠습니다, 대칸!"

태한은 통화를 끄고 자리에서 벌떡 일어났다. 무대 위의 소찬은 아무런 상황도 모른 채 연주에만 몰입하고 있는 중이었다.

예상하고 기다려온 일이지만 막상 맞닥뜨리고 나니 두려움이 크게 앞섰다. 한 번도 느껴보지 못한 공포로 인해 가슴이 쉼 없이 울렁거렸다.

파라한

전쟁이 일어난 시기도 무척 좋지 않았다. 조금만 더 지나서 연구소로부터 결과가 나오기만 했다면, 효과적인 반격도 가능해질 수 있었을 것이다.

태한은 연주회 진행자를 찾아가서 비상사태를 전한 후 연주회를 즉시 멈추도록 했다. 소찬에게 지도부로 긴급히 모이라는 말을 남기자마자 그는 찬만의 진영으로 출발을 서둘렀다.

세상 밖으로 22

찬만의 본진에 도착한 태한은 그를 발견하고는 재빨리 가까이 달려갔다. 찬만은 파란탄들의 대열을 정비하느라 분주히 움직이다가 다가오는 태한을 향해 소리쳤다.

"태한! 자넨 파란탄에 얼른 탑승해서 한무가 있는 쪽으로 가 봐!"

"네! 사령관님."

태한은 파란탄에 급히 탑승한 후, 한무가 있는 진영을 향해 움직임을 재촉했다.

한무의 진영에 다다르자 그가 탄 파란탄이 시야에 들어왔다. 태한은 한무에게 접근하며 그의 이름을 불렀고, 그의 화상이 좌측하단에 곧 나타났다.

파라한

"놈들이 어디까지 와 있는 거야?"

"아주 가까이."

대답하는 그의 목소리 끝이 약간 떨리는 듯했고, 눈빛에는 긴장한 기색이 역력했다. 전방에서 그의 파란탄이 지평선 방향으로 머리를 돌렸다.

"지평선 너머에 놈들의 본거지가 있어."

"규모는?"

"정확한 수가 파악된 건 아니지만 엄청난 것만은 확실해. 전투 사상 최대라고 할 수 있을 정도로."

"그 정도야?"

"2차로 보낸 수색대도 조금 전에 전멸당했어. 아무리 도란들로만 구성된 수색대라고 해도 너무 쉽게 당한 것 같아. 수가 꽤 많았는데."

"투명체 때문이겠지."

"나도 그렇게 생각해. 그놈들은 액화된 판을 뿌리고 나서 손을 봐줘야겠지!"

한무가 분노하며 외쳤다.

태한은 시선을 돌려서 아군 진영을 살펴봤다. 겹겹이 대열을 이룬 파란탄과 도란 무리의 끝이 보이질 않았다. 웅장하다 못해 소름이 돋을 정도로 거대한 규모였다. 이 정도의 실전 대열은 한

무뿐만 아니라 찬만에게도 처음일 것 같았다.

드디어 적들의 일부가 지평선 부근에서 정체를 드러내기 시작했다.

"자리에서 대기하라!"

찬만의 목소리가 파란탄 내부에서 쩌렁 울렸다.

태한은 신경을 잔뜩 곤두세운 채로 지평선의 적들을 향해 시선을 고정했다.

그들의 수는 폭발적으로 불어나고 있었다. 단시간 만에 지평선 전체를 까맣게 물들인 검정색 쿨쿤들은 지면으로 넓게 퍼지면서 빠른 속도로 밀려들어 왔다.

지평선 하늘에는 긴박한 전쟁터와는 어울리지 않는 아름다운 노을이 다가오는 적들의 배경을 장식하고 있었다.

'지금이라도 아무 일도 없던 예전으로 돌아갔으면……'

태한은 마음 한구석에 잠자던 나약한 생각이 몸을 살짝 꿈틀거리는 것을 느꼈다.

어둑어둑한 하늘을 향해 아군 후방에서 조명탄을 쏴 올리기 시작했다. 조명으로 드러난 적의 규모는 공포스러울 만큼 부풀어 있었다.

찬만은 당초 예정대로 전투기를 띄우지 않기로 결심한 듯했다.

파라한

적들이 일정 거리에 접근해올 때까지 대기상태로 있으라는 지시만을 거듭 되풀이했다.

땅과 하늘이 온통 검게 변해있을 무렵, 적진을 향해 드디어 전자기포가 발사됐다. 후방에서 굉음을 울리며 탄알을 날리는 전자기포는 소리만큼이나 위력도 대단했다. 탄알이 도달하는 지점마다 쿨쿤들이 떼 지어 공중으로 솟구치며 사정없이 박살이 났다.

"쿨쿤들이 우리 병력과 뒤섞이고 나면 전자기포를 사용하기가 힘들어져. 접근하기 전에 놈들의 수를 대폭 줄여놔야 하는데."

탄알이 닿는 곳마다 무더기로 부서지고 쓰러지는 쿨쿤들을 지켜보며 한무가 말했다.

"투명체도 공격을 받고 있겠지?"

"보이지만 않는다 뿐이지 탄알까지 피할 도리가 있겠나?"

한무가 지평선을 응시하며 대답했다.

전자기포의 공격이 지속되는 동안 쿨쿤들은 끊임없이 파괴되어 갔다. 하지만 그들의 수가 워낙 많다 보니 얼마나 실질적인 타격을 입혔는지 알 수는 없었다.

적들이 어느새 가까운 거리까지 접근해 들어오고 있었다. 조금만 더 기다리면 파란탄의 유효 사거리 안에 쿨쿤들이 진입할 참이었다. 짧은 거리이지만 파란탄은 방어력이 약한 쿨쿤에게 유효한 총기를 사용할 수 있고, 반면 쿨쿤은 파란탄을 총기로 해칠 수 없는 절대적으로 유리한 구간이었다.

"사격 준비!"

찬만의 명령이 울려 퍼졌다. 그의 지시가 떨어지자 맨 앞의 두 열에 서 있던 파란탄들이 오른팔에 장착된 총을 일제히 앞으로 뻗었다. 첫 번째와 두 번째 대열은 서로 어긋나게 위치를 잡아 전방의 사격이 동시에 가능하도록 하고 있었다.

태한과 한무도 맨 앞의 대열에 서서 총을 길게 내밀었다. 왼쪽 팔은 곧이어 벌어질 육박전에 대비해서 한껏 구부리고 있었다. 양 다리를 넓게 벌리고 무릎은 약간 굽힌 채로 찬만의 지시가 떨어지기만을 기다렸다.

"사격!"

파란탄들이 총격을 가하기 시작했다. 쿨쿤들은 자신들에게 불리한 구간에 노출되자 뛰어오는 속도를 더욱 올리고 있었다. 유효 사거리 안에 들어온 놈들은 푹푹 쓰러지고 엎어지기에 바빴다. 뒤따르던 쿨쿤들은 동료들의 희생을 아랑곳하지 않고 넘어진 이들을 피하며 계속해서 달려들어 왔다.

후방에서 굉음을 울리던 전자기포가 갑자기 침묵했다.

이제는 일반 포들이 액화된 판이 든 탄알을 공중으로 펑펑 쏘아 올리고 있었다. 정점을 찍고 일정 높이까지 낙하한 탄알은 허공에서 팡팡 터져버렸다. 순간 액화된 판이 안개처럼 퍼지고 전장의 공기는 널리 뿌옇게 물들여졌다.

쿨쿤들은 동요함 없이 흩어져 퍼진 엷은 안개를 빠르게 뚫고 들어왔다. 그들은 다가오는 족족 파란탄에게 득달같이 엉겨 붙었다. 눈 깜짝할 사이 사방에서 파란탄과 쿨쿤 간의 몸싸움이 격렬하게 벌어지고 있었다.

"쿨쿤들은 신경 쓰지 말고 투명체를 찾아!"

한무가 부하들을 향해 소리쳤다.

"귀찮은 것들!"

한무의 파란탄이 팔을 거세게 휘두르자 달려들던 쿨쿤 두 대가 턱턱 나가떨어졌다.

주변에서도 파란탄이 쿨쿤을 일방적으로 제압하는 모습들 다수가 눈에 포착됐다. 비상 동원된 도란들은 예견한 대로 전투 전용 로봇인 쿨쿤을 상대로 고전 중이었지만, 파란탄과 쿨쿤 간의 육박전은 마치 어른이 아이를 다루듯 예상보다도 싱겁게 진행되고 있었다.

태한도 접근을 위해 애쓰는 적들을 향해 주먹을 날렸다. 근접 사격을 가해서 쿨쿤들을 제압하며 투명체를 찾는 데에 더욱 열을 올렸다. 그런 과정에서 짜부라지고 망가진 쿨쿤들이 곳곳에 수북이 쌓이며 땅을 뒤덮어갔다.

얼마나 지났을까? 투명체가 하나도 발견되질 않자 한무가 외치는 소리가 들렸다.

"도대체 어디에 있는 거야?"

"이 부근에는 없는 것 같아!"

태한은 한무가 있는 쪽으로 몸을 돌렸다. 인식하지 못한 사이 한무는 어느새 먼 거리에 홀로 떨어져 있었다. 쿨쿤 수십 대에 둘러싸인 그의 모습이 사뭇 위태로워 보였다.

"괜찮겠어, 한무?"

태한이 한무를 향해 성큼성큼 다가갔다.

"걱정 마! 이것들이……!"

좌측에서 달려드는 쿨쿤 두 대를 왼팔로 쳐내며 한무가 대답했다. 대답을 마치는 것과 동시에 그는 우측으로 달려드는 놈들도 오른쪽 팔로 마저 갈겨버렸다.

하지만 좌우 측에서 다시 두 놈씩 달려드는 와중에 다리 쪽으로도 날쌔게 세 놈이 달려들자, 한무는 결국 중심을 잃고 쓰러지고 말았다. 태한이 황급히 다가가고는 있었지만, 그를 돕기에는 거리가 여전히 멀었다.

"한무!"

태한은 자신에게 달려드는 적들을 쓰러뜨리며 한무와의 거리를 계속 좁혀갔다. 쓰러져 있는 한무의 파란탄 가슴 부위로 쿨쿤 한 대가 올라가서 총을 재빠르게 갖다 댔다. 다른 쿨쿤 여럿이 팔과 다리에 엉겨 붙어 있어서 한무는 꼼짝달싹 못하는 중이었다.

"태한! 도와줘!"

한무의 다급한 목소리가 울렸다.

펑! 펑! 펑!

그의 파란탄 가슴팍에 달라붙어 있던 놈은 동일한 부위에 총을 마구 쏴댔다. 태한은 한무에게 다다르자마자 그에게 달라붙어 있던 쿨쿤들을 단번에 후려쳐냈다. 동료 둘과 도란들이 추가로 다가와서 주변을 엄호해주고 있었다. 한무의 파란탄 가슴 한 가운데에는 연속으로 맞은 총격에 의해 구멍이 크게 나 있었다.

"한무! 한무!"

태한은 그를 정신 없이 부르며 가슴의 덮개를 뜯어서 열었다. 안에 타고 있던 한무는 머리와 얼굴에 총격을 맞아 숨진 상태였다.

주변에 떼로 몰려오는 쿨쿤들로 인해 태한은 미처 슬퍼할 겨를도 없다는 사실을 깨달았다.

태한은 한무의 곁을 지키며 찬만에게 급히 연락을 취했다.

"찬만! 한무가 당했습니다!"

"뭐야? 지금 어떤 상태인가!"

"숨을 거뒀습니다!"

태한의 보고를 들은 찬만은 굳은 얼굴로 말을 잇지 못하고 있었다. 평소 내색이 거의 없던 그였지만 지금의 표정에서 깊은 충격을 받았음을 짐작하고도 남았다.

"투명체는 찾았나?"

찬만이 애써 침착을 찾으며 물었다.

"아직 한 놈도 찾아내지 못했습니다."

"여기서도 투명체를 못 찾았네. 오히려 쿨쿤들한테 파란탄이 여러 대 쓰러졌어. 한무처럼. 쿨쿤들의 수가 너무 많으니 그놈들을 절대 무시하지 말게!"

"알겠습니다!"

대답을 마친 태한의 눈앞에서 파란탄 한 대가 추가로 쓰러졌다. 먼 곳에서도 파란탄들 수 대가 연속으로 쓰러지는 모습이 시야에 들어왔다.

시간이 지날수록 몰려드는 쿨쿤의 수는 계속 늘어만 가고 쓰러지는 파란탄의 수도 비례해서 불어갔다.

"투명체 찾는 일을 중단하라! 쿨쿤들을 막는데 주력하도록!"

도저히 안 되겠다 싶었는지 찬만이 전군을 향해 지시를 수정해서 내리고 있었다.

파라한

"태한!"

"네!"

"투명체는 원래부터 없었던 것 같아. 총력을 다해서 쿨쿤들을 막아내도록!"

찬만이 태한에게 별도로 당부를 전했다.

"알겠습니다, 찬만!"

대답을 마친 그에게로 부하 파란탄 한 대가 허겁지겁 달려왔다.

"쿨쿤들한테 너무 많은 수가 당하고 있습니다. 이대로 가다가는 희생자 수가 지나치게 커집니다!"

부하가 겁에 질린 목소리로 보고했다.

태한은 적들이 몰려오는 지평선 방향으로 시선을 돌렸다. 경악할 정도로 많은 수의 쿨쿤이 끝없이 새까맣게 몰려드는 중이었다. 수를 헤아린다는 것이 무의미할 정도였다.

이대로 가면 결과는 뻔했다. 시간이 지나 봐야 전세는 기울고 반전의 가능성은 더욱 희박해질 것임이 분명했다.

두어 차례 죽을 고비를 간신히 벗어났을 즈음, 찬만이 다시 연락을 취해왔다.

"태한! 남은 부하들을 데리고 지도부로 즉시 철수해! 나중을 기약하고 일단 피신해서 대칸과 합류하도록!"

"사령관님도 어서 피하십시오!"

"자네나 빨리 부하들을 데리고 피신하게! 난 여기에 남겠네!"

태한은 화면 속 찬만의 얼굴을 바라봤다. 눈은 충혈된 듯 빨갰고 표정은 비장하게 굳어 있었다. 결심이 이미 확고한 듯 보였다.

그의 성품을 잘 알고 있어 태한은 퇴각을 다시 권유하지는 못하고 계속 머뭇거렸다.

"사령관님!"

"얼른 서둘러!"

"찬만……."

태한은 찬만의 모습을 잠시 넋 놓고 바라보다가, 현실로 급히 돌아왔다. 이렇게 망설이다가는 그나마 남아 있는 부하들마저도 몰살될 판이었다. 태한은 부하들에게 곧장 철수를 지시했다.

몰려오는 쿨쿤들을 상대하며 후퇴를 진행하는 과정에서도, 쓰러지는 파란탄의 수는 계속 불어만 갔다.

파라한

세상 밖으로 23

전투기를 몰고 훈의 대기권 밖으로 빠져나온 얀후는 통로를 향해 전속력으로 돌진했다.

한바우로 이동을 마치고 나서도 현재 위치를 몇 번이나 재확인했다. 혹한 추위를 만난 듯 몸 전체가 부들부들 떨렸다. 조종 장치를 잡은 양손도 몸을 따라 크게 흔들거렸다.

지금의 떨림이 긴장에서 비롯된 게 아니라는 것을 그는 잘 알고 있었다. 공포나 두려움에서 오는 것은 더더욱 아니었다. 얀후는 곧 죄책감과 괴로움으로 몸서리를 쳤다.

'어쩔 수 없는 일이었어!'

그는 스스로를 달래려고 애를 썼다.

태바쿤의 선봉 부대 사령관으로부터 제안을 받은 것은 한바우가 기습을 당한 직후의 일이었다. 애초부터 그들은 훈으로의 침공계획까지 함께 세워두고 있었던 것이다.

얀후는 훈의 군사과학연구소와 오랜 기간 교류를 통해 안면이 있었고, 훈의 언어에도 매우 익숙했다. 그들에게 얀후는 임무를 완수해낼 최적의 인물 중 하나였다.

훈은 태바쿤에게 있어서도 절대 만만한 상대가 아니었다. 실제로 태바쿤의 군사령관들은 훈에 은근한 두려움을 갖고 있었다. 파란탄이란 존재가 이러한 두려움의 원인 한가운데에 크게 자리했다.

훈에게 시간을 더 내어준다면 파란탄 부대를 증강하여 전력을 보강해낼 것임이 분명했다. 이는 태바쿤의 어느 누구도 원치 않는 결과였다.

태바쿤의 입장에서도 시간적 여유가 있을 경우 쿨쿤들을 추가로 생산할 수 있긴 마찬가지였지만, 전쟁시뮬레이션 결과 시간을 끌수록 불리해진다는 결론이 나왔다.

그렇다고 해서 훈을 당장 공격하는 게 정답인 것도 아니었다. 현재의 쿨쿤 규모로는 훈에 있는 파란탄 전부를 상대하기가 버거워 승리를 장담할 수가 없었다.

시뮬레이션상 태바쿤이 훈을 수월하게 제압할 수 있는 적정 파란탄의 수는 현재 보유한 수의 절반 정도였다.

태바쿤 총사령부는 고심을 거듭한 끝에 묘안을 만들었다. 한바우 정복과 동시에 얀후에게 맡겨진 임무가 바로 그것이었다.

태바쿤에는 투명체로 제작된 로봇이 처음부터 존재하지도 않았다. 구성 물질의 절대 희소성으로 인해 전투에 쓰일 만큼의 투명체를 생산한다는 것은 현실적으로 불가능했다. 그 때문에 그들은 소량의 투명체를 합성해냈다. 판에 반응한다는 사실을 보일 정도로 아주 조금만.

태바쿤 사령관의 제안은 단순하고도 명료했다.

'협조하지 않으면 가족들을 태바쿤으로 데려가서 노예로 만들겠다. 협조할 경우 아무런 피해 없이 한바우에서 가족들과 행복하게 살 수 있도록 허락해 주겠다.'

더불어 '대칸 암살'이라는 요구 조건이 추가로 있었다.

기회가 찾아온다면 의외로 수월하게 풀릴 수도 있겠지만, 전자보다 난해한 임무가 될 가능성도 컸다.

태바쿤 사령관은 대칸 암살을 위해 무색, 무취의 독약을 건네주었다. 음식이나 물 따위에 손쉽게 섞을 수가 있고, 효능이 나타나는 시점까지도 조절이 가능한 약물이었다.

얀후는 가족을 보호하기 위해 결국 두 가지 임무를 모두 받아들이기로 결심했다. 자신의 행성도 아닌 훈을 위해 사랑하는 가족을 희생시킬 수는 없는 노릇이었다.

'설사 그것이 한 가족과 행성 전체를 맞바꾸는 일이라 할지라도……'

얀후는 파란탄의 수를 절반으로 줄이는 임무를 훌륭하게 완수해냈다. 훈의 지도부는 예상했던 것보다도 쉽게 속아 넘어갔다.

의심을 아예 하지 않은 듯했다. 그들이 지나치게 순진한 탓일 수도, 한바우와의 우정을 너무 믿어서일 수도, 아니면 자신의 연기가 기대보다 능숙해서일 수도 있었다. 하지만 이유가 그리 중요한 것은 아니었다.

임무를 마침내 완수해냈고 가족을 무사히 지킬 수 있게 됐다는 사실이 그에게는 무엇보다도 소중했다.

하지만 얀후는 대칸 암살 임무까지는 성공해내지 못했다. 그럴 만한 기회가 도무지 찾아오질 않았다.

대신에 그는 대칸을 대체할 만한 대상 하나를 발견해냈다. 태바쿤 사령관에게 자초지종을 모두 설명하면 충분히 인정할 만한 그런 인물이었다. 물론 대칸 만큼은 아니겠지만, 적어도 대칸 암살 실패를 이유로 가족을 끌고 가진 않을 거란 확신이 들었다.

얀후는 이번에 저지른 일을 평생 마음의 짐으로 가져가야 한다는 사실을 잘 알고 있었다. 어쨌거나 그는 훈을 망가뜨린 장본

파라한

인이 되었기 때문이다.

'현재만을 생각하자…… . 내가 아니어도 누군가는 했을 일이
다…….'

그는 머릿속으로 애써 가족을 떠올렸다.

'사랑하는 아내, 눈에 넣어도 아프지 않을 나의 딸.'

얀후는 죄책감이 들수록 속도를 높여서 가족이 인질로 잡혀
있는 태바쿤 진지로 향했다.

세상 밖으로 24

쓰러지는 파란탄들을 뒤로하며 지도부로 철수하는 와중에 대칸으로부터 연락이 도착했다. 지도부로 향하지 말고 연구소로 곧장 오라는 지시였다. 지도부에 모여서 다른 대책을 강구할 만한 여건도 안 된다는 의미였다. 태한은 또다시 후퇴를 계속했다.

한참을 재우쳐 이동하다 보니 따라오는 적이 더 이상 보이지 않았다. 연구소에 도착했을 즈음에는 동쪽 하늘에서 새벽 여명이 밝아오고 있었다. 밤새 치러진 전투와 힘겨운 후퇴 과정을 겪은 후 살아남은 부하들은 거의 보이질 않았다. 스무 대 남짓한 파란탄만이 지시를 기다리며 서 있는 중이었다.

전멸이나 다름없는 패배였다.

연구소 측면을 보니 넓게 펼쳐진 광장 위로 대칸과 산탄, 소찬

파라한

등 여러 동료가 자리한 모습이 눈에 띄었다. 지도부에서 상황 지휘 중이던 동료 모두가 모여 있는 것으로 보였다. 쿠바이센에서 온 선다와 그의 부하들도 시야에 들어왔다. 그도 동료 대부분을 잃은 듯 열 명 정도의 부하만을 거느리고 있었다.

태한은 파란탄에서 내린 후 부하들을 인솔해서 무리가 있는 쪽으로 가까이 이동해갔다.

한무의 소식을 이미 들은 듯 소찬이 크게 흐느끼며 자신을 바라보고 있었다.

"미안해, 소찬……."

태한은 달리 할 말을 찾을 수가 없었다.

어느새 다가온 대칸을 향해 그는 패배의 주요 원인과 투명체가 없었음을 설명하려다가 불현듯 얀후라는 존재를 머리에 떠올렸다.

"한바우에서 왔다던 얀후라는 친구는 지금 어디에 있죠?"

"보이지를 않아. 나도 그가 사라진 걸 조금 전에야 알았네."

태한은 방금 전 떠올랐던 불길한 생각이 그대로 적중했음을 깨달았다. 동시에 얀후에게서 어떠한 낌새도 알아차리지 못한 어리석음에 몸을 떨었다.

'어떻게 한 줌의 의심도 없이 그의 얘기를 전부 믿었단 말인가!'

그는 통제하기 힘든 분노가 안으로부터 솟구쳐 오르는 것을 느꼈다.

"나의 불찰이야……."

대칸도 같은 사실을 알아차린 듯 양미간을 잔뜩 찡그렸다.

"아닙니다. 모두가 감쪽같이 속았으니 대칸만의 불찰이라고 볼 수는 없습니다."

대칸은 얼굴에 드리워진 그늘을 힘겹게 지워낸 후 입을 다시 열었다.

"앞으로의 일에 집중하기로 하세. 지금에 와서 지난 일을 후회해봐야 아무 소용이 없질 않나……."

"옳은 말씀입니다."

태한이 즉시 대답했다.

"앞으로의 계획을 대략 설명해 주겠네. 시간 여유가 없으니 일단은 간단히 설명할 거야."

"예, 대칸."

"전에 연구소에서 연구 중이라던 전송 장치 기억나나? 태바쿤 선제공격을 위해 연구 중이던 장치."

"기억납니다."

"저기를 한 번 보게."

태한은 대칸의 손가락이 가리키는 방향을 바라봤다.

광장 언저리의 지면 부근 공중에 거대한 원형 물체 하나가 떠 있었다. 둥근 테두리 모양은 금속으로 만들어진 듯 보였고, 원 안쪽에는 정체불명의 액체와 빛이 어우러져 막을 형성하고 있었다.

"다른 우주로 이동했다가 되돌아오는 문제도 결국엔 해결했다고 하네. 안정성 실험까지 끝내진 못했지만, 우리가 지금 그런 것을 따질만한 형편은 아니지."

"해내고야 말았군요. 조금만 빨랐어도 오늘의 운명이 달라질 수 있었을 텐데……."

"장담할 순 없지만 오늘과 같지는 않았겠지. 하지만 시기가 어긋난 걸 어쩌겠나……."

대칸의 표정에서 안타까움이 진하게 스쳐 지나갔다.

"연구소에서는 전송 장치의 부품을 따로 한 세트 들고 이동하는 방식을 채택했어. 다른 세계에서 이를 조립한 후에 되돌아오려는 거지. 가져가려는 부품 중 하나가 전송 장치를 통과할 때 계속 문제를 일으켰나 봐. 그 때문에 오랫동안 애를 먹었던 거지."

"그 장치를 사용하기에는 너무 늦은 것 아닌가요?"

"이것으로 당장 태바쿤을 치려는 게 아냐, 태한. 다른 계획이 있는 거지."

"다른 계획이요?"

"나와 일부 사람들은 선다 일행과 함께 쿠바이센으로 이동할 계획이야. 전송 장치를 통해서. 그곳에서 중대한 임무를 수행할 예정이지. 자네도 나와 동행하는 것으로 결정했는데, 괜찮겠나?"

"물론입니다."

"그동안 나머지 인원은 행성 남부 지역으로 피신해 있을 거야. 자세한 얘기는 쿠바이센으로 이동한 후에 해주겠네. 여기도 결코 안전한 게 아니니, 일단 이동을 서두르기로 하세."

"알겠습니다."

궁금한 것이 여전히 많았지만 태한은 신속하게 대답을 마쳤다.

대칸은 사람들에게 근처에 대기 중이던 수송기에 올라탈 것을 지시했다.

이동하기로 한 인원은 선다 일행을 포함해서 총 열두 명. 여섯 명씩 두 대의 수송기에 각각 나누어 타기로 결정됐다.

수송기에 앞서서 전투기 한 대가 지상 위를 수직으로 이륙한 뒤 가장 먼저 전송 장치를 통과해서 사라졌다.

산탄과 소찬, 그리고 세 명의 연구원과 선다의 부하 한 명이 탑승한 첫 번째 수송기가 그 뒤를 이어서 장치를 통과했다.

파라한

대칸과 태한, 연구소장, 선다와 두 명의 부하를 실은 두 번째 수송기가 다음으로 이륙을 시작했다. 두 번째 수송기가 통과하고 나면 남아 있는 동료들이 전송 장치를 파괴해 버리기로 약속되어 있었다.

　태한이 탑승한 수송기가 공중에 수직으로 떠오른 상태에서 둥근 테두리를 향해 빠르게 돌진했다. 테두리는 지상 위 허공에서 둥글고 크게 입을 벌린 채 수송기를 애타게 기다리고 있었다. 테두리에 근접하자 푸른빛으로 버무려진 액체의 막이 순식간에 덤벼들 듯 다가왔다. 액체는 수송기를 통째로 덮치며 한꺼번에 모두 삼켜버렸다.

세상 밖으로 25

수송기를 에워싸고 있던 푸른빛의 액체가 언제 그랬냐는 듯 말끔히 자취를 감춰버렸다.

태한은 재빨리 수송기 앞창이 비추는 전경을 살펴봤다. 출발할 때에는 지상 가까운 곳이었지만, 지금은 높은 고도에 위치해 푸른 하늘과 흰 구름이 시야를 장식하는 중이었다.

눈 깜짝할 사이에 수송기가 쿠바이센의 상공으로 이동해온 것이다.

연구소장 두탄이 전에 설명하던 그대로였다. 수송기와 그 안의 사람들을 이루는 원자의 상태가 일시에 쿠바이센의 원자 상태와 동일하게 바뀌어버린 것이다. 의식이 미처 알아차릴 틈도 없이.

어찌 됐든 급박할 정도의 위기 상황을 간신히 벗어나게 됐다. 태한은 깊은 안도의 숨을 내쉬며 지칠 만큼 지쳐 있는 의식에 잠

파라한

시 여유를 공급해 주었다.

"조금 전에 지나온 상공이 훈에서 전송 장치를 통과했던 지점에 정확히 대응되는 곳이에요. 훈에서 연구소 광장 지면 부근이 이곳 쿠바이셴에서는 지상 한참 위의 상공이라는 거죠."

두탄이 눈앞의 광경을 보며 설명했다.

"우리가 향하고 있는 목적지는 여기로부터 한참 떨어져 있다. 앞으로 먼 거리를 비행해야만 한다."

선다가 뒤이어 말을 했다.

수송기는 끝없이 펼쳐진 푸른 창공을 누비며 날았다. 시야 멀리서 허옇게 살을 드러낸 산들이 진행을 가로막으려는 듯 눈앞에 빠른 속도로 다가왔다. 수송기는 아랑곳하지 않고 고도를 더욱 올리며 산을 땅 삼아 하늘로 솟구쳐 올라갔다.

태한은 경치를 가만히 지켜보다가 대칸에게로 시선을 돌렸다.

"이제 그 중대한 임무가 무엇인지 설명해주실 수 있습니까?"

"안 그래도 설명하려던 참이었네. 자네한테 이야기해줄 게 아주 많아. 자네, 선다에 관해서도 잘 모르지 않나? 쿠바이셴에 대해서도 그렇고."

대칸의 얘기를 듣고 보니 정말 그랬다. 선다나 쿠바이셴에 대해서 제대로 알고 있는 것이 거의 없었다.

"선다, 자네가 태한에게 직접 설명해줄 수 있겠나?"

"물론이다."

선다가 기다렸다는 듯 대답을 한 후, 설명을 곧 시작했다.

"목적지까지 가려면 시간 여유가 있으니, 쿠바이센에 대해서 상세히 설명해드리도록 하겠다.

대략 아시는 바처럼 쿠바이센은 문명이나 과학기술 수준이 상당히 낙후되어있는 것이 현실이다. 훈과는 비교가 안 될 정도로.

특히나 요즘은 극심한 혼란기여서, 문명과 같은 사치를 누릴 여유조차도 없다."

그의 얼굴에는 금방 어둠이 깔렸다. 그는 마른 입술을 혀로 축인 후 낮게 가라앉은 목소리로 말을 계속 이어갔다.

"우리가 다른 우주들과 교류를 시작한 것은, 지금으로부터 그리 오래된 일이 아니다. 기껏해야 칠십 년 정도가 지났다.

여기서는 아직도 사람들이 노동에 의존해서 살아가고 있다. 노동을 해야만 화폐를 얻을 수 있고, 그것으로 생활에 필요한 물건을 구할 수 있으니까. 참고로 쿠바이센의 화폐는 실제 만질 수 있는 특수한 소재로 제작되어 있다. 훈의 탄과는 많이 다르다."

대칸과 두탄은 대략 알고 있는 내용이라는 표정을 보이고 있었다. 하지만 태한은 지금까지 들어본 적이 없던 쿠바이센에 관한 이야기에 자신도 모르게 흠뻑 빠져들고 있었다.

"쿠바이센에서 화폐가 갖는 의미는 훈과 비교해서 상당히 크다. 그것을 지닌 정도에 따라 사회적인 대우 자체가 달라진다. 그렇기 때문에 대부분의 사람은 화폐를 모으려고 평생 동안 갖은 노력을 다한다. 화폐를 모으기 위해 인생 전부를 바친다고 해도 과언이 아니다.

화폐에 대해서 이렇게 자세히 설명을 하는 이유는, 그것이 현재 우리가 겪고 있는 혼란의 결정적인 원인이 되었기 때문이다."

선다는 전방의 하늘 속 허공에 시선을 가만히 놓아두었다.

"여기서도 언제부턴가 다른 우주들의 '로봇을 통한 노동력 대체', 즉 '로봇에 의한 자동화'에 관심을 보이기 시작했다. 훈의 도란을 통한 노동력 대체는 우리에게 가장 훌륭한 모델 중 하나였다.

쿠바이센에서는 주요 도시들을 중심으로 자동화 도입을 위한 본격적인 움직임이 일었다. 훈이 오래전에 그랬던 것처럼. 훈도 수백 년 전에는 한바우를 통해서 현대의 문명과 자동화를 받아들였다고 들었다. 사회적 기틀도 그때부터 본격적으로 다져지게 된 것이고."

"네, 맞습니다."

태한이 얼른 대답했다.

"하지만 쿠바이센에서는 변화의 과정 중 훈과 큰 차이점 하나를 갖게 되었다. 돌이켜보면 그 차이점이 결국 사회 붕괴에 핵심적인 이유가 됐다."

선다의 눈빛이 허공에서 잠시 흔들렸고, 안타까움에 젖은 그의 목소리는 다음 이야기를 계속했다.

"아시다시피 훈의 경우에는 지도부의 철저한 통제와 계획 아래 자동화의 전체 과정이 진행되었다. 하지만 쿠바이센의 경우에는 그렇지가 않았다. 기업의 주인들에게 자율적으로 자동화로의 이행이 맡겨졌다. 중앙에서는 통제가 거의 없었다.

기업의 주인들은 새로운 각도에서 자동화를 바라봤다. 인간의 노동을 덜어주고 삶을 윤택하게 해주는 의미라기보단, 철저히 자신들의 이익 관점에서만 이를 바라보고 적용했다. 일하는 사람들을 도란과 같은 로봇들로 교체함으로써 기업의 이익을 극대화하는 데에만 열을 올렸던 거다.

결국 그들의 생각은 제대로 적중하고야 말았다. 로봇들을 사들이는 적용 초기에는 오히려 더 많은 화폐가 소모되긴 했다. 하지만 머지않아 사람들에게 주기적으로 지급되던 화폐의 액수가 획기적으로 줄어들게 됐고, 자동화를 도입한 기업의 주인들에게 쌓이는 화폐는 현저하게 늘어만 갔다. 시간이 흐를수록 점점 더 크게……."

수송기는 아까와는 사뭇 다른 배경의 하늘을 날고 있었다. 구름 사이로 비집고 나온 태양이 뿜어내는 빛을 바라보며 선다는

파라한

말을 이었다.

"기업들의 이익은 커졌지만, 다른 한편으로는 로봇에 밀려서 일자리를 잃은 사람들이 어마어마하게 많아졌다. 거리로 쏟아져 나온 이들은 새로운 일을 찾아야만 했다. 그렇지 않으면 화폐를 얻을 수가 없고, 생계를 유지하기가 힘들어지게 되니까.

초기에는 물건을 제조하는 기업들 위주로 자동화가 이루어졌다. 사람들은 서비스 제공을 중심으로 하는 기업들로 이동했다. 선택의 여지 없이……. 그런 과정에서 일자리를 잃고 역경에 빠진 사람들이 엄청나게 발생했다."

어느새 모두가 선다의 이야기에 흠뻑 빠져 있었다. 수송기 안은 증인이 증언하는 법정 같은 분위기로 흘러가고 있었다.

"이 시점에서라도 잘못된 점을 바로잡았다면 쿠바이센의 사회가 이처럼 붕괴되는 일은 없었을 것이다. 기업의 주인들이 스스로 잘못된 점을 파악했거나 지도부에서 적극적으로 개입만 했더라도.

하지만 화폐의 힘은 기업의 주인들이 지닌 의지뿐만 아니라 지도부의 판단까지도 움직이고 있었다. 기업의 주인들은 자신들의 과오를 결코 멈추지 않았다. 마치 누가 화폐를 더 많이 거머쥐나 시합이라도 하듯이. 탐욕은 주체 못할 정도로 커져만 갔다.

결국 사람들의 마지막 일터이자 생계의 보루였던 서비스 기업마저도 자동화 대열에 합류하고야 말았다."

일그러져 버린 그의 표정 위로, 일렁이는 분노에 타들어 가는 눈빛이 보였다. 그는 눈썹을 꿈틀거리며 한숨을 길게 뱉어냈다.

"돌이켜 보면 너무나도 뻔한 결과였다. 하지만 당시 기업의 주인들은 탐욕에 눈이 먼 나머지 판단력마저도 흐려져 있었다. 서비스 기업까지 사람들을 로봇들로 교체해 나가자, 화폐를 얻는 수단을 상실해버린 사람들이 기하급수적으로 불어났다. 그리고 그 결과는 기업의 주인들에게 고스란히 돌아가게 됐다.

기업이 만든 물건을 적극적으로 사줄 사람들의 수가 급격히 줄어들었고, 기업들의 체력은 급속도로 약화되었다. 기업의 주인들은 어려움을 만회하기 위해 그나마 남아 있던 사람들마저도 줄여가는 악순환을 반복하게 됐다.

급기야 호구지책마저 실패하고 고난을 이기지 못한 이들이 참다못해 행성의 이곳저곳에서 시위를 벌이기 시작했다. 시위는 불이 번지듯 행성 전역으로 확산됐다. 쿠바이센 전체는 폭력과 전쟁으로 뒤덮이게 되었다. 사회의 붕괴와 몰락은 짧은 시간 동안에 벌어졌다. 허무하리만큼.

이후로 회복된 것이 거의 없이 지금에 이르렀……."

선다는 쓸쓸한 표정으로 자신의 턱을 매만졌다.

"무슨 일을 겪었는지 이제야 알겠군요. 몰락이라는 것도, 혼란이라는 것도요."

태한은 션다의 얼굴을 물끄러미 처다봤다.

"그렇다고 해서 지나간 일을 계속 후회하는 게 도움이 되는 것은 아니다. 지금부터라도 후회할 일을 안 만드는 것이 중요하다."

"맞는 얘기입니다."

태한이 동의를 보냈다.

"그런데 지금 우리는 어디로 가고 있는 거죠?"

"훈이 처해 있는 위기를 극복할 해결책을 찾아가고 있는 중일세."

대칸이 끼어들며 대답했다.

"해결책을요?"

"결론부터 말하자면, 우리는 막강한 무기를 얻기 위해 가고 있는 중이야."

대칸에 이어 이번엔 션다가 입을 열었다.

"무기에 대한 설명만으로는 이해가 힘들 것이다. 배경을 충분히 알아야만 한다."

태한은 션다의 다음 이야기를 조용하게 기다렸다.

"조금 전의 이야기를 계속해서 들려 드리겠다. 쿠바이셴의 사회가 붕괴되고 폭력과 시위가 난무하게 되자, 쿠바이셴 지도부는 극단적인 진압에 나서게 됐다. 사람들을 닥치는 대로 붙잡아 감금하기 시작한 거다."

"시위하는 사람들을 전부요?"

태한이 놀라서 물었다.

"아마도 그럴 작정이었던 것 같다. 결국 모두까지는 아니어도 상당수의 시위자와 반군을 감금했다. 쿠바이센에서 자체적으로 운영하는 감옥이 포화 상태에 이르자 지도부는 훈의 수용소까지 빌리기로 결정했다. 훈에서는 예전부터 다른 우주들을 대상으로 대규모의 수용소를 제공해 왔으니까."

태한은 '수용소'라는 단어를 듣자마자 파천에게서 들었던 얘기들이 금방 떠올랐다. 훈의 수용소를 빌리는 초기에는 일반 대형 수용소를 이용했겠지만, 특정 시점 이후부터는 자신이 수용되었던 '파라한'에 그들도 수용되었을 것이다.

"그런 뒤 언제부터인가, 훈의 수용소를 출소한 사람들 중 일부가 쿠바이센의 한 지역에 모여 살기 시작했다. 동질감이 작용한 것이다. 시간이 지날수록 구성원의 수는 점점 불어났다. 나중에 그들은 단순한 집단을 넘어서 하나의 막강한 세력을 이루게 됐다. '키모세'라는 이름으로.

키모세는 훈의 언어로 '독립의 혼'을 의미한다. 키모세는 쿠바이센 지도부의 통제를 벗어나서 정치적, 군사적으로 독립한 하나의 자치사회를 수립했다. 그들은 날이 갈수록 세력이 강해져서 나중에는 허울뿐인 지도부와 대등하거나 오히려 우월한 위치에서 교섭을 벌이기도 했다.

나와 가까운 친구 한 명이 키모세에서 지내고 있어 나도 수차례 그곳을 방문한 적이 있다. 방문이 반복될수록 주위의 다른 사람들과도 사이가 아주 가까워졌다. 그들과 친분이 두터워질 즈음, 나는 지도부가 키모세를 두려워하는 진짜 이유를 알게 됐다."

태한은 멈칫하며 선다의 입술을 응시했다.

"두려움의 대상은 집단의 구성원 수나 사회적 영향력 따위가 아니었다. 키모세가 보유하고 있는 어마어마한 무기 때문이었다."

"어마어마한 무기?"

태한은 무의식적으로 선다의 말을 반복했다. 아마도 현재의 위기를 해결한다는 무기를 지칭하는 것으로 보였다.

"파괴력이 막강한 무기이다. 일반적인 상식으로는 상상하기 힘들 정도로. 그들이 보유 중인 무기를 한꺼번에 터뜨리면 행성 전체를 초토화시킬 수도 있다고 했다. 훈의 수용소에 다녀왔던 사람들 중 몇 명이 그곳에서 터득한 무기 제조 기술을 이용해서 만들었다고 들었다."

태한은 선다가 설명하려는 무기가 무엇을 지칭하는지 어렵지 않게 알아차릴 수 있었다. 수용소에서 제작되었던 무기 중 파괴력이 지나치게 강해서 한꺼번에 다량을 터뜨리면 행성 대부분을 파멸에 이르게 만들 수 있는 무기가 분명 존재하기는 했다.

"그 무기에 대해서 처음 들었을 때에는 나도 의문이 매우 컸다. 혹시 지나친 과장은 아닐까? 수용소에서 그 정도 위력의 무기를 어떻게 만들 수 있었을까?

그곳은 문명이나 기술 수준이 현저히 뒤떨어진 곳이라고 들었다. 훈뿐만 아니라 쿠바이센에 비해서도. 그런 점에서 볼 때 앞뒤가 안 맞는 얘기 같기도 했다."

"무기를 만드는 기술만 비정상적으로 유독 발달했을 수도 있죠."

"맞다. 여러 면에서 쿠바이센보다도 기술이 뒤처진 곳이지만, 무기 제조 기술만큼은 기형적으로 발달한 곳이라고 들었다."

"혹시 그 무기가 우라늄이나 플루토늄으로 만들어진 것이라고 하지 않던가요?"

태한이 더 이상 참지 못하고 물었다.

"맞다, 우라늄이라는 원자가 쪼개지면서 본래 가지고 있던 질량이 에너지로 바뀌는 원리라고 내 친구가 말해주었다. 수용소에서 무기 제조 기술을 익힌 사람 중 한 명이 사실 나의 절친한 친구이기도 하다."

"핵무기라고 합니다. 수용소에서 그렇게들 불렀죠. 행성 전체를 초토화시키는 것도 충분히 가능한 일입니다.

거길 나와서 제조 방법을 기억해내 만들었다니, 그 친구라는 분도 정말 대단하군요. 수용소에서도 핵무기 제조 방법은 극히 일부만이 알고 있습니다."

태한은 말을 마침과 동시에 핵무기라면 전쟁의 판도를 충분히 바꿀 수 있을 것이라고 생각했다.

"우리는 키모세의 지도자를 설득해서 그 핵무기란 것을 일부 얻어낼 생각이야. 핵무기를 싣고 전송장치를 통해 태바쿤의 쿨쿤 생산기지로 가서 폭파시킬 계획이지."

잠자코 듣고만 있던 대칸이 이야기했다.

"연구소에서 만든 전송 장치와 키모세가 소유한 핵무기는 현 상황에서 절묘한 조합을 이뤄요. 전송장치 없이 핵무기만 있다면 무용지물이 되고 마니까요."

두탄이 부연하여 설명했다.

"핵무기를 싣고 대기권 밖의 통로를 통해서 목적지로 가려다가는, 원하는 위치에 도달하기도 전에 태바쿤의 전투기에 의해 격추당하고 말 거야. 전송 장치를 이용하면 그 문제가 간단히 해결이 되는 거지.

먼저 이곳 쿠바이센에서 태바쿤의 폭격 목표 지점에 대응하는 위치로 이동할 거야. 그곳에 전송 장치를 설치한 뒤 핵무기를 싣고 태바쿤으로 이동하는 거지. 이동 즉시 핵무기를 투하하면, 작전이 모두 끝나게 되네."

대칸이 상세하게 내용을 덧붙였다.

"적의 쿨쿤 생산기지를 파괴한다……"

"태바쿤은 지금 쿨쿤의 수를 앞세워서 전쟁을 하고 있어. 쿨쿤 생산 기지를 그대로 놔둔 상태에서는 도저히 그들을 이길 재간이 없지. 핵무기로 생산 기지를 초토화시킨다면, 그들은 앞으로 상당 기간 쿨쿤의 수를 이용한 전쟁을 할 수 없을 거야."

태한은 이제야 비로소 작전의 요지를 깨달았음을 느꼈다.

"절묘한 계획이군요. 대단하십니다."

"나 혼자 생각한 건 아니야. 예전에 연구소장님, 선다와 함께 태바쿤 선제공격을 위해 고민했던 공격 조합 중의 하나이지. 본래 의도는 이게 아니었는데, 전쟁에 패배한 후 이렇게 사용하게 될 줄은 나도 예상치 못했네. 어쨌든 의도대로만 잘 되어준다면 더할 나위 없이 좋을 텐데."

"잘 될 것이라고 믿습니다. 한데 훈과 한바우, 코만에 이미 깔려 있는 적들은 어떻게 할 계획이죠? 그들의 수도 만만치 않을 텐데요."

"쿨쿤 생산기지를 파괴한 이후부터는 남아 있는 적들과 또 한 번의 전쟁을 벌여야겠지. 결코 쉽진 않을 거야. 예상보다 전쟁이 길어질 수도 있고.

하지만 쿨쿤 생산 본거지를 파괴하고 나면, 현재의 암울한 늪에서 벗어나서 대등하게 싸워볼 수 있지 않겠나? 쿠바이센에서 선다가 모을 수 있는 병력, 훈의 주요 도시에 잔류해 있는 파란탄 부대, 한바우에서 항전 중에 있는 병력을 모두 모아서 연합군을 이뤄야겠지. 그렇게 되면 태바쿤 잔류군과 승리를 놓고 겨뤄볼 만할거야."

"그렇군요."

태한은 대칸의 계획에 다시 한번 감탄했다.

"전송 장치를 가장 먼저 통과해온 전투기가 그 막중한 임무를 수행할 예정인가요?"

"맞아. 일반 전투기가 아니라 폭격용 전투기지. 전송 장치를 설치할 장소를 확인하기 위해 두 행성의 입체 지도를 겹쳐본 결과, 폭격 목표 지점과 설치 장소의 지대 높이가 꽤 비슷하다는 점이 확인됐네. 지상에서 전송 장치를 통과하고 나면 태바쿤에서도 지상 부근이 된다는 거지. 핵무기를 떨어뜨린 후 살아 돌아온다는 것은 아예 불가능하다고 봐야 해.

지금 전투기를 몰고 있는 조종사가 그 역할을 맡을 예정이네. 우리 모두 그 친구에게 영원히 감사해야 돼. 아무리 자신의 행성이라고는 하지만, 대의를 위해서 스스로를 희생한다는 게 절대로 쉬운 일은 아니니까. 어려운 결심을 한 거지."

수송기 안의 분위기가 돌연 숙연해졌다.

한동안 무거운 침묵이 흘러갔다.

이윽고 선다가 입을 열었다.

"키모세의 지도자를 설득하는 일이 급선무다. 그는 결코 핵무기를 쉽게 내주지는 않을 거다. 아무리 내가 그들과 친분이 있고, 내 친구가 핵무기 제조과정에서 주요 역할을 맡았더라도."

"맞아. 눈앞에 닥친 난제부터 해결하는 게 중요하지."

대칸도 빠르게 현실로 돌아와 선다에게 답을 했다.

파라한

세상 밖으로 26

목적지가 가까워진 듯 수송기가 고도를 한껏 낮추었다. 선다의 부하 중 한 명이 조종사 옆에 바짝 붙어서 목적지를 상세히 설명하는 중이었다.

지면에 가까워지자 군데군데 무리를 지어 늘어선 건물이 시야에 들어왔다. 대부분이 날을 잔뜩 세운 뾰족한 형상이거나 사각형 모양의 건물이었다. 둥글거나 부드러운 곡선의 형태가 주를 이룬 훈의 건축물과는 사뭇 대조적인 모습이었다.

어찌 보면 파라한에 있을 적 풍경과도 유사한 면이 있었지만, 당시에는 매일같이 보는 모습이어서 그런지 지금처럼 눈에 거슬리지는 않았던 것 같다.

태한은 눈을 잔뜩 찌푸리며 날카로운 부분을 피해서 시선을 여기저기로 옮겼다.

말끔한 도시를 벗어나서 인적이 없는 벌판을 횡단하고 나자 폐허로 변한 도심이 모습을 드러냈다. 주인을 잃은 흉물스런 건물들이 지면을 그들먹하게 메우고 있었다.

전쟁의 상처를 고스란히 몸에 담은 채 자리를 지키고 있는 모습이 보는 이로 하여금 스산한 느낌까지도 들게 만들었다.

쿠바이센이 겪고 있는 현실을 이 한 장면만으로도 여실히 알 수 있을 것 같았다.

수송기는 버려진 도시를 빠져나와서 드넓은 강 위를 가로지르자마자 지면의 한곳을 잡아 착륙했다.

수송기 앞창에는 특이한 형상의 큼지막한 건물이 낯선 비행체를 경계하는 듯 몸을 웅크린 채로 버티고 서 있었다.

건물의 각 층은 불규칙적으로 들쭉날쭉했다. 보기에 따라서는 전투를 대비한 요새를 연상케도 했다. 요새의 양옆으로는 작은 건물들이 넓게 포진해 있었다. 전체적으로는 하나의 작은 도시를 이루는 것처럼도 보였다.

"저기 보이는 가운데의 큰 건물이 키모세의 본부다. 여기에서부터 걸어가도록 하자. 저들에게도 미리 연락을 해두었으니 준비를 하고 있을 거다."

선다가 말을 마친 후 수송기에서 내릴 채비를 했다. 산탄 일행이

파라한

탄 수송기와 폭격용 전투기도 연이어 착륙하고 있는 중이었다.

　수송기에서 내린 대칸 일행은 산탄 일행과 합류해서 키모세 본부를 향해 걸었다. 멀리서부터 선다를 알아봤는지 다가가는 동안 아무런 통제도 들어오지 않았다.

　일행은 건물 한가운데에 숨통을 열어놓은 듯한 통로 모양의 입구 근처에 다다랐다. 입구에서는 귀에 익은 음악 소리가 안으로부터 흘러나오고 있었다. 수용소에 있을 적 너무도 많이 들어서 지금까지 가사를 외울 만큼 친숙한 노래였다.

　태한의 두 다리는 노랫소리에 묶여서 움직이질 않았다.

　부드럽고 감미로운 멜로디가 다가와서 몸을 감쌌고, 그는 자신도 모르게 수용소에 있을 적 추억 속으로 이끌려 들어갔다.

Life

Life is pain

Sadness

But they are all memories

Just try to enjoy

　태한은 수용 시절에 대한 회상에 깊이 젖어 들었다. 지금만큼은 파라한이 구속의 장소가 아니었다. 태어나서 자라난 곳, 35년 간의 삶이 고스란히 배인 잊을 수 없는 장소였다.

불현듯 그는 산탄이 생각나서 뒤를 돌아봤다. 예상했던 대로, 산탄도 음악과 노랫말에 흠뻑 취해서 넋을 잃고 서 있는 중이었다. 그의 붉어진 눈시울에 고여있던 눈물이 이내 견디지 못하고 흘러내렸다.

"그립나?"

태한이 나지막이 물었다.

"그립긴…… 그리울 게 없어서 수용소가 그리워?"

산탄이 애써 미소를 지으며 부인했다.

정신을 차리고 보니 동료들이 입구 안으로 막 들어서려고 하고 있었다. 태한과 산탄이 따라오질 않자 발을 멈춘 채 잠시 기다리고 있는 중이었다.

두 사람은 성큼성큼 그들을 따라잡았다.

동료들과 합류한 태한은 건물 중앙의 통로 안으로 진입해 들어갔다.

통로에 들어서서 몇 걸음 옮기고 나니, 무장을 한 건장한 남성 두 명이 시야에 불쑥 나타났다. 옷차림새로 보아 키모세 자체적으로 운영 중인 군인들로 보였다. 얼굴 생김새나 피부색은 선다

파라한

와 비슷했으나 체격은 그들이 더 우람했다.

오른쪽에 있던 한 명이 선다와 안면이 있는 듯 친근한 얼굴로 먼저 다가왔다. 선다도 앞으로 나서서 그에게 걸어갔다. 마주 선 그들은 쿠바이센 언어로 서로에게 말을 건넸다. 서로의 안부와 그간에 있었던 이야기를 주고받는 것으로 보였다. 대화 도중 군인이 태한 일행을 힐끔힐끔 두어 차례 쳐다보기도 했다.

둘의 대화가 끝나자 군인은 아까와는 달리 사뭇 예의를 갖춘 태도로 대칸을 바라봤다. 그는 길을 안내하려는 듯 앞장서 걸어가기 시작했다.

"저들에게 대칸을 훈의 새로운 지도자라고 소개했다. 저들이 안내하는 대로 따라가시면 된다."

선다가 대칸에게 다가오며 말했다.

"어서 따라가세."

대칸의 말이 떨어지자 일행은 앞장서 걷고 있는 군인들을 따라 통로 안쪽으로 이동을 계속했다.

통로를 절반가량 들어오고 나자 앞장선 군인들이 좌측으로 갑자기 방향을 틀었다. 좌측의 널따란 벽에는 안쪽으로 통하는 계단이 자리하고 있었다. 그들이 층계로 올라서는 모습을 지켜본 대칸이 맨 먼저 계단 위로 발을 옮겼다.

계단을 이용해서 한 층을 오르고 나니 제법 넓은 사각형 공간이 눈앞에 나타났다. 안에서 경계를 서던 군인 네 명이 태한 일행의 인상착의를 살피려는 듯 동시에 눈을 위아래로 움직였다.

동행해 온 군인 한 명이 쿠바이센 언어로 경계 중인 군인들과 대화를 잠깐 나누었다. 이어서 선다와 경계병들이 서로 인사를 교환했다.

"지도자가 훈의 언어를 모르니 통역 장치를 착용하고 들어가서야 한다."

선다가 군인에게서 전달받은 통역 장치 여러 개를 대칸에게 건네주었다.

"방이 그리 넓지는 않다. 다 들어가실 수는 없으니 다섯 명 정도만 대표로 들어가도록 하자."

수차례 방문 경험이 있는 선다가 제안했다.

"연구소장님, 선다, 그리고 태한과 산탄, 이렇게 함께 들어가도록 합시다. 나머지 사람들은 밖에서 기다려주기 바랍니다."

대칸이 일행을 향해 말했다.

선다가 벽 중앙의 문을 부드럽게 열자 아담한 크기의 방 하나가 시야에 나타났다. 지도자의 위엄과는 거리가 멀어 보이는 고즈넉하면서도 아늑한 분위기의 방이었다. 방 안에는 네모난 방

파라한

모양에 딱 맞도록 여섯 개의 의자가 정연하게 배치되어 있었다. 방 가장자리 벽면을 따라서 소형 의자 여러 개가 추가로 더 눈에 띄었다.

가장 안쪽 의자에 앉아 있던 지도자로 보이는 한 남성이 미소를 머금으며 일어나 일행을 반겼다.

"어서 오세요."

깡마른 몸매를 가진 그는 키도 다른 이들에 비해 왜소한 편이었다. 하지만 그의 눈매에서 풍겨 나오는 차가운 이미지는 예사롭게 보이지만은 않았다.

"토바치라고 합니다. 반갑습니다."

"대칸입니다. 처음 뵙겠습니다."

"어서 앉으세요."

토바치가 부드러운 목소리로 이야기했다.

대칸은 토바치의 맞은편 의자에 다가가서 앉았다. 나머지 일행이 이어서 대칸의 좌우측에 있는 의자에 각각 앉았다.

자리에 앉은 뒤에 대칸은 서로의 거리를 좁히려는 듯 토바치와 얼마간 가벼운 대화를 이어갔다.

어느 정도 시간이 흐르고 나자, 대칸이 드디어 본론을 말하기 시작했다. 그는 과거에 있었던 자초지종을 명확하게 요약해서 토바치에게 전달했다. 훈이 당면한 상황, 앞으로의 계획에 대해서도 그는 함께 언급했다. 키모세를 방문한 주목적인 핵무기 요청도 그는 조심스럽게 꺼내놓았다.

토바치 역시 훈이 전쟁에 대패했다는 소식은 이미 전해 들어서 알고 있었다. 하지만 핵무기에 대한 언급은 의외인 듯 놀라는 기색을 감추지 못했다.

"한바우와 훈이 연이어 태바쿤에 대패했다는 소식을 듣고 저도 충격이 컸습니다. 그들의 전력이 기존에 알려진 것보다 엄청나게 강했던 것 같아요. 태바쿤을 너무 과소평가한 건 아니었나 하는 생각이 듭니다."

"인정합니다. 전쟁에 패배하고 나서 무슨 할 말이 있겠습니까……. 실제 그들은 예상을 훌쩍 뛰어넘을 정도로 강했습니다. 그래서 우리에겐 지금 태바쿤에게 반격할 실마리를 찾는 것이 무엇보다도 시급합니다."

"심정은 이해가 됩니다. 하지만 핵무기가 우리에게 어떠한 가치를 지닌 존재인지에 대해선 설명을 듣지 못하신 것 같습니다."

대칸은 즉각 반론을 말하지는 않고 있었다.

"핵은 키모세가 쿠바이센 지도부와 대등한 협상을 벌이며 당당하게 맞설 수 있게 해주는 힘의 근원입니다. 핵이 빠진 키모세는 발톱을 잃은 독수리와도 같은 셈이죠."

"그에 관한 내용은 이미 들어서 알고 있습니다. 그래서 간곡히 부탁을 드리는 겁니다. 또한 전부가 아닌 일부만 필요로 합니다."

"핵무기를 사용하지 않는 다른 방안도 있을 것이라고 생각합니다다만. 고민을 해보면요."

"태바쿤은 지금 쿨쿤의 수를 앞세워서 전쟁을 벌이고 있습니다. 훈에 몰려와 있는 적들도 문제지만 앞으로 쏟아져 나올 미래의 적이 더욱 두려운 존재이죠. 그들의 쿨쿤 생산기지를 파괴하지 않고서는 절대로 전쟁에서 이길 수 없습니다."

"핵으로 생산기지를 파괴하고 난 이후에는 어떻게 하실 계획이죠?"

"한바우와 훈의 저항세력 그리고 쿠바이센이 연합하여 태바쿤의 잔류 병력을 상대하면 충분히 승산이 있다고 봅니다.

그들의 다음 정복 목표가 현재 이곳 밖에는 남아 있지 않은 만큼, 쿠바이센에서도 적극적인 움직임을 보여야 할 때입니다."

대칸이 경각심을 불러일으켰다. 그는 '쿠바이센'이라는 명칭을 통해 쿠바이센 지도부와 키모세를 동시에 지칭하는 것으로 보였다.

토바치는 짐작했던 답변인 듯 조금도 동요를 보이지 않고 있었다.

"태바쿤과 타협을 고려해 본 적은 있습니까? 그들이 원하는 것을 충족시킬 수만 있다면 전쟁을 피할 방법도 있을 텐데요."

"그들의 통제를 받고 노예를 제공해주는 것이 유일한 타협 조건일 겁니다. 코만, 한바우, 훈, 쿠바이센 전체를 정복하여 통제하고 노예제도를 확대해서 운영하는 것이 그들이 원하는 최종목표니까요. 타협을 하고 나면 영원히 그들에게 종속되어 살아가는 것을 감수해야만 합니다.

더군다나 쿠바이센의 경우에는 그들과 제대로 된 협상을 벌이기도 힘들 거예요. 지도부가 제 역할도 못하고 있는 실정이니까요. 물론 전쟁에서 패배한 훈도 다를 바가 없지만……."

대칸이 안타깝다는 표정으로 자신의 두 손을 서로 꽉 잡았다.

토바치는 대칸 일행을 천천히 쭉 둘러보았다.

"동료들과 잠시 회의를 해야 할 것 같습니다. 사안이 아주 민감한 만큼, 저 혼자서 결정할 일이 아니에요."

"네, 알겠습니다. 그럼 저희가 밖에 나가 있도록 하겠습니다."

"아니에요, 그러실 필요 없습니다. 옆방에 회의 전용 공간이 따로 있는걸요. 시간이 다소 걸릴 수도 있으니 여기서 편안히 기다리세요."

말을 끝낸 토바치가 자신의 방을 곧 빠져나갔다.

중대한 결정을 앞두고 방 전체가 긴 침묵에 잠겨버렸다.

"독수리가…… 발톱을 하나도 안 빼준다고 하면 어떡하죠?"

산탄이 한동안 이어지던 침묵을 드디어 깼다.

"그렇다고 억지로 뺄 수는 없는 일 아닌가……."

대칸이 손가락을 모두 벌린 자신의 왼쪽 손등을 산탄에게 보여주며 대답했다.

그러고 보니 거절당하는 경우에 대해서는 지금까지 누구도 언급해 본 적이 없었다.

"핵을 못 얻는다면, 앞으로 태바쿤을 상대하기가 무척 힘들어질 거야. 다른 뾰족한 대안이 있는 것도 아니고……."

대칸이 한숨을 '후우' 하고 길게 뱉어냈다.

"맞아요. 핵이 없으면 저희 연구소에서 만들어낸 전송 장치도 결국 무용지물이 되고 말아요. 다른 행성으로 이동하는 기술만으로 전세를 뒤집을 수는 없으니까요."

두탄이 오른손으로 얼굴을 문지르며 말했다.

"키모세 입장에서도 가만히 기다리고만 있으면 결국 태바쿤을 만나게 될 테니, 우리 부탁을 야멸치게 거절하지는 못할 거야."

대칸이 방 안의 동료들을 안심시키듯 이야기했다.

"하기야…… 먼 미래도 아니고, 가까운 시일 내에 닥칠 일이니까요."

태한이 대칸을 바라보며 동의를 보냈다.

"만일에 거절당하면, 전송 장치로 태바쿤에 옮겨가서 새 발톱이라도 몇 개 떨어뜨리고 오는 건 어때요? 전송 장치를 써먹을 데가 없어졌으니…… 뭐라도 해보긴 해야 할 것 같은데.

그렇다고 태바쿤 미리 한번 만나보라고 여기 문 앞에다가 설치해주고 갈 수도 없는 노릇이고……."

산탄이 설핏 미소를 보이며 눈썹으로 아치를 그렸다.

"산탄, 이 와중에 그런 농담이 나와?"

태한이 산탄을 향해 따지듯이 말했다.

"말이 그렇다는 거지, 전송 장치가 어떻게 만들어진 건데……. 아니면, 토바치 손 붙들고 울면서 계속 사정해볼까?"

산탄이 너글너글 웃으며 가볍게 응수했다.

방 안에 다시 긴 침묵이 찾아왔고 방 안의 정적은 한동안 그렇게 계속되었다.

기나긴 긴장과 침묵의 시간이 지나가고, 토바치가 드디어 방문을 열고 안으로 들어왔다. 방 안쪽 자신의 의자에 앉자마자 그는 지체 없이 결론을 공개했다.

"좋습니다! 핵무기 일부를 제공해 드리기로 하지요. 그리고 기왕 돕기로 한 거니 키모세의 병력도 연합군에 힘을 보태겠습니다."

파라한

토바치의 대답을 듣고 난 태한은 마음속으로 쾌재를 불렀다.

"고맙습니다. 반드시 성공하도록 하겠습니다."

대칸의 얼굴에도 안도의 미소가 가득 번졌다.

세상 밖으로 27

어려운 결정이 매듭지어지고 방 안의 사람들이 가벼운 여담을 나누고 있는 도중, 소찬이 비명을 지르며 문을 열고 안으로 뛰어들어 왔다.

"큰일 났어요, 대칸! 전투기 조종사가 쓰러졌어요!"

대칸의 표정이 순식간에 싸늘하게 굳었다.

"전투기 조종사가?"

대칸이 확인하듯 물었다.

"네! 방금 전에 연락을 받았어요!"

조종사가 태바쿤에 핵을 투하할 임무를 맡았다는 사실을 모르는 사람은 아무도 없었다. 때문에 방 안의 일행들이 당혹감을 일시에 드러내고 있었다.

"조종사는 어디 있나?"

"전투기 부근에 있어요. 수송기 조종사가 함께 있다가 그가 갑자기 쓰러진 것을 목격하고 연락을 해온 거예요. 입에 거품을 문 채 의식을 못 차리고 있다고요."

소찬의 목소리가 여전히 떨리고 있었다.

"어서 가보세!"

대칸이 자리에서 벌떡 일어나서 문밖으로 서둘러 나갔다. 태한과 산탄도 거의 동시에 일어나 그를 뒤따랐다.

수송기가 착륙했던 지점에 가까워지자 두 명의 수송기 조종사들 앞에서 쓰러져 있는 전투기 조종사가 시야에 들어왔다. 대칸과 일행이 가까이 오는 모습을 보고는 수송기 조종사 한 명이 사색이 된 채 달려왔다.

"죽은 것 같습니다! 숨을 쉬지 않아요!"

태한은 쓰러져 있는 조종사에게 재빨리 다가갔다. 눈꺼풀을 올려 본 후 코끝에 손가락을 대어 호흡 여부를 확인했다. 가슴에 손을 가져다 대고 심장이 뛰는지도 느껴봤다. 어느 것 하나 그가 살아 있다는 희망을 전해주지 않았다.

순간 태한은 한가지 생각이 퍼뜩 뇌리를 스치고 지나가는 것을 느꼈다.

"얀후라는 한바우인이 언제까지 있다가 사라졌죠?"

태한이 목청을 높여 물었다.

"글쎄…… 우리도 뒤늦게 사라진 걸 알게 됐으니까, 정확히 언제까지 있었는지는 모르겠네."

"얀후가 조종사와 단둘이 이야기하는 모습을 본 적이 있습니다!"

연구원 중 한 명이 끼어들었다. 그는 이제야 이상한 생각이 든다는 표정을 보이고 있었다.

"얀후의 짓이 분명합니다! 그가 조종사에게 약을 먹인 거예요!"

태한이 분노하며 소리쳤다.

"괘씸한 작자 같으니! 한바우인 하나가 훈을 벼랑 끝으로 내몰았군!"

대칸도 얀후의 행위임을 인정하며 얼굴을 일그러뜨렸다.

"정말 이해할 수가 없어! 자신의 행성을 침입한 적을 이렇게까지 도울 필요가 있나?"

산탄이 의아하다는 듯 허공에 대고 물었다.

"아무 이유 없이 그랬겠나? 무언가 조건이 있었겠지."

대칸이 허공을 대신해서 그에게 답을 주었다.

"그나저나 그들이 우리의 계획을 알고 있다면 큰일 아닙니까?"

태한이 걱정하며 물었다.

"얀후가 계획을 어디까지 알아냈는지 모르겠군. 하지만 설사

　　　　　파라한

전부 알았다고 한들 뾰족한 대책은 없을 거야. 핵무기를 방어할 만한 방도가 있는 것은 아니니까.

더군다나 훈의 주요 도시에는 여전히 저항군이 버티고 있네. 그들을 무시하고 당장 대규모 병력을 몰아서 여기를 침략해 올 수도 없을 게 분명해. 기껏해야 소규모 수색대를 보내는 정도가 가능한 조치겠지."

"하지만 계획을 서두르기는 해야겠어요. 여기도 마냥 안전한 것은 아니니까요."

소찬이 말을 했다.

"당연히 서둘러야지. 하지만 조종사가 없다는 것이 문제 아닌가……. 새로운 자원자를 찾으려고 훈으로 되돌아갈 수도 없는 노릇이고."

대칸이 한숨을 훅 몰아쉬었다. 자신의 관자놀이를 손으로 문지르며 잠시 고민에 빠져 있던 그가, 이윽고 입을 열었다.

"여기에서 자원자가 한 명 나와줘야만 할 것 같네."

주위가 급격히 조용해졌다. 사람들은 대칸의 얼굴을 빤히 바라봤다.

아무리 훈과 조직을 위한 일이라고는 하지만, 죽는 것을 번연히 알면서도 자원을 한다는 것은 누구에게도 쉬운 일이 아니었다.

태한은 주변을 둘러보았다. 선다 일행에게 훈을 위한 희생까지

강요할 일은 아니었다. 그 옆의 두탄과 연구원들은 전투기를 조종할 줄 모르고…… 산탄과 소찬도 전투기 조종법을 모르기는 마찬가지이다. 수송기 조종사에게 이런 일을 맡긴다는 것은 말도 안 될 정도로 비겁한 일이다. 마음의 각오가 전혀 안 되어 있을 테니까. 대칸은 전투기를 조종할 수는 있지만 훈의 새로운 지도자이며 앞으로 남아서 할 일이 막중하다.

거의 동시에 상황을 파악한 듯 소찬이 태한의 손을 꽉 잡았다. 섣불리 나서지 말라는 의미였다. 다른 사람들도 유일한 적임자가 누구인지를 이미 깨달은 듯 태한의 얼굴을 똑바로 쳐다보지를 못하고 있었다.

"조종은 내가 맡겠네!"

대칸이 비장한 얼굴로 말했다.

"아닙니다! 제가 하겠습니다, 대칸! 대칸은 훈의 지도자이자 우리 모두의 리더입니다. 앞으로 하실 일이 아주 많습니다."

태한은 망설일 겨를이 없이 대칸을 제지하고 나섰다. 망설인다는 것 자체도 우스운 일이었다. 이제껏 조종사의 죽음을 담보로 바쁘게 움직이다가, 막상 자신이 그 임무를 맡게 되는 것은 싫다는 게 얼마나 우스운가.

"이건 아니야…… 태한, 그럴 수는 없어!"

"소찬……."

"훈으로 돌아가서 자원자를 찾으면 되잖아!"

소찬이 눈물을 글썽이며 부르짖었다. 그녀는 조직의 동료가 아닌 태한의 약혼녀로서 이야기하고 있는 중이었다.

"소찬과 잠시 얘기 좀 나누고 오겠습니다."

태한은 그녀를 데리고 일행들과 몇 발짝 떨어진 곳으로 걸어나왔다.

"소찬, 이 일은 내가 맡아야 해."

그가 소찬을 달랬다.

"없던 얘기잖아! 이런 걸 어떻게 즉석에서 정해?"

"어쩔 수 없잖아, 소찬. 내가 해야만 해. 이 임무를 피한다는 건 지금까지 걸어온 길을 스스로 부정하는 거야."

"죽고 나면 모든 것이 없어지는데 그런 걸 따지는 게 무슨 소용이냐고!"

그녀의 감정이 격해져서 더 이상 정상적인 대화가 불가능해 보였다.

"소찬, 미안해. 둘이서 이럴 만한 시간이 없어. 미안해⋯⋯."

그녀는 말이 없었다. 넋을 잃은 사람처럼 허공을 뚫어져라 바라보기만 했다. 지금이 소찬과 마주하는 마지막 순간이라는 것을 그는 잘 알고 있었다. 하지만 서둘러 결론짓고 동료들에게 되돌아가는 일 밖에는 할 수 있는 것이 없었다.

"산탄!"

태한이 산탄을 부르자 그가 빠른 걸음으로 다가왔다.

"소찬을 데리고 토바치가 있는 곳으로 가 있어 주겠나?"

태한이 산탄에게 부탁하듯 말했다. 마지막 떠나가는 모습까지는 안 보이는 것이 차라리 나을 거란 생각이 들었다. 산탄이 의도를 알아차리고 곧장 그녀를 부축해서 일행으로부터 떨어져 움직였다.

태한은 사람들이 모여 있는 곳으로 서둘러 되돌아왔다.

"어서 움직이시죠! 시간을 더 지체하면 위험해집니다!"

그의 말이 떨어지자 연구원들과 선다 일행은 준비 작업을 시작했다.

잠시 후 키모세의 운반용 비행체가 핵무기를 싣고 접근해 왔다. 일행들은 태한이 탈 폭격용 전투기로 핵을 옮겨서 장착했다.

이어서 연구원들이 전송장치를 조립할 부품들을 빠르게 점검해나갔다. 준비가 완벽히 갖추어진 것으로 보이자 사람들은 수송기에 신속히 탑승했다.

두 대의 수송기는 이륙해서 허공을 가르며 날았다.

파라한

수송기들이 출발한 것을 확인한 태한은 전투기 조종석에 앉아서 이륙 버튼을 눌렀다. 죽음을 목전에 두고 있었지만 마음만은 담담했다. 두려움이 전혀 없는 것은 아니었다. 예정에 없던 죽음을 받아들이게 되니 얼떨한 기분도 들고 당황스럽기도 했다. 하지만 만일 이 임무를 거절했다면 어땠을까?

'인생이 억울하니 제발 살려달라고 애걸했다면?'

소찬은 아마도 그것을 원했을 것이다. 하지만 그 뒤의 삶을 상상하면 끔찍하기가 이를 데 없다. 세간의 비웃음은 둘째치고 스스로 치욕스러워서 견딜 수가 없었을 것이다. 음식을 먹고 숨만 쉰다 뿐이지, 그렇게 산다면 사는 게 아니리라.

'내가 선택한 일이고 후회는 없다. 그럴만한 가치가 충분히 있는 일이다.'

태한이 탄 전투기는 허공으로 올라왔다. 눈앞의 창을 통해 들어온 전경이 시야를 아름답게 장식하고 있었다.

그림을 그린 듯 미려하게 결을 이룬 구름도, 노을로 한껏 치장을 한 저녁 하늘도, 마지막 힘을 다해서 광채를 내뿜는 붉은 태양도, 배경을 이룬 사물 하나하나가 어느 때보다도 사랑스럽게 보였다.

세상 밖으로 28

소찬은 깊은 절망과 충격 속에서 조금도 헤어나오지 못하는 듯 몸을 계속 비치적거리고 있었다. 태바쿤과의 전쟁에서 친오빠를 갑작스럽게 잃고 이어서 약혼자마저도 잃게 되었으니, 그녀가 아닌 어느 누구라도 마음이 온전할 리 없을 것이다. 산탄은 키모세 본부를 향해 소찬과 함께 천천히 계속 걸었다.

그도 가장 절친한 두 명의 친구를 연이어 잃게 되어 깊은 슬픔 속에 빠져 있기는 매한가지였다. 하지만 태한 앞에서는 아무것도 표현할 수 없었고, 어떤 말도 해줄 수가 없었다. 그를 말릴 수도, 대신할 수도 없는 처지라 도저히 슬픔을 표현하거나 위로의 말을 건네기가 힘들었다.

비행기 조종법을 알지 못한다는 이유만으로 그를 대신하지 못한 것에 대한 미안함은, 앞으로도 마음속에서 영원히 지워지지

파라한

않을 것이다.

태바쿤의 폭격 목표 지점에 대응하는 전송 장치 설치 위치로 지금쯤 일행은 이동하고 있을 것이다. '반드시 성공'이라는 목표를 달성하기 위해서, 전송 장치를 통과한 후 곧바로 핵무기를 투하할 예정이란 얘기를 이전에 들은 적이 있었다. 탈출을 염두에 두고 높은 고도로 이동하려고 할 경우 태바쿤 전투기에게 격추될 가능성이 컸고, 임무 수행 후 대기권 밖의 통로를 통해 무사히 되돌아온다는 것은 거의 불가능하다고 봐야 했다.

산탄은 어느덧 눈앞에 가까이 다가와 있는 키모세 본부를 지그시 바라봤다.

키모세에서 지내는 대부분의 사람은 자신처럼 파라한에서 수용생활을 한 후 출소한 이들이었다.

아직 많은 사람을 만나서 대화를 나눠본 것은 아니지만, 키모세라는 존재 자체에게 깊은 동질감이란 것이 느껴지기도 했다.

건물 입구에서는 여전히 파라한에서 즐겨 듣던 노랫소리가 안으로부터 흘러나오고 있었다.

수용소에서의 추억도 음악과 함께 스멀스멀 다시 몸속에서 올라왔다.

수용소 밖으로 나와서 돌이켜보면, 하루하루 먹고사느라 팍팍한 삶을 살았다는 생각이 훨씬 강하게 느껴지는 것이 사실이다. 하지만 그 당시만큼은 가까운 친구들과 시간을 보내며 즐거움과 재미를 느낄 만한 일들이, 분명 이따금씩은 생기곤 했다.

하지만 수용소 안의 그리운 친구들을 이제 다시는 만날 수 없다. 밖으로 데리고 나올 방도가 없으니······.

게다가 이곳에서는 절친한 친구들을 모두 잃어, 주변에 남아 있는 친구가 이제 하나도 없다.

앞으로 어떻게 지내야 하나······.

친구들을 워낙 좋아하던 산탄이다 보니, 앞으로 살아갈 날이 더더욱 암울하게만 느껴졌다.

"여기서 햄버거 가게나 차려서 지낼까나? 키모세 사람들도 햄버거 많이 그리울 텐데······."

산탄은 한숨을 후욱 몰아 쉬면서 생각나는 대로 말을 뱉어 냈다.

울먹이며 조용히 걷고 있던 소찬이 얼굴을 돌려 그를 쳐다 봤다.

"아, 고기를 빵 사이에 넣은 건데, 굉장히 빨리 먹어야 하는 음식이야."

파라한

그녀는 울적한 표정으로 말이 없었다.

"힘들겠지만, 태한을 이해해줘……."

산탄이 조심스럽게 그녀에게 말을 건넸다.

"나도 알아…… 태한이 무슨 얘길 하는지 나도 안다고……."

소찬이 울먹였다. 엄연히 '폭풍 속의 고요'의 일원이자 태한보다 먼저 조직 활동을 시작한 그녀였다. 태한이 처한 입장과 그의 심정을 이해 못할 리가 없었다.

그녀가 조직과 처음 인연을 맺게 된 데에는 오빠인 한무의 영향이 컸다. 하지만 막상 발을 들여놓고부터는 한무보다도 적극적인 태도를 보였고, 조직이 추구하는 바에도 열렬한 지지를 보냈다.

당시에는 미처 느끼지 못했지만, 돌이켜 보면 조직 내에서 태한을 알게 된 이후로 깊숙이 빠져들게 됐다는 생각도 든다. 부인하려고 해도 자꾸만 그런 생각이 드는 걸 어쩔 수는 없다.

하지만 훈을 위한 노력과 헌신도 한 남자와의 사랑 못지않게 중요했던 것이 사실이다. 적어도 스스로는 그렇게 믿어왔다.

그런데 막상 태한을 잃게 되는 처지가 되고 나니, 전에는 모르던 또 하나의 본심을 깨닫게 됐다.

분명 지금의 자신은 태한을 잃고 훈을 되찾는 길보다는, 훈을 잃을지언정 그를 지키기를 간절히 원하고 있는 것이다. 비록 조직을 등지고 세상의 조롱을 받게 되더라도, 어딘가에서 그와 숨어 살 수만 있다면 그저 행복할 것 같다.

하지만 태한의 성품을 누구보다도 잘 아는 그녀였다. 그는 자기의 소신과 조직의 대의, 동료들과의 신뢰를 무엇보다도 소중하게 생각하며 지내왔다. 약혼녀와의 사랑 때문에 그 모든 것을 등질 수 있는 사람은 아니었다.

통곡하며 울고 싶었다. 하지만 애써 참았다. 땅을 바라본 채로 산탄의 부축을 받으며, 한 발 한 발 키모세 본부 입구로 들어섰다.

머지않아 태한은 저 너머, 아니 저세상으로 가 있을 것이다. 살아 돌아올 가능성은 전혀 없다. 기적이 일어날 수 없다는 것이 그가 맡은 임무의 특성 중 하나이다.

소찬은 그가 떠나간 후 혼자 살아갈 날을 머릿속에 그려 봤다. 쓸쓸함과 막막함이 금세 온몸을 휘감아 돌았고 캄캄한 암흑이 시야를 불쑥 덮쳐왔다.

그가 수용소에 가 있는 2년 동안에도 혼자이기는 마찬가지였다. 하지만 그때는 돌아올 날짜가 정해져 있었으니 마냥 혼자인 것만은 아니었다.

이제는 정말로 태한 없이 홀로, 남은 인생을 살아가야만 한다.

앞으로 어느 누구도 그의 존재를 대신해줄 수는 없다.

파라한

소찬은 참았던 눈물을 크게 터뜨렸다. 마음껏 소리내어 울었다.

한 번 터진 울음은 좀처럼 그치지를 않았다.

산탄은 아무 말 없이 오랫동안 그녀를 기다려주었다.

세상 밖으로 29

어둠이 짙게 깔린 공간의 틈 사이로 나무가 듬성듬성 뻗어 자라고 있는 구릉 지대가 시야에 보였다.

수송기들이 구릉지 한가운데의 번번한 평지를 찾아서 가볍게 내려앉고 있었다. 태한도 뒤따라서 수송기가 조명을 밝힌 근처 한곳에 착륙을 했다.

비행기 문을 연 그는 잡초가 우거진 지면 위로 터벅 내려왔다. 환한 조명 안쪽으로 모여서 대화를 나누고 있는 연구원들과 선다 일행이 시야에 보였다. 날이 지나치게 어두워서, 조명의 범위를 멀리 벗어난 것은 사람이든 사물이든 구분이 거의 불가능할 것 같았다.

파라한

곧이어 연구원들은 두탄의 지시에 따라 전송 장치 설치를 시작했다. 선다와 그의 동료들은 두탄의 설명을 들어가며 연구원들 옆에서 보조를 하는 중이었다. 지니고 온 부품들을 이용해서 그들은 빠른 속도로 전송 장치를 척척 조립해 나갔다.

설치가 완료되기까지는 그리 오랜 시간이 걸리지 않는 듯했다. 길지 않은 시간 안에 작업 조명을 배경 삼아 드러난 장치의 윤곽이 제법 본 모습을 갖춰 보이고 있었다.

완성 시점이 가까워져 오자 두탄이 태한에게 당부를 전했다.

"전송 장치를 통과하고 나면, 태바쿤 폭격 목표 지점 위에 매우 낮은 고도로 위치하게 될 거예요. 그러니 전송 장치를 통과하자마자 바로 투하 버튼을 눌러야만 합니다. 반드시 곧바로 누르세요."

거듭 강조하는 그의 입술이 딱딱하게 굳어 있었다. 그의 표정은 진지함과 미안함으로 뒤범벅되어 있는 듯 보였다.

굳이 직접적이고 노골적인 표현을 잠시 빌려 다시 표현하자면, '살려고 하면 실패할 수도 있으니, 무조건 성공시키고 장렬하게 전사해야만 한다.'는 의미였다.

그리고 그에 관해서는, 쿠바이센으로 이동한 후 수송기 안에서 이미 설명을 들어 알고 있는 상태였다.

안타까움 때문인지 다소 촉촉해져 있는 두탄의 눈동자를 바라보며 태한이 물었다.

"여기에서는 제가 성공했는지 여부를 어떻게 알죠?"

"투하 버튼을 누르는 데 성공했다면 임무는 성공한 것이나 다름없어요. 전투기가 되돌아오는 것은 불가능하지만, 단순 신호 정도는 전송받을 수가 있죠. 투하 버튼을 누르고 나면 소형 신호 발생기의 원자들만 이곳의 상태로 전환되면서 자동으로 신호를 여기로 전송할 거예요. 투하 버튼과 핵무기를 붙든 부위에 신호 발생기를 설치해 놨습니다."

"그렇군요……."

말을 마친 태한은 연구원들이 작업 중인 현장으로 시선을 조용히 돌렸다. 설치가 거의 마무리되어 가는 것이 보였다.

금속으로 제작된 둥근 테두리와 원 안쪽에 형성된 푸른빛 액체의 막을 보니, 연구소 광장에서 보았던 것과 별 차이가 없어 보였다.

잠시 후 연구원들이 팔을 좌우로 크게 흔들었다. 설치가 모두 완료됐다는 신호였다.

대칸과 두탄은 아무 말 없이 굳은 표정으로 태한을 쳐다봤다.

모든 사물이 숨죽인 듯 주변은 무척 고요했다.

"초상났어요? 표정들이 다 왜 이래요."

파라한

어색한 농담을 던진 태한은, 양 입꼬리를 억지로 추켜올리며 웃는 표정을 만들었다.

"앞으로 영영 자네의 희생을 잊지 않겠네. 훈과 여러 우주를 구한 영웅으로, 모두에게 기억될 거야."

침묵하던 대칸이 무겁게 말을 꺼냈다.

"꼭 성공하겠습니다!"

태한이 결연하게 대답했다. 어느새 대칸과 두탄 좌우로 연구원들과 선다 일행이 길게 늘어서서 자신을 바라보고 있었다. 모두 하나같이 어둑어둑한 표정을 짓고 있었다. 이미 세상을 떠난 사람을 지켜보기라도 하는 듯.

그는 서둘러 전투기 쪽으로 움직이기 시작했다. 전송 장치 설치를 완료할 때까지만 해도 이상하리만큼 침착한 마음이 잘 유지됐지만, 이제는 시간을 지체하면 할수록 마음이 계속 나약해질 것 같다는 예감이 들었다. 언제부터인가 죽음에 대한 공포와 불안감이 고개를 들며 흉벽으로 스멀스멀 기어 올라오고 있었기 때문이다.

전투기를 이륙시킨 후 태한은 주저없이 전송장치를 향해 돌진했다.

둥근 테두리 속 푸른 광채가 어둠 속 작업 조명과 어우러져 비행기 앞창을 향해 잡아먹을 듯 달려들었다.

그는 순식간에 다른 세상에 도착했음을 깨닫고, 두탄이 알려 준 대로 즉각 투하 버튼을 눌렀다.

핵폭탄을 떨어뜨린 그는 전속력으로 자리를 벗어나며 날아 갔다.

'지금 이 순간, 행운에 한 가닥 희망을 거는 것은 나의 자유이다……'
그는 끝까지 포기하지 않았다.

이어서 섬광이 번쩍하며 터졌고,

한순간에,

모든 것이 증발해 버렸다.

파라한

회
귀

회 귀 1

1980년 8월 1일 새벽

한반도 중부 작은 도시의 새벽바람을 가르며 청색 포니 한 대가 비좁은 2차선 도로를 질주했다. 어둑어둑한 도로에 안개마저 자욱해서, 차 한 대가 내달리는 모습이 무척이나 위태로워 보였다.

운전대를 꽉 잡은 남성은 눈을 부릅뜨며 시야를 확보하려고 애썼다. 전방을 향해 힘껏 전조등 빛을 뿌렸지만 짙은 안개를 동반한 새벽어둠의 기세도 녹록하질 않았다.

'앞에 달리는 차라도 있으면 좋으련만.'

남성은 하는 수 없이 차의 속도를 줄였다. 자칫하면 황천길로 갈 수 있을 것이란 우려가 본능적으로 작용해서이다.

"이러다가 병원도 못 가서 애 낳겠다!"

뒷좌석에서 어머니의 원망 섞인 목소리가 들렸다. 아내의 신음도 더욱 커졌다.

"조금만 참아!"

그는 초조한 심정으로 액셀을 다시 세차게 밟았다. 자동차의 속도는 원상태로 돌아왔고, 청색 포니는 위험천만한 모양새로 어둠 속을 향해 돌진해 달려갔다.

모두 며칠은 여유가 있을 것이라고 예상했다. 갑작스럽게 임박한 출산에 그도, 어머니도, 당사자인 아내마저도 당황하긴 매한가지였다.

한참을 줄기차게 내달린 일행은 시내로 무사히 진입하는 데 성공했다.

시내에는 차갑게 불이 꺼진 건물들만이 깜깜한 어둠 속에서 거리를 지키고 있었다. 암흑 사이로 새어 나오는 엷은 빛을 향해 계속 직진하자 유일하게 불을 밝힌 병원 건물 하나가 차 앞으로 다가왔다.

'김산부인과'라는 간판이 걸린 건물 앞 도로 가에 그는 차를 세웠다. 운전석 문을 박차고 나온 그는 재빨리 차의 뒷문을 열어젖혔다.

파라한

"아……!"

만삭의 아내가 인상을 힘껏 찌푸렸다.

"이제 다 왔어! 조금만 견뎌!"

남성은 아내의 어깨와 손을 붙잡고 끌어당겼다. 어머니는 뒤에서 아내의 등을 안아서 밀었다. 아내를 부축하며 그는 병원 문을 향해 움직임을 서둘렀다. 어머니는 조급한 소리를 내며 뒤에서 따라왔다.

병원 문을 열고 들어서자 남자 직원과 간호사의 모습이 눈에 띄었다. 사무장인 듯한 남자 직원이 급히 다가와서 부축을 도왔다. 간호사는 분만실 쪽으로 허겁지겁 달려가서 문을 열어 고정시키고는 안으로 들어갔다.

남성은 아내를 부축해서 분만실로 들어가 침대에 누였다. 밖에서 기다리라는 간호사의 안내를 들은 후 그는 분만실 밖으로 빠져나왔다. 침대에 누워서 고통에 신음하는 아내의 모습을 그는 문이 닫히는 순간까지 자리에서 지켜봤다.

굳게 닫힌 문을 확인한 그는 휘청거리며 어머니의 옆자리에 주저앉았다. 다리의 힘이 모두 풀려버려서 다시 일어설 수도 없었다. 가슴이 두근두근 고동치고 거센 울림이 온몸으로 확산됐다.

급박함에서 오는 긴장이 초조한 기다림 속의 긴장으로 급격히 변화하는 중이었다.

안에서 새어 나오는 신음을 들으며 대기하는 시간은 마치 영원처럼 길게 느껴졌다. 주변의 움직임과 시간의 흐름이 모두 멈추어 버린 듯했다. 이 세상 안에 오로지 분만실 안의 아내와 문밖의 자신만이 존재하는 것 같았다.

얼마나 시간이 흐른 걸까? 오지 않을 것만 같았던 기나긴 터널의 끝이 다가오고, 마침내 아기의 울음소리가 들려왔다. 잠시 후 간호사가 아이를 안고 문을 열며 나왔다.

"왕자님이에요. 축하드려요."

간호사는 마치 자신이 낳은 아이인 양 함박웃음을 지어 보였다. 남성은 아무 말도 하지 못한 채 그녀의 얼굴을 멍하니 바라봤다. 장시간의 긴장이 안도로 뒤바뀌자 눈물이 울컥 쏟아져 나왔다. 멈추지를 않았다. 그는 흐르는 눈물을 그대로 놔둔 채 기쁨과 행복에 자신을 마음껏 내맡겼다.

'기쁘다'는 단어 하나만으로는 지금을 표현하기에 턱없이 부족했다.

준형의 유년기는 태어날 적 미처 준비가 덜 된 어머니에게 새벽녘 차 안에서의 지옥 같은 경험을 안겨 준 것에 비하면 무척 무난하게 흘러갔다. 어릴 적부터 침착한 성품 탓에 남자아이들을 키울 때 나타나는 흔한 말썽조차 거의 보이질 않았다.

초등학교에 들어갈 무렵에는 수학에 대한 뛰어난 습득 능력과 재능을 보이며 도시의 관심을 한 몸에 받아보기도 했다. 수학 천재가 났다며, 나중에 큰 인물이 될 거라며, 부모님은 물론이고 주변에서 난리가 대단했다.

하지만 준형은 그러한 기대와는 달리 지나치다 싶을 정도로 평범하게 자라났다. 성장할수록 평범해지는 빈 공간을 그는 스스로의 땀과 노력으로 채워 넣었다. 부모님과 주변 사람들의 기대를 저버리지 않기 위해.

준형은 서울 소재의 나름 인지도가 있는 한 대학 수학과에 지원했고, 결국 이름을 올리게 됐다. 세 손가락에 꼽을 정도의 일류 대학은 아니어도 부모님을 기껍게 해드리는 데에는 부족함이 없었다.

대학 졸업을 1년 앞두고 컴퓨터에 관심을 기울인 그는 남들이 부러워하는 소위 대기업이란 곳에 입사를 하게 됐다. 그리고 소프트웨어 프로그래머로서 사회생활의 첫발을 내디뎠다.

사회생활은 예상했던 것보다 훨씬 혹독했다. 일주일에 사흘 이상을 야근하기 일쑤였고, 자정을 넘겨서 퇴근하는 일도 잦았다.

애초에 가졌던 창조적 도전 정신과 꿈은 바쁜 일상에 치이며 점점 사그라졌다. 언젠가부터 그는 공장에서 물건을 찍어내듯 모양새만 간신히 갖춘 프로그램을 만들어내고 있는 자신을 발견했다.

조직체 안에서 부품처럼 일한다는 느낌이 스스로를 점령해갔다. 생계를 위한 반복된 노동이란 생각과 함께 직장생활은 날이 갈수록 힘겹게 느껴졌다.

주변의 기대에 부응하기 위해 원치 않는 인생을 사는 자신에 대한 고민이 깊어질 즈음, 준형은 주변의 만류를 뿌리치고 회사를 그만두었다. 대학원에서 공부를 계속하며 인생을 되돌아볼 여유를 갖고 싶어서였다. 대학원 공부와 함께 수학 과외를 병행하며 수입을 어느 정도는 유지할 수 있었다.

그렇게 생활한 지도 벌써 2년이나 흘렀다.

직장을 그만둔 지 반년 정도 지났을 무렵, 준형은 서울 광화문의 한 서점에서 우연히 중학생 시절 여자 동창을 만났다. 이름은 김수연. 학교 다닐 적에 그리 가까운 사이는 아니었지만, 처음 보았을 때 그녀를 단번에 알아볼 수 있었다. 쌍꺼풀이 없는 눈에 귀여운 입술과 예쁘장한 외모는 근처에서 흔히 볼 수 있는 인상이 아니었다.

학창 시절 이미지를 고스란히 유지한 채 베스트셀러 코너에서

파라한

책장을 넘기던 그녀를 준형이 먼저 알아보고 다가갔다. 서울 한복판의 서점에서 중학생 시절 친구를 만나게 되니 그녀도 반갑기는 마찬가지인 것 같았다.

그녀의 본래 고향은 서울이라고 했다. 초등학교 때 아버지가 청주로 발령이 난 탓에 온 식구가 지방으로 이사를 간 것이었다. 중학교를 졸업한 후에는 서울로 다시 올라왔다고, 그녀가 말해주었다.

'행복을 가꾸는 사람들'이란 단체를 알게 된 것도 수연을 만나서부터였다. 그녀의 아버지는 사회생활을 은퇴한 뒤 단체의 회장을 맡고 있었고, 그녀는 사진작가로 활동하면서 짬짬이 아버지를 돕고 있는 중이었다.

수연의 권유로 준형은 그녀의 아버지이자 '행복을 가꾸는 사람들'의 회장인 김유평 선생의 연설을 들어본 적이 있었다. 그 후로 그는 모임에 참석하는 일이 부쩍 잦아졌고, 모임을 통해 그녀는 물론 그녀의 아버지와도 자연스레 사이가 가까워졌다.

회 귀 2

　시계가 오후 세 시를 향해가고 있을 즈음, 수연은 그제야 나갈 채비를 하기 위해 자리에서 벌떡 일어섰다. 부모님과의 약속 시간이 가까워졌기 때문이다.

　정성스럽게 세면과 화장을 마친 그녀는 청바지에 카디건을 갖춰 입고, 현관문 앞에서 구두에 발을 넣었다.

　아파트 엘리베이터를 향하던 수연은 언제부터인가 핸드폰이 계속 울리고 있었다는 사실을 깨달았다. 그녀는 핸드백에서 휴대폰을 꺼내 액정화면을 확인했다. 동료 사진작가인 선우로부터 걸려온 전화였다.

　선우는 풍경 사진에 대해 정보를 교류하며 서로의 의견을 나누곤 하는, 동료이자 동갑내기 친구이기도 했다. 섬과 바다를 주제로 사진을 찍는다는 말을 남긴 채 거제도로 떠난 후 수일 동안 연락이 없던 차였다. 감감무소식이던 그가 이제야 전화를 해오는 것이어서 수연은 반가운 마음에 얼른 통화 버튼을 눌렀다.

"웬일이야? 한동안 소식 없더니. 아직도 거제도에 계신가?"

"응, 거제도야."

"작품은 많이 찍었어?"

"그냥저냥. 여기저기 돌아다니며 시간만 보냈지, 뭐."

"별일은 없고?"

"별일이 있는 것은 아니고, 너에게 전해줄 소식이 있어서 전화했어."

"무슨?"

"예전에 네가 동창이란 사람에 대해 얘기한 적이 있지?"

수연은 얼마 전 사진작가 동료들과의 술자리에서 했던 이야기를 떠올렸다. 당시에 준형에 대한 말을 동료들에게 잠시 꺼내놓았던 것이다.

"준형이 얘기구나."

"어릴 적에 특이할 만큼 천재였던 사람들을 그 친구가 찾는다고 했잖아."

"맞아."

"가까운 사람을 한 명 찾은 것 같아서."

"어머, 그래?"

"일부러 찾으려고 했던 건 아니고, 여기서 며칠 지내다가 우연히 김길이라는 사람에 대해 얘기를 듣게 됐어."

"김길?"

"어릴 적 한때 일본 열도를 떠들썩하게 했던 사람이래. 물리학 분야에서 천재 소리를 들으면서. 본래 일본 사람인데 오래전에 한국에 귀화해서 현재 거제도에 살고 있다고 해. 무슨 이유인지는 잘 모르겠고. 우연히 애길 들었는데 갑자기 너한테서 들었던 말이 떠오르잖아. 그래서 알려주려고 전화했지."

"그랬구나. 고마워, 선우야."

"고마울 거까지야. 힘들인 것도 없는데, 뭘."

선우가 멋쩍은 듯 웃음소리를 냈다.

"이름이 김길이라고?"

"귀화 후에 한국에서 만든 이름인가 봐. 본명은 사토 키요시. 전화가 없다니까 주소를 불러주면 되나?"

"전화가 없어?"

"응, 본래부터 없었다네. 특이하지?"

"그러게. 그럼 주소를 불러줘."

수연은 그가 불러주는 주소와 이름을 정성껏 쪽지에 받아 적었다. 그녀는 선우와 그동안에 찍었던 사진들에 대해 대화를 잠시 나눈 후 통화를 끝냈다.

준형에게 소식을 전해주기 위해 그녀는 얼른 전화를 걸었다. 신호는 가는데 도무지 받지를 않았다. 다시 걸까 고민하다가 곧 단념했다. 오늘 이사를 해야 한다고 그가 했던 말이 떠올라서였다. 이사하느라 정신이 없을 것이란 생각이 들었다.

문자로 보내주려다가, 어차피 내일 만나게 될 테니 그때 전해주면 되겠다고 그녀는 생각했다.

아파트 건물 밖으로 나온 수연은 승용차가 있는 외부 주차장을 향해 걸음을 걸었다.

내일 아버지와 '행복을 가꾸는 사람들'이 주최하는 대규모 행사를 앞두고 있는 중이었다. 간만에 부모님과 식사를 하며 겸사겸사 발표 자료를 최종 점검하는 시간도 함께 갖기로 했던 것이다.

현재 살고 있는 여의도 아파트로는 만으로 서른을 막 채운 3년 전에 이사를 했다. 부모님과 30년 동안을 함께 살다가 그제야 독립을 해서 나온 것이다.

나이가 들어서도 부모님께 계속 얹혀산다는 사실에 마음이 영 편칠 않았다. 경제적인 면에서야 자립을 했다고 여길 수도 있겠지만, 그것이 삶의 독립까지 의미하는 것은 아니었다. 성장 과정에서의 진정한 독립을 부모님께 선물해 드리고 싶었던 것이다.

물론, 결혼과는 무관하게.

하지만 최근 들어서 부모님 집으로 돌아갈까 하는 고민이 자꾸만 든다. 부모님은 같은 세대 여느 친구분들과는 달리 딸자식 하나밖에 두지 않았다. 요즘 들어 외로이 늙어가는 엄마의 얼굴이 부쩍 눈에 밟힌다.

아빠야 모임을 통해 밖에서도 종종 만나곤 하지만, 엄마의 경우는 그렇지가 못하다. 마음처럼 자주 찾아뵐 수도 없다.

매일매일 집에서 살갑게 대해줄 딸이란 존재가 엄마에게 요즘 필요하다는 생각이 드는 것이다. 엄마와 통화를 할 때면 줄곧 느껴지는 부분이다.

물론 결혼해서 행복한 가정을 꾸린 모습만큼은 아니겠지만……

좋은 남자를 만나서 결혼하는 게 지금의 엄마에게 최고의 선물이 되리라는 걸 모르는 것은 아니다. 하지만 지금껏 눈 씻고 찾아봐도 대상이 없는 걸 어쩌라는 건가. 결혼했으면 하고 여길 만한 남자가 말이다.

그렇다고 때가 되면 아무한테나 시집가서 아들딸 낳고 살 맞대며 산다는 것은, 저 옛날 조선 시대에서나 가능했던 일이다.

사실, 언제부터인가 이성이란 감정을 갖게 하는 사람이 한 명 생기기는 했다. 한눈에 쏙 반할 정도는 아니지만, 적어도 이 사람

파라한

이라면 남아있는 내 인생을 진심으로 공유해도 좋을 것 같다는 생각이 든다.

하루하루 설레는 그런 감정은 분명 아니다. 그럴만한 나이는 이미 지나버렸다.

다만, 같은 방향을 바라보며 나란히 걸어가면 정말 행복할 것 같다는 예감이 든다.

하지만 막상 대상이 생기고 나니, 그다음으로 무엇을 어떻게 해야 할지 도무지 알 수가 없다.

무엇보다 궁금한 것은, 그 사람이 나에 대해 품고 있는 감정이다.

회귀 3

준형은 서울 아현동의 한 작은 빌라 2층에 마지막 짐이 든 박스를 들여놓았다. 잠시의 망설임 끝에 신발을 벗은 그는 새 보금자리 안으로 발을 들여놓았다.

여기저기 적재된 박스들과 어지러이 널린 발자국을 피해서 그는 베란다 쪽으로 이동했다. 작은 베란다 창문 밖으로는 앞으로 오랫동안 생활하게 될 아담한 사이즈의 동네 전경이 눈앞에 활짝 펼쳐져 있었다.

전경 속 길 위로는 이사를 막 끝마친 용달차가 본래 자신이 있던 자리로 바쁘게 떠나가는 중이었다. 일찌감치 하루 일을 끝마쳐서인지 움직이는 모습이 꽤나 홀가분해 보였다.

준형은 손목을 들어서 시계를 봤다. 오후 네 시 반. 살던 사람들이 떠나가는 시간을 고려해서 오후 한 시가 돼서야 첫 이삿짐

파라한

을 싣기 시작했다. 짧은 시간 만에 빠르고도 깔끔하게 이사를 잘 마쳤다는 생각이 들었다. 짐이 그리 많지 않기는 했지만……

박스를 풀고 이삿짐을 정리하던 그는 불현듯 목이 심하게 타오르는 것을 느꼈다. 짐 나르던 중에 물 한 모금 마신 적이 없으니, 진작부터 느꼈어야 할 갈증을 이제야 감지했다는 생각이 들었다.

갈증을 해결하기 위해 그는 베란다로 다가가서 주변의 가게들을 살폈다. 슈퍼나 편의점 모양을 한 곳은 하나도 눈에 띄지를 않았다.

고민 끝에 준형은 집을 당장 나서보기로 결심했다. 어차피 거주지 근처 슈퍼를 알아두는 것은 필수이니, 지금 위치를 확인해 두는 것도 나쁘진 않다는 생각이 들었다.

동시에 그는 스스로의 불찰을 호되게 탓했다. 이사 올 집을 고를 때 주변까지 신중하게 살폈어야 했다.

집 밖으로 나선 그는 무작정 오십 미터가량을 직진해서 걸어갔다. 주택가를 벗어나서 좌측으로 방향을 틀고 나니, 슈퍼 모양을 한 가게 하나가 시야에 잡혔다. 재래식 지붕에 허름한 모양새를 지녔지만 슈퍼임에는 틀림없었다.

그나마 천만다행이었다. 더 멀었다면 두고두고 고생이 심했을 것이다.

준형은 걸음을 크게 옮겨서 슈퍼가 있는 쪽으로 접근해갔다. 가게 앞 진열물건들 사이로 난 입구로 들어서려던 순간,

그는 그 자리에서 몸이 얼음처럼 굳어버렸다.

슈퍼 안에서 나오던 한 여자가 멈춰버린 그의 곁을 스치고 지나갔다. 그녀가 지나친 뒤에도 그는 몸을 옴짝달싹할 수가 없었다. 정체 모를 충격으로 인해 몸이 통제를 잃어버린 듯했다.

간신히 충격에서 벗어난 그는 머리와 몸을 돌려 뒤를 봤다.

몇 발짝 떨어져 걷고 있는 그녀의 모습이 눈에 보였다.

처음 보는 모습이었지만 마냥 낯설지만은 않았다.

어디에선가 무수히 본 듯, 익숙하다는 느낌마저도 들었다.

멀어져 걷고 있는 그녀를 향해 준형은 자신도 모르게 말을 내뱉었다.

"현아……"

그녀는 뒤돌아서서 준형을 빤히 쳐다봤다. 순간 아무런 연결고리도 없이 튀어나온 한 조각의 기억은 망각의 영역으로 곧장 자리를 찾아갔다.

그는 어느새 낯선 여성과 마주하고 있는 자신을 발견했다.

파라한

당황한 준형은 몸을 돌려 황망히 자리를 빠져나왔다.

집에 돌아온 뒤에도 가슴이 쿵쿵쿵 뛰면서 계속 두근거렸다. 더 이상 어떠한 기억도 떠오르지 않았다. 그렇기에 더더욱 조금 전 자신이 한 행동을 이해하기가 어려웠다. 당시의 심리적 충격의 연유를 알 도리가 없었다.

자신도 모르게 입 밖으로 튀어나온 '현아'라는 이름.
그녀의 모습으로부터 느껴지는 친근함 이상의 감정.
그것이 갖고 있는 단서의 전부였다.

이삿짐을 마저 정리하고 난 뒤에 무의미한 저녁 시간을 보낸 그는 자리에 누워서 잠을 청했다.
이사하느라, 짐정리하느라, 몸이 꽤 지쳐있을 법도 한데 도무지 잠이 올 기미가 보이질 않았다.
정신적인 혼잡함이 육체적 피로감을 압도적으로 짓누르고 있는 듯했다.
희붐한 새벽녘까지 뒤척인 후에야, 그는 간신히 혼곤한 잠에 빠져들 수가 있었다.

준형은 오전 열 시가 다 돼서야 두 눈을 뜨게 됐다. 자리에서 일어나자마자 그는 서둘러 정장을 갖춰 입었다. 오후 두 시에 강남의 한 호텔 컨퍼런스룸에서 김유평 선생의 연설이 예정되어 있었기 때문이다.

여느 때의 발표에 비해 행사 규모가 클 뿐만 아니라, 앞으로 후원을 담당할 여러 단체도 함께 참석하는 자리였다. 오랜 기간 꾸준히 각 단체들에 구애를 보낸 덕에 금일의 행사가 만들어지게 된 것이다. 그 과정에서 준형도 시간 나는 대로 동분서주하며 톡톡히 기여를 했다.

집을 떠나서 호텔 지하 주차장에 도착한 준형은 엘리베이터를 타고 2층으로 향했다. 엘리베이터에서 내려 로비 입구에 다다르자 은은한 클래식 음악이 안으로부터 흘러나오고 있었다. 아름다운 선율과 절묘하게 어우러진 로비의 카펫 무늬를 밟으며 그는 컨퍼런스룸 입구 쪽으로 걸어갔다.

"왔어?"

룸 안에 있던 수연이 인기척을 느낀 듯 밖으로 나왔다.

"선생님은?"

"안에서 발표 자료를 보고 계셔."

"아직 한 사람도 안 왔지?"

"시간이 많이 남았잖아. 참, 준형아. 전해줄 얘기가 있는데."

"전해줄 얘기?"

준형은 수연의 눈을 바라봤다.

"어제 동료 사진작가한테서 전화를 한 통 받았는데, 네가 찾고 있던 사람들에 가까운 사람 한 명을 찾은 것 같아. 바로 알리려고 전화했는데 안 받길래, 이사하느라 정신이 없는 것 같다고 생각했지."

준형은 휴대폰을 꺼내서 통화 내역을 확인했다. 그녀가 말한대로 부재중 전화가 액정화면에 찍혀 있었다. 어제 그 일로 인해 이제껏 휴대폰 한 번 들여다볼 징신도 없었던 것이다.

그는 '찾고 있던 사람들'이란 말에 잠깐 어리둥절했지만 금방 무슨 얘기를 하는지 깨닫게 됐다.

오래전부터 그는 찾고 있던 사람들이 있었고, 수연과 사이가 가까워지면서 자연스레 그녀에게 부탁하듯 얘기한 적이 있었다.

준형은 어릴 적 언젠가부터 극심한 악몽에 시달리며 지내왔다. 성장하면서도 비슷비슷한 악몽이 끊임없이 되풀이되었고, 증세는 호전될 기미를 보이지 않았다. 시간이 흐를수록 오히려 더 심해지는 것 같기도 했다.

이야기가 이어지듯 꿈을 이어서 꾸기도 하고, 서로 관련 없는 장면들이 제멋대로 불쑥불쑥 튀어나오기도 했다. 대부분의 경우 현실 속 자신인 양 두려움에 떨며 잠에서 깨어나기 일쑤였다.

일상생활에 지장을 겪을 정도로 증세가 심해져서 병원을 찾은 적도 있었지만, 별반 도움이 되지는 못했다.

마치 무의식의 영역 안에서 기억의 덩어리 같은 존재가 숨죽이며 있다가, 밤만 되면 꿈으로 돌변해 나와 자신을 괴롭히는 것만 같았다. 하지만 잠에서 깨어나서 정체불명의 덩어리를 의식의 영역으로 끌어내려고 하면, 더욱더 깊숙한 곳으로 숨어들어 나올 생각을 하질 않았다.

증세가 유독 심해지던 어느 날. 준형이 대기업 직장을 그만두고 잠시 청주에 내려가 있을 무렵의 일이었다.

밖으로 나서려던 그를 어머니가 갑자기 불러 세웠다.

"준형아, 저기 티비에 피아노 신동 한번 봐라. 아직 여섯 살밖에 안 됐는데 피아노 치는 게 정말 기가 막히는구나. 네 어릴 적 모습을 보는 것 같다."

어머니는 마치 자신의 아들을 보는 것마냥 잔뜩 신이 나 있었다.

"너도 어릴 적에 못 푸는 수학 문제가 없었잖니. 그때 온 동네가 떠들썩했는데."

어머니는 연신 싱글벙글했다.

파라한

"다 옛날 얘기죠."

준형은 쑥스러운 마음에 웃음소리를 냈다. 어릴 적 기대에 비하면 지나치다 싶을 정도로 평범해져 있는 현재의 모습에 조금은 죄송하단 생각마저도 들었다.

"그래봐야 나중에 다 비슷해져요. 조금 더 빨리 익숙해진 것뿐이죠."

준형은 멋쩍은 표정으로 자신의 머리를 쓰다듬었다.

마루에서 신을 신으려던 순간 그는 한 가지 생각이 불현듯 머리를 스치고 지나가는 것을 느꼈다. 그는 다시금 티비에서 피아노 연주에 여념이 없는 아이의 모습을 바라봤다.

'익숙함…… 내가 가졌던 천재성이나 저 아이의 그것은 익숙함인지도 모른다.'

준형은 예전에 가졌던 수학에 대한 남다른 재능과 현재까지 자신을 괴롭혀온 정체불명의 기억 덩어리를 연관 지어 보았다. 당시에 가졌던 천재성이 그것에서 비롯된 거라는 생각이 불쑥 들어서였다. 그렇게 생각하고 보니, 지극히 평범해져 있는 지금의 모습이 어느 정도 설명이 되는 듯도 했다.

어릴 적 지니고 있던 재능은 천재성이 아니라 익숙함이었던 것 같다. 무언가에 익숙함을 지닌 채로 태어난 것이다.

'나는 어릴 적 수학에 대한 기억을, 티비에 나오는 저 아이는 피

아노에 대한 익숙함을, 마치 잊었어야 했던 것을 덜 잊은 채 태어
난 것처럼…….'

준형은 끔찍한 악몽의 고통에서 벗어날 실마리가 조금이나마
보이는 것 같았다. 티비 속의 아이나 유사한 경험을 지닌 다른
사람들을 찾아서 만나보다 보면, 무엇인가를 알게 될 수도 있을
거란 생각이 들었다.

드디어 악몽에서 벗어날 희망을 품게 된 것이다.

그 뒤로 1년 동안의 수소문 끝에 아이를 포함한 총 세 사람을
만나보았다. 아이를 제외한 나머지 두 사람은 성인이었다. 그들도
준형과 마찬가지로 어릴 적 한때 신동으로 주변을 떠들썩하게
만들었던 인물이었다. 현재 두 사람 모두 일반적인 직업을 가진
채 특별하지 않은 삶을 살고 있었다. 준형과 전혀 다를 바 없이.

그들도 남들보다 습득이 유난히 빨랐다는 것 외에는 준형보다
더 많이 알고 있는 사실이 없었다. 사람을 찾는 데에는 성공했지
만 그들에게서 고통의 해결책을 찾지는 못했다.

그 뒤로는 거의 이를 잊고 지내왔다. 악몽에 시달리는 증세가
장기간 수그러든 덕분이기도 했다.

그리고 1년이 지난 지금에야 비로소 수연을 통해 또 다른 한
사람을 만나볼 수 있게 된 것이다.

준형은 자신의 일처럼 잊지 않고 도움을 준 그녀에게 한없는 고마움을 느꼈다.

"일본 사람인데 오래전에 한국에 귀화했나 봐. 한국에서의 이름은 김길이고, 본명은 사토 키요시. 지금 사는 곳은 거제도."

수연은 주소와 이름이 적힌 쪽지를 그에게 건네주었다.

"전화번호는 없어?"

"전화는 사용 안 하는 것 같아."

"다른 사람들과 연락은 어떻게 하고?"

"그러게."

그녀는 자신도 영문을 모르겠단 표정을 보이고 있었다.

"주소로 찾으면 되겠네. 거제도라……."

준형은 쪽지를 소중하게 접어서 양복 안주머니에 집어넣었다.

회귀 4

오후 한 시가 넘어서자 '행복을 가꾸는 사람들'의 회원들이 하나둘 컨퍼런스룸 내부로 입장했다. 잠시 후에는 초청받은 외부단체 사람들도 도착해서 차례로 자리를 채워나갔다.

외부단체 참석자들과 인사를 나누고 자리를 안내하는 사이, 어느새 연설 시작 시간이 임박해 있었다. 시간을 확인한 준형은 컨퍼런스룸 왼편의 진행자 좌석에 수연과 함께 앉았다.

자로 잰 듯 일정한 간격으로 배치된 룸 안의 원형 테이블에는 빈자리가 거의 남아있지 않았다. 공간을 가득 메운 참석자들은 행사 시작을 기다리며 서로 담소를 나누느라 여념이 없었다.

잠시 후 두 시 정각이 되고 김유평 선생이 드디어 모습을 드러냈다. 그는 연단으로 걸어 나와서 청중이 있는 방향으로 몸을 돌

파라한

린 후 마이크를 잡았다.

"안녕하십니까, 여러분. 김유평입니다. 바쁘신 와중에도 여러 단체의 많은 분이 이렇게 후원을 위해 자리를 빛내주신 데 대해 깊은 감사의 말씀을 드립니다."

그는 허리를 굽혀 정중히 인사를 했다. 청중들의 박수 소리가 동시에 터져 나왔다.

"오늘은 다른 어느 때보다도 뜻깊은 날입니다. 지금까지 우리가 '행복을 가꾸는 사람들'이라는 단체를 통해서 세상을 밝히기 위한 미미한 노력을 해온 것에 불과했다면, 여러분의 후원을 계기로 이제야 비로소 큰 걸음으로 앞으로 도약할 수 있게 되었습니다. 감사합니다, 여러분!"

박수 소리가 다시 들렸다.

한동안 그 소리는 그칠 줄을 몰랐다.

김유평 선생이 '행복을 가꾸는 사람들'이란 단체를 만든 것은 약 3년 전의 일이었다.

숨 가쁘게 앞만 보고 달리는 경쟁사회 안에서, 많은 사람이 삶의 진정한 가치를 찾고 더불어 행복하게 살도록 만들자는 것이 단체를 만든 주된 목적이었다.

오늘날까지 그가 살아온 인생도 결코 순탄치만은 않았다.

그는 젊은 시절 능력을 인정받으며 몸담고 있던 회사를 위해 인생과 열정을 바쳤다. 하지만 1997년 IMF 외환위기 때 고령자라는 이유만으로 오십의 나이에 직장에서 버림을 받았다.

직장을 나와서 천신만고 끝에 작은 기업을 성공적으로 일궈냈지만, 2008년 금융위기로 인해 워크아웃 위기에 내몰렸다.

기업은 정상화됐지만 두 차례에 걸친 깊은 충격은 그의 인생에 커다란 상처로 남게 됐다. 기업이 정상화된 그해 말, 그는 동료 중 한 사람에게 회사 운영을 맡긴 채 육십이 세의 나이로 자신이 만든 회사에서 은퇴하기로 결심했다.

그 후 김유평 선생은 본인이 겪은 인생역정을 통해 느낀 바를 토대로 단체를 만들어서 활동을 하게 된 것이다.

'대다수의 사람이 삶의 가치를 느끼며 더불어 행복하게 살 길은 없을까?'

이러한 질문에서부터 '행복을 가꾸는 사람들'이란 단체가 출발하게 되었다.

단체를 만들 당시, 그 취지와 의미에는 동의하지만 뚜렷한 결과를 얻어내기가 힘들 거란 의견이 지배적이었다.

파라한

하지만 김유평 선생의 생각은 달랐다. 당장은 뚜렷한 결과를 만들기 힘들지라도, 꾸준한 강연과 모임, 집필 등을 통해 이슬을 뿌리듯 대중의 의식에 영향을 준다면 분명 결실을 볼 수 있을 것이라고 그는 확고하게 믿었다. 뜻을 같이한 이들이 다양한 위치에서 끊임없이 노력하면, 비록 느리더라도 사회 전체가 조금씩은 움직일 거라는 게 김유평 선생의 바람이자 신념이었다.

김유평 선생의 연설은 어느덧 인사와 단체소개 시간을 지나서 본론으로 접어들고 있었다. 준형은 컨퍼런스룸 안의 참석자들을 한차례 살핀 후, 그의 연설에 집중했다.

"오늘 아침에 신문을 보던 저는 재미있는 그림 하나를 발견하게 되었습니다. 직장인 한 명이 두려움에 떨며 뒷걸음질 치고 있고, 맞은 편에서는 월요일이라는 괴물이 그를 향해 다가가는 그림이었습니다."

여기저기서 참석자들의 웃음소리가 터져 나왔다.

"다소 과장된 면이 있고 웃음을 선사하려는 의도도 보이긴 했지만, 다른 한편으로는 현대를 살아가고 있는 우리의 자화상은 아닌가 하는 생각을 해보게 됩니다."

그는 참석자들을 좌우로 넓게 둘러본 후 입가에 미소를 머금었다.

"어떻게 보면 즐겁고 행복하게 살기에도 우리에게 주어진 시간이 그리 긴 것만은 아닙니다. 하물며 그러한 그림이 신문에 실리고, 다수의 사람이 공감하며 웃고 있다면 그 자체에 문제가 있음은 분명합니다."

그의 얼굴에서는 돌연 웃음기가 사라졌다.

"인간의 기술은 과거에서 현재까지 끊임없이 발전을 거듭했고 생활을 한없이 윤택하게 만들어 왔습니다. 하지만 사람들의 삶이 그 편리함 속에서 갈수록 치열해지고 힘겨워진다는 것은 부인할 수 없는 사실입니다.

오늘도 여느 때와 다를 바 없이 우리는 예전보다 더 좋은 옷에, 더 멋진 차를 타고, 일주일 전보다 기능이 더 좋아진 핸드폰을 손에 쥔 채, 어제보다 훌륭한 티비를 만들기 위해 힘겹게 전쟁터를 향하고 있습니다. 어찌 보면 더 편리한 물건들을 만들기 위해 더욱더 힘겹게 살아가는 모순을 행하고 있는 셈이죠.

이쯤에서 스스로에게 질문을 던져볼 수 있습니다. 우리는 어디를 향해 가고 있는가? 진정 원하는 것은 과연 무엇인가?"

그는 답을 기다리듯이 시선을 올려 참석자들을 응시했다.

"경쟁의 논리에만 얽매여 하루하루를 정신없이 달려오다 보니, 스스로가 원하는 삶이 무엇이고 나아가고자 하는 방향이 어디인지조차 생각할 겨를이 없었나 봅니다.

인간은 행복한 삶을 영위하길 희망합니다. 또한 삶을 아름답게 가꾸고 원하는 방향으로 이끌 수 있는 충분한 능력과 잠재력을 지니고 있습니다."

그의 목소리에는 더욱 힘이 들어갔다.

"끝없는 경쟁으로만 치닫는 사회, 발전했지만 많은 사람이 힘겨운 삶을 이야기하는 사회 안에서, 조금 더 많은 이가 조금 더 행복한 삶을 향하도록 하기 위해, 지금 여기에, 여러분이 자리를 함께 했습니다."

우레와 같은 박수 소리가 컨퍼런스룸 안을 가득 메웠다.

김유평 선생의 연설은 한동안 계속 이어졌다.

회귀 5

　김유평 선생의 연설이 끝난 후 티타임을 통한 단체 간 의견교류의 장이 이어졌다. 자유로운 대화와 한담이 오가기도 했지만, 때로는 날카로운 논쟁과 열띤 토론이 벌어지기도 했다.

　행사는 저녁이 다 되어서야 마무리되었다. 오후 반나절이 순식간에 지나가고 참석자들은 무리를 지어 컨퍼런스룸을 떠나가기 시작했다.

　오늘과 비슷한 행사를 지금껏 여러 번 치르긴 했지만 이번 행사는 여느 때보다 의미가 컸다. 뚜렷한 결과가 보이지도 않는 일에 선뜻 후원을 하기란 쉽지 않은 일이다. 그런 면에서 볼 때, 여러 단체의 본격적인 후원을 이끌어낸 자체만으로도 오늘의 행사는 큰 성공을 이룬 셈이었다.

　김유평 선생은 자리를 떠나는 한 사람이라도 놓칠세라 손을

　　　　파라한

잡고 악수를 청하기에 바빴다. 준형은 수연과 함께 참석자들이 모두 떠날 때까지 김유평 선생의 곁을 지켰다.

아무도 남지 않은 적요한 컨퍼런스룸 내부를 확인하고 난 뒤에야, 준형은 긴장이 풀리며 피곤함과 나른함이 급격히 몰려오는 것을 느꼈다.

"우리도 어서 떠나야지. 퇴근 시간대라 길이 막히기 시작할 거야."

"오늘 고생 많으셨습니다, 선생님."

"고생이야 자네들이 더 많았지."

김유평 선생이 허허 웃었다.

준형은 지하 주차장까지 김유평 선생, 수연과 동행을 한 후 그들의 떠나가는 뒷모습을 잠시동안 지켜봤다.

차에 올라탄 준형은 시간을 확인하고는 서둘러 지하 주차장 출구로 진입했다. 자칫하면 강남 한복판에 발이 묶여 거북이 신세가 될지도 모를 일이었다.

차가 도로 위로 나왔을 때는 예상대로 퇴근 차량들로 인해 길이 진즉부터 메워지고 있는 중이었다. 잠시 뒤에 벌어질 교통정체를 고려하면 지금이 양호하다는 생각마저도 들었다.

그는 길이 열릴 때마다 최대한 속도를 높여서 달렸다. 한시라도 빨리 강남 일대를 벗어나기 위해 모든 신경을 집중했다.

사거리를 지나서 달리던 그는 전방의 횡단보도 신호등을 보고
는 속도를 재빨리 줄였다. 하지만 정지 신호가 청색으로 뒤바뀌
자 그는 액셀을 다시 세차게 밟았다.

픽!

순간 한 사람이 뛰어 들어와서 차 앞유리에 몸을 강하게 부딪
혔다. 허공에 붕 떠서 멀리 날아간 그는 바닥에 몸을 무참히 박
고 데굴데굴 나뒹굴었다.

동시에 준형은 브레이크를 발로 찍으며 차를 급히 정지시켰
다. 타이어가 도로를 긁으면서 끼익하는 마찰음이 주변을 크게
울렸다.

준형은 너무 놀라서 한동안 전방만을 계속 응시했다.

주변에 사람들이 하나둘 모여들었고, 지나가는 차량에 탄 이
들이 놀라 쳐다보는 모습도 보였다.

그는 정신을 가다듬은 후 차 문을 열고 밖으로 나왔다.

차 앞에서 십여 미터 떨어진 곳에 쓰러져 누워 있는 한 남성이
시야에 들어왔다. 심각하게 다친 듯 그는 전혀 움직이질 못하고
도로에 계속 누워 있는 상태였다.

파라한

준형은 공포로 얼어붙은 다리를 한 발 한 발 움직여서 그에게 다가갔다.

쓰러진 남성에게 가까워지자 자신을 바라보는 그의 눈빛이 보였다.

준형과 그의 시선이 허공에서 잠시 교차했다.

머릿속이 하얘져서 그다음으로 무엇을 어떻게 해야 할지 판단이 서지를 않았다. 팔과 다리가 쉴새 없이 마구 후들거렸다.

조금 더 접근해서 그의 얼굴을 살피려던 순간, 준형은 감당 못할 충격에 몸이 뻣뻣이 굳어버리는 것을 느꼈다.

오랜 기간 그를 괴롭혀 온 기억의 덩어리가 망각의 영역 안에서 몸을 힘차게 휘청거렸다. 그것은 의식의 수면 위로 두서없이 파편을 튀겨내고 있었다.

악몽으로 등장했던 갖가지 장면이 의식 밖으로 연달아서 튀어나왔다.

쓰러진 남성은 자리에서 일어나보려는 듯 몸에 잔뜩 힘을 넣고 있었다. 하지만 고통스런 표정을 지으며 힘을 곧 빼내고는 준형의 얼굴을 가만히 응시했다.

도움을 청하는 듯한 눈빛으로 그는 손과 팔을 부르르 떨었다.

잠시 후 그의 얼굴은 힘없이 옆으로 돌아갔다.

그의 시선은 길바닥에 흩어져있는 초콜릿에서 멈췄고, 초콜릿을 바라보던 그의 눈은 서서히 감겼다.

그 광경을 지켜보던 준형은 단편적으로 조각조각 튀어나오던 기억들이 한꺼번에 터져 나오는 충격을 느꼈다.

무의식 속에서 꿈틀거리던 기억의 덩어리가 마침내 '쿵' 하는 충격을 내며 미처 대비를 할 여유도 없이 밖으로 힘껏 뛰쳐나왔다.

그의 기억은 빠르게 시간의 흐름을 역류해 갔다.

청주에서 자라나던 어린 시절의 기억.

핵을 실은 폭격기를 타고 전송 장치를 통과하던 시점.

당시 전송 장치를 통해 태바쿤으로 이동했고, 그 직후 투하 버튼을 눌러서 핵을 떨어뜨린 후 폭발과 함께 사망했다.

기억의 시계는 계속해서 시간을 거슬러 올라갔다.

태바쿤의 침입과 한무의 죽음.

전장을 끝까지 지키던 찬만.

그 전에 대칸을 도와 일으켰던 혁명과 지도부 장악.

누명을 쓰고 수용소에 들어갔을 때의 기억.

준형은 시간의 흐름대로 기억을 순차적으로 정렬했다.

그는 비밀 조직의 일원이 되어 태바쿤의 도발에 대비하지 않는 지도부를 강력히 비판했다. 그것이 빌미가 되어 그는 반란을 도모한다는 누명을 쓴 채 수용소로 들어가게 됐다. 기억을 전부 잃은 채로.

1978년, 준형은 여기가 수용소라는 사실조차 망각한 상태로 파라한이자 지구인 이곳에 태어나서 자라나게 됐다.

당시 그의 이름은 '승훈'이었다.

승훈은 성장해서 회사에 다니던 어느 날 퇴근길에 교통사고를 당했다.

지금 눈앞에 쓰러져있는 남성으로서 현재의 자신을 바라보다가 서서히 죽어갔다.

그 뒤로 한시도 이 장면을 잊어본 적이 없다.

사망과 함께 승훈은 훈에서 출소하게 됐다.

훈에서 그의 이름은 태한.

태한은 훈에서 대칸과 동료들의 대업을 도와 썩어빠진 지도부를 몰아내고 새로운 지도부를 구성했다.

하지만 태바쿤의 공격을 끝내 막아내지 못하고 패배하고 말았다.

훈을 되찾기 위해 그는 쿠바이센으로 이동했고, 핵무기를 실은 폭격용 전투기를 몰고 전송 장치를 통과했다.

태바쿤의 쿨쿤 생산기지로 이동한 그는 핵을 떨어뜨린 후 폭발과 함께 사망했다. 그것이 훈에서의 마지막 기억이다.

1980년, 이곳 수용소에서 태한은 현재의 준형으로 새로 태어났다.

준형은 성장한 후 서울에서 사회생활을 해오다가 오늘 차로 누군가를 쳤는데, 그 남성이 이전에 수용소에 있을 적 자신인 승훈인 것이다.

이 시점까지 기억의 조각들을 연결하고 나자, 정리가 되기는커녕 도리어 혼란스러워졌다.

준형으로서 지구에 태어나기 직전, 훈에서 자신은 사망한 것이

파라한

었다. 수용소에 들어간 것이 아니었다.

'그런데 왜 내가 수용소에 와 있는 걸까?'

'눈앞에 쓰러져있는 남성은 과거의 자신인 승훈이다. 과거의 자신을 그 뒤의 자신이 나타나서 차로 치어 죽게 한 것이다.'

어느새 사람들이 잔뜩 몰려들어 떠들썩해졌고, 구급차와 경찰차가 곧이어 도착했다.

준형은 경찰서에 가서 사건 경위를 진술한 뒤 그곳을 빠져나왔다. 경찰은 그에게 피해자 가족과 형사 합의를 먼저 하라는 이야기를 수차례나 강조해서 들려주었다.

어제 새로 이사 온 집 근처 슈퍼에서 본 여자가 자신이 합의를 볼 상대이자, '승훈'으로 여기에 있을 적 자신의 아내라는 사실도 기억을 통해 인지하고 있는 상태였다.

준형은 집에 도착해서 방 안에 길게 누웠다. 하루 동안 너무나 많은 일을 겪어서 아직도 심장이 격렬하게 쿵쿵거리고 있었다.

그는 훈에서의 일을 다시 떠올려봤다.

수용소를 찾아가서 수용소장 파천을 만났을 때의 기억으로 이동한 순간, 그는 자리에서 벌떡 일어났다.

'길!'

파천은 파라한을 실제로 설계한 청년의 이름이 '길'이라고 말했다.

준형은 부리나케 양복 재킷의 안주머니를 뒤졌다. 주머니 안에서 수연으로부터 받은 메모가 잡혀 나왔다.

'김길. 본명은 사토 키요시.'

쪽지에 적힌 이름도 '길'이다.

훈에서 태어나기 전, 길은 지구에서, '거제도'에서 죽음을 맞이했다고 파천으로부터 들었다. 그리고 쪽지에 있는 길은, 일본에서 태어나 한국에 귀화한 후 현재 '거제도'에서 살고 있는 중이다.

'길'과 '거제도', 두 가지 정보가 일치하는 것이……

'우연일까?'

준형은 주소지의 '거제도'라는 단어를 눈여겨 다시 한번 확인해 봤다.

생각하면 할수록, 우연이 아닐 것이라는 예감이 점점 더 강해져만 갔다. 시간이 지날수록, 그럴 것 같다는 추측이, 그럴 것이라는 확신으로 뒤바뀌는 중이었다.

그는 내일 즉시 거제도를 찾아가 보기로 결심했다. 교통사고로 인한 복잡한 일들과 합의 절차는 거제도를 다녀와서 해결하기로 마음먹었다.

가능하다면 당장에라도 거제도로 출발하고 싶은 심정이었다. 베일에 싸여 있는 '길'이라는 인물을 만나고 나면, 수수께끼 같은 의문을 한꺼번에 해결할 수도 있을 거란 생각이 들었다.

갖가지 잡념은 이후에도 준형을 끊임없이 괴롭혔다. 수많은 기억과 생각이 뒤섞이며 떠올라서 혼란을 계속 부채질했다.

'핵무기의 폭발과 함께 사망했는데 수용소인 이곳에는 왜 와 있는 것일까?'

'여기에서 승훈일 적 나를 만난 것은 도대체 어떻게 된 일일까?'

회귀 6

다음 날 두 눈을 뜨자마자 준형은 거제도를 향해 차를 몰았다. 수면은 세 시간도 채 취하지 못한 상태였다. 하지만 이곳에 왜 존재하고 있는지에 대한 비밀을 풀 생각을 하니, 피곤함은 뒷전으로 밀려나 버렸다.

여섯 시간가량을 차로 내달린 끝에 그는 메모에 적혀 있는 주소에 도착할 수 있었다. 집 안에 있던 할머니한테 길에 대해서 물으니, 학동 유람선 선착장이나 인근의 몽돌해변에 있을 것이라고 알려주었다. 준형은 유람선 선착장으로 방향을 잡아서 달렸다.

선착장에 도착해서 길을 찾자 한 남성이 손가락으로 해변 쪽을 가리켰다. 손가락이 향한 곳에는 주먹만 한 몽돌들이 해변에 무수히 깔려 있었고 그 위에서 한 남자가 먼바다를 응시한 채로 앉아있었다.

파라한

준형은 몽돌밭 위를 조심스럽게 걸어서 그에게 다가갔다. 3월이지만 초여름의 날씨처럼 따뜻했다. 바다로부터 불어오는 찬 바람이 시원하다는 생각마저도 들었다.

그와 거리를 어느 정도 좁히고 나자 그가 기척을 느끼고 고개를 옆으로 돌렸다.

그는 하루나 이틀 정도 면도를 하지 않은 듯한 거친 수염에, 이와는 사뭇 대조적인 인자한 눈매를 지니고 있었다. 머리에는 새치가 가득했지만 얼굴 생김새만 보면 사십 전후로 추측되었다.

전반적인 이미지가 일본인이라기보다는 한국 사람에 가까웠다.

"실례지만, 선생님 존함이 혹시 '김길' 되십니까?"

"예……. 맞는데요."

길이 능숙한 한국말로 대답한 뒤, 누구냐는 듯 준형을 똑바로 쳐다봤다.

준형은 잠시 머뭇거리다가 결심을 굳힌 후 다시 물어봤다.

"혹시, '파라한'에 대해서 들어보셨습니까?"

가장 확실한 질문이라는 생각이 들었다. 준형의 물음을 듣고 난 길은 흠칫 놀라고 있었다. 충격을 심하게 받은 듯 두 눈을 둥그렇게 뜬 채로 그는 한동안 말이 없었다.

"어디서 오셨죠?"

그가 준형을 위아래로 조심스럽게 훑으며 물었다.

길의 반응을 보고 난 준형은 자신의 예감이 제대로 적중했다는 걸 확실하게 깨닫게 됐다.

준형은 하고 싶은 이야기가 빠른 속도로 한꺼번에 목구멍을 타고 올라오는 것을 느꼈다.

그는 침을 한 차례 꿀꺽 삼키며 간신히 침착을 되찾았다.

그리고 차분한 마음으로, 자신의 소개와 더불어 그동안의 자초지종을 차근차근 모두 이야기했다.

길은 그의 얘기를 다 듣고 난 뒤 잠시동안 생각에 깊이 잠겨있었다.

이윽고 그가 입을 열기 시작했다.

"준형 씨라고 불러도 되나요?"

"네, 편하신 대로."

"준형 씨는 몇 년에 태어났죠?"

"1980년생입니다."

"이전에, 승훈으로 이곳에 태어난 건 몇 년이죠?"

"1978년입니다."

길은 또다시 허공을 응시한 채로 무언가에 골몰했다. 그가 다시 입을 여는 데에는 수 분이나 소요됐다.

"준형 씨에게 무슨 일이 일어난 건지 대충은 알 것 같네요. 모

파라한

두 제가 만든 수용소로 인해 발생한 일이에요."

길은 미안함이 가득 묻어난 얼굴로 준형을 살폈다.

"무슨 말씀이신지……."

"지금이 2013년이니까, 준형 씨가 승훈으로서 이곳에 태어나서 살아간 기간은 1978년부터 2013년까지죠. 대략 35년 정도, 맞나요?"

"예, 맞습니다."

"사망한 후 훈에서 출소했을 때에는, 35년이 아니라 2년이 흘러 있었어요. 이 부분에서 문제가 발생한 것이죠.

준형 씨는 지구의 1978년에 해당하는 시기에 훈에서 수용소에 입소해 지구에서 태어났어요. 그리고 2년이 지난 후 풀려났으니, 지구의 연도로 1980년에 대응되는 시기에 훈에서 출소를 한 거예요. 그리고 훈에서 수개월을 지낸 뒤 핵폭탄을 투하한 후 사망해서 이곳에 다시 태어났을 때, 해가 바뀌지 않아 여전히 1980년이었던 거죠."

"승훈으로서 2013년인 지금까지 지구에서 지냈지만, 준형으로서 1980년에 태어나서 또다시 2013년을 맞이한 것이고, 과거의 저인 승훈을 만나 사망에 이르게 한 거라는……."

준형은 말끝을 흐렸다. 논리에는 맞지만, 도저히 논리가 서지를 않았다. 어떻게 이런 일이 일어날 수 있을까?

"교통사고는 기가 막힌 우연으로 발생한 일인 듯해요. 제가 만든 수용소로 인해 준형 씨에게 시간상의 회귀가 발생했고, 뜻하지 않게 두 사람이 교통사고를 통해서 만나게 된 거죠. 그래서 과거의 자신을 죽게 하는 비정상적인 순환의 고리가 준형 씨의 인생에 만들어지게 된 거예요."

준형은 이제야 비로소 자신에게 무슨 일이 일어난 것인지 조금이나마 이해가 되는 듯했다.

하지만 아직도 풀리지 않는 의문이 너무나 많이 남아 있었다.

"선생님이 만든 수용소에 입소해서 이곳에 승훈으로 태어난 사실은, 이해가 됩니다. 하지만 훈에서 전쟁이 일어나서 사망한 후에는 왜 여기에 와 있는지 도무지 이유를 모르겠습니다. 여기는 수용소이고, 당시에는 사망한 것이지 수용소에 들어간 게 아닌데 말입니다."

"설명하자면 얘기가 아주 길어요……."

길이 입가에 살짝 미소를 띠었다.

준형은 자연스럽게 그의 옆에 나란히 앉았다. 바다가 만든 수평선에 시선을 맡긴 채 준형은 잠자코 다음 얘기를 기다렸다.

길과는 오늘 초면인 데다가 아직 충분한 이야기를 나눈 사이도 아니었지만, 오랜 기간 알아 온 듯 그로부터 깊은 친근함이 느껴졌다.

파라한

"저도 사실 예전에 지구에서 태어난 적이 있었어요. 6·25 한국 전쟁을 겪었죠. 전쟁 중에 북한군에게 강제로 징집되어 남한군을 상대로 싸우게 되었고, 그러다가 남한군의 포로가 되고 말았어요. 그 뒤 거제도 포로수용소인 여기에 와서 사망을 하게 됐죠. 그러고 나서 다시 태어난 곳이 바로 행성 훈이었어요."

준형은 수용소장 파천에게서 들었던 이야기가 떠올랐다. 하지만 질문은 일단 뒤로 미뤄두고 듣는 데에만 열중해보기로 했다.

"훈에서 태어난 저는 아주 특별한 점을 지니고 있었어요. 예전의 삶인 지구에서 보낸 시간을 고스란히 기억하고 있었던 거죠. 게다가 특이할 정도로 두뇌가 좋았어요.

비록 생활 수준이 뒤처진 지구에서의 삶이지만, 수십 년 동안의 인생 경험을 고스란히 기억하고 있는 상태에 두뇌까지 비상했으니 당시의 사고능력과 잠재력은 보통 사람이 상상하기 힘들 정도였죠.

짧은 기간 동안 저는 많은 것을 빠르게 습득하고 배우며 연구했어요. 그 과정에서 파라한이라는 수용소도 만들게 된 거죠."

아련한 과거를 회상하는 듯 그는 바다 먼 쪽을 그윽한 눈으로 바라봤다.

"훈의 군사과학연구소에서 연구원으로 일하면서 저는 많은 성과를 이뤄냈어요. 한 차원 더 높은 세계 안에서 우리는 자신만의 세계를 인지하며 살고 있다 여러 우주가 겹쳐있듯 존재한다는 사실을 알아내는 데에도 제가 결정적인 단서를 제공했죠.

한국 전쟁 시절의 지구에 관한 비밀을 파헤치기 위해서도 많은 노력을 기울였어요. 처음에는 다른 사람들과 마찬가지로 지구가 한바우, 코만, 태바쿤과 같이 겹쳐진 세상 중 하나라고만 믿었죠. 단지 지구로 이동할 수 있는 통로를 찾지 못한 것뿐이라고만 생각했어요.

하지만 기나긴 연구 끝에, 지구가 전혀 다른 곳에 존재한다는 결론을 얻게 됐죠. 건물에 비유하자면, 훈과 한바우, 쿠바이센, 코만, 태바쿤이 같은 층에 존재하는 반면, 지구는 다른 층에 있는 것과 같다는 뜻이에요. 층과 층 사이는 사망한 후 모든 기억을 잃고 다시 태어나는 과정을 통해서만 이동할 수가 있죠.

파라한이라는 수용소를 만든 것도 이러한 사실을 알아낸 후 이를 토대로 설계를 하게 된 거예요."

준형은 벌어진 입을 한동안 다물 수가 없었다. 승훈으로서 지구에 태어난 것은 길이 만든 인공적인 수용소를 통해 온 것이고, 지금의 자신인 준형은 훈이 있는 층에서 사망한 후 다른 층에 있는 지구에서 다시 태어난 것이라는 얘기였다.

그는 예상치 못한 이야기를 들으며 추가적인 궁금증이 동시다 발적으로 생겨나는 것을 느꼈다.

"서로 다른 층이라…… 그렇다면 지구와 겹쳐진 다른 우주도 존재합니까? 지구와 같은 층에 있는 다른 세계요."

"물론이죠. 여기서도 상공에 이따금 비행체들이 나타났다가 사라지는 것을 보면 알 수 있어요."

"훈이 있는 층과 지구가 있는 층 외에 다른 층도 존재하나요?"

"존재해요. 그리고 그와 관련된 하나의 놀라운 사실을 알게 됐죠. 이렇게 여러 층으로 구성된 것 전체가 거대한 수용 시스템이라는 사실요."

순간 준형은 할 말을 잃어버렸다. 상식적인 사고로 이해할 수 있는 수준을 넘어선 듯했다. 이 어마어마한 세계가 수용 시스템이란 말인가? 그렇다면 수용 시스템 밖의 세계는 얼마나 크다는 것인가……

불현듯 그는 길이 어떻게 이런 사실을 다 알고 있는지에 대한 의문이 들었다. 아무리 훈에서 두뇌가 총명했다고는 하지만, 지금까지 이야기한 내용은 단순한 천재성만으로 알아내기는 힘든 것들이었다.

그는 한번 확인해봐야겠다는 생각이 들었다.

"이런 내용을 다 알고 있는 것 자체도 정말 신기합니다."

"의문이 생기는 것도 무리는 아니에요……"

준형의 의심스런 어투를 알아차린 듯 길은 곧바로 하던 이야기를 계속 이어갔다.

"훈에 있을 적에 언제부터인가, 저는 지구에서의 6·25 한국 전쟁 시절보다 더 이전에는 어디에 있었을까 궁금증을 느꼈죠. 그러던 중 파라한을 설계하고 저 자신을 대상으로 실험을 하는 과정에서 사고를 한차례 겪었어요.

그 후로 기억의 단편들이 순시 없이 조각조각 떠오르는 일이 이따금씩 발생하게 됐죠. 의식이 있을 때 기억해낼 수 없는 것들이 꿈속에서 등장하기도 했어요. 그럴 때마다 깨어난 후 잊기 전에 이를 선명하게 각인하는 일을 반복했죠. 그러고 나서 불규칙한 조각들을 퍼즐을 맞추듯 순서대로 정리하고 다듬는 작업을 꾸준히 되풀이했어요.

결국 완성된 이야기까진 아니더라도, 어느 정도 지구 이전의 기억을 되살려내는 것에 성공했죠."

"어떤 곳이었습니까?"

"이전 세계를 복원한 줄로만 알았는데, 그게 아니었어요."

"아니었다고요?"

준형은 계속되는 추측 밖의 답변에 놀라며 물었다.

"수용 시스템 밖의 기억이었어요. 게다가 기억을 복원하는 과정에서 제가 수용 시스템의 운영과 관련된 사람 중 하나라는 사실도 알게 됐어요. 시스템 전체의 구조에 대해서 유독 많이 알고 있는 이유도 여기에 있는 거죠.

운영자가 왜 여기에 들어오게 됐는지에 대한 기억은 완벽하게 지워져서 전혀 떠오르질 않아요. 하지만 이곳에 들어온 뒤로도 다른 사람들과 달리 이전의 기억을 잃지 않는다는 점이 수용 시스템 운영자로서의 특별한 점 중 하나라고 여기면 돼요."

길은 말을 멈춘 뒤 준형을 바라봤다.

"왜 이렇게 많은 내용을 알고 있는가에 대한 대답이 되었나요?"

이렇게 묻는 길을 향해 준형은 조금은 미안하다는 표정을 보냈다.

"수용 시스템 밖의 세상은 얼마나 큰 걸까요?"

준형이 다시 물었다.

"준형 씨는 수용 시스템의 크기를 상상하는 것조차 힘이 들 거예요. 하물며 그 밖의 세상은 어떻겠어요?"

길이 웃으며 되물었다.

"선생님이 이전의 기억을 잃지 않는 연유가 수용 시스템 운영자 위치와 관련된 것이라면, 저는 어떻게 된 걸까요? 승훈으로서 살았던 기억, 그리고 훈에서의 기억을 모두 간직하고 있다면 저 또한 선생님과 같은 맥락으로 이해해도 되지 않을까요? 이를테면 저도 선생님처럼 수용 시스템 운영자 중 한 사람이었다던 가……."

"그런 생각이 들 수도 있겠군요. 하지만 그건 아니라고 봐요. 승훈이란 존재는 파라한이라는 수용소를 설계했기 때문에 생겨났어요. 훈에서의 기억도 이전에는 의식 안에 없다가 승훈을 사망하게 만들면서 받은 충격으로 인해 되살아난 것이라고 하니, 파라한을 만들지 않았다면 일어날 일도 아닌 거죠.

파라한이 없었다면, 현재의 준형 씨는 여느 사람들처럼 지극히 평범한 삶을 살아가고 있을 거예요. 저와는 다른 경우이죠."

"하지만 사고가 나기 이전에도 보통 사람들에 비하면 다소 특별하긴 했습니다. 조금 전에도 말씀드렸듯이 어릴 적 남다른 면도 있었고요."

"정도의 차이만 있을 뿐이지, 주변을 보면 지워져야 할 기억을 조금씩 지닌 채로 태어나는 사람이 생각보다 아주 많아요. 사람들은 그것을 재능이라고 부르더군요. 준형 씨의 경우도 그 이상의 특별한 경우는 아니라고 생각해요. 단지 제가 만든 수용소의 최대의 피해자라는 점이 특별하다고 볼 수 있죠."

길은 마치 가해자가 자신의 피해자를 어쩔 줄 몰라 바라보듯 미안함이 가득한 표정을 보이고 있었다.

"중고 컴퓨터의 하드디스크가 덜 지워진 상태를 이를테면 재능이라 부른단 말씀이군요."

준형은 미안함을 덜어주기 위해 그에게 농담을 던졌다.

파라한

"하하하, 맞는 말이에요. 재미있는 비유이지만 틀린 말은 아니네요. 그리고 보니 우리 모두가 중고인 셈이군요, 하하하."

길은 비유가 재미있다는 듯 한참을 웃었다.

"수용 시스템에서는 언제쯤 나가게 될까요?"

"사람마다 저지른 죄의 무게에 따라 다르지만, 삶과 죽음을 여러 번 반복한 뒤 저마다 주어진 수를 채우고 나가게 되죠."

길은 바다 한가운데로 시선을 움직였다.

"하지만 수용 시스템을 막상 나가고 나면 짧은 시간만 흘러 있을 거예요."

그가 이야기를 마치자 잔잔했던 파도가 출렁이며 들어와 몽돌을 세차게 때렸다. 파도와 함께 불어온 바람이 준형의 머리를 시원하게 훑으며 지나갔다. 머리 안에서 엉켜있던 복잡한 생각은 바람결에 실려서 사방으로 흩어지며 날아갔다.

"죄를 짓고 여기에 왔다……."

불현듯 준형은 자신이 단체를 통해 하고 있는 활동을 떠올렸다.

'그렇다면 단체에서 하고 있는 일들은 과연 옳은 것일까?'

'행복을 가꾸는 사람들'은 어찌 보면 수용소의 근본 취지와는 상반되는 성격을 지녔다. 사람들이 행복을 추구하려는 노력, 김유평 선생님, 수연과 내가 지금껏 힘써왔던 것은 무엇이란 말인가······.

"죄를 저지르고 여기에 왔다면 대가를 어떻게 치러야 할까요?"

그는 복잡한 생각들을 짧게 간추려서 길에게 물었다.

"우리는 자신이 행한 잘못을 깨끗이 잊은 채로 수용 시스템에 들어왔어요. 죄를 잊은 채 들어오는 이유는 운영자였던 저조차도 알지 못하죠. 그 부분에 대한 기억은 완벽히 지워졌어요. 어쨌든 잘못을 알아야만 상응하는 대가를 치르든 말든 할 텐데, 우리는 그것을 모른다는 얘기예요. 억울한 누명으로 들어왔을지도 모르고요.

적어도 저의 생각은 이래요. 억지로 무엇인가를 치르며 살려고 노력할 필요까진 없다는 거죠. 일단 주어진 환경에서 행복하게 살려고 노력하면 돼요. 그런 삶의 과정에서 생긴 불가피한 불행과 고통을 벌이라고 여기면 될 거라는 게 제 개인적인 의견이에요."

"그렇군요······."

준형은 이렇게 대답한 후, 문득 길의 아내와 아들에 관해 파천에게서 들었던 이야기가 떠올라 "부인과 아드님은 여기서 찾으셨나요?"라고 물었다.

"예, 진작에 찾았죠. 하지만 다가가지는 못했어요. 이미 할머니가 되어 있는 아내와 나이가 훨씬 많은 아들 앞에 나타나서 '남편'과 '아버지'라고 소개하는 것도 이상하고. 이런저런 사연을 다

털어놓고 그것을 믿게 만들기도 어려울 것 같고……. 그냥 아주 가끔, 사는 곳에 가서 먼발치에서 봐요. 잘살고 있는지…….

3년 전에 아내가 고령으로 사망했을 때에도 멀리서 장례식을 지켜봤죠. 그리고 다른 세상으로 가면 여기 있을 적보다 덜 고생하고, 덜 신산스럽게, 조금 더 편안하게 살라고 빌어줬죠."

아내와 아들에 관한 얘기를 마친 길은 바다 냄새를 코로 길게 들이켰다.

"기독교에서는 인간을 죄인이라고 하더군요. 불교에서는 인생을 찰나와 같은 짧은 시간이라고도 하죠. 둘 다 틀린 말은 아니에요. 우린 전부 죄짓고 수용 시스템에 들어왔고, 여길 나가게 되면 기나긴 인생이 짧은 시간에 불과할 테니까요……."

그는 말을 모두 마친 뒤 처음의 모습 그대로 먼바다를 조용히 살피고 있었다.

평생 나누어야 할 얘기를 길과 불과 몇 시간 만에 다 나누었다는 생각이 들었다.

준형은 자리에서 일어날 시간이 됐음을 인지했다. 어느덧 저녁해가 저물어가고 어스름이 넓게 깔리는 중이었다.

그는 길에게 감사를 깊게 표한 뒤 자리에서 일어섰다.

준형이 떠나는 동안에도 길은 앉은 자리를 계속 지키고 있었다.

준형은 그가 해변에서 시간을 보내는 이유를 조금은 이해할
수 있을 것 같았다.

'그에게 있어 지구에서의 삶은 단지 기다림에 불과하리라.'

　　　　파라한

회귀 7

준형은 차에 도착해서 운전석에 앉은 뒤에야 핸드폰을 두고 내렸다는 것을 깨달았다. 그는 휴대폰 액정의 잠금화면을 풀어서 최근 통화 내역을 확인해봤다. 부재중 전화가 다섯 통이나 와 있었다. 하나만 빼면 전부 수연의 전화였다.

그는 수연의 기록 중 하나를 선택한 후 통화 버튼을 눌렀다. 컬러링이 들려오기가 무섭게 그녀의 목소리도 함께 튀어나왔다.

"뭐야? 계속 전화를 안 받고."

"어, 사정이 있었어……."

"어제 교통사고 났다고 연락받은 뒤로 어떻게 됐는지 걱정돼서 전화를 해봤는데 받아야 말이지. 지금 어디야?"

"아주 먼 곳에. 지금 막 서울로 올라가려던 참이었어."

"괜찮아?"

"응, 괜찮아."

"얼마나 걱정했는데…… 서울에 도착하면 전화 줘."

"자정이 넘을 텐데?"

"그래도, 전화해."

"알았어……."

수연에게 짤막하게 대답을 마친 준형은 통화 종료 버튼을 눌렀다.

현실로 돌아오고 나자 가슴이 급격하게 울렁거렸다. 앞으로 해결해야 할 일이 첩첩이 쌓여있다는 사실이 머리를 거세게 짓눌러왔다.

그는 차를 곧장 출발시켜서 도로 위를 달렸다. 운전을 하며 서울로 올라가는 내내 거제도에서 길과 가졌던 대화 내용이 머리를 맴돌았다.

자신을 괴롭혀 온 의문이 길과의 만남을 통해서 시원하게 풀렸건만, 마음은 조금도 후련하지 않았다.

그것은 비단 교통사고에 대한 수습 때문만은 아니었다. 무엇인지 모를 죄를 짓고 와있다는 사실 자체가 주는 찜찜함의 영향이 있는 것 같았다.

파라한

예상했던 대로 서울에는 자정을 훌쩍 넘겨서야 도착했다. 서울 톨게이트를 통과한 준형은 수연이 사는 여의도로 전화를 걸었다.

그녀는 약속한 대로 잠자리에 들지 않고 전화를 기다리던 중이었다. 금방 통화가 연결되고 그녀의 목소리가 휴대폰을 통해 흘러나왔다.

"도착했어?"

"방금 서울톨게이트 지나왔어."

"엄청 먼 데 있었나 보네. 어디에 다녀온 거야?"

"거제도에."

"거제도? 아, 내가 알려준 그 '김길'이라는 사람 만났구나?"

"응."

"얘긴 잘 됐어?"

"말하자면 복잡해. 지금 괜찮으면 맥주나 한잔 할까?"

"맥주? 좋지."

그녀가 망설이지 않고 대답했다.

"여의도로 바로 갈게."

"그래, 도착해서 전화 줘."

준형은 고속도로가 만든 야경 속을 질주했다. 차가 뜸한 도로를 한달음에 달린 그는 수연이 사는 아파트에 금세 다다랐다.

아파트 단지 안에서 차를 멈춘 뒤 그는 수연에게 연락을 했다. 그녀는 준비하고 있었는지 십 분 만에 1층 공용현관문을 나와서 준형의 차에 올라탔다.

"어디로 갈 건데?"

"날씨 좋은데, 강가에 가서 밤바람이나 쐴까?"

"좋아."

그녀가 흔쾌히 대답했다.

준형은 한강둔치를 향해 차를 몰았다. 궁금한 것이 무척 많으련만, 목적지로 향하는 내내 수연은 한마디도 묻지 않았다. 그녀는 창밖의 야경만 조용히 살피고 있었다.

한강둔치 주차장에 들어선 준형은 차를 한쪽에 가볍게 세웠다. 편의점에 들러서 맥주와 안줏거리를 산 후 강물이 보이는 넓은 계단에 자리를 잡고 앉았다.

날씨가 포근한 덕에 강가를 거닐며 데이트를 즐기는 남녀가 여러 쌍 눈에 들어왔다. 두 사람은 강가의 연인들이 그려내는 풍경을 한동안 넋을 놓고 바라봤다.

"이번 일 정리되면 한동안 떠나 있을까 생각 중이야."

"떠난다고?"

수연이 놀라며 물었다.

"응."

"어디로?"

"아직 목적지까지 정하진 않았어. 어디든 정해지면 몇 달 떠나서 생각 좀 정리하려고."

"사고 때문에?"

교통사고 이외에는 알 리가 없는 그녀가 추궁하듯 연이어 물었다.

"사고 때문만은 아니야. 앞으로의 진로나 삶에 대해서 정리해야 할 것들이 있어서 그래."

수연은 준형의 얼굴을 빤히 바라봤다.

"같이 가면, 안 될까?"

그녀의 눈동자가 가로등 불빛을 반사하며 유난히 반짝거리고 있었다. 그녀는 고개를 돌려서 강으로 시선을 옮겼다. 그녀의 눈동자에서 반짝이던 불빛은 강물 위로 자리를 옮겨가 일렁이는 물결을 따라 은은하고도 매혹적으로 출렁였다.

"오래 걸릴 거야……."

준형은 그녀와 시선을 나란히 했다.

"사진이나 찍으면서 같이 다니지 뭐. 그러잖아도 요즘 작품 될 만한 게 없어서 고민이었는데 잘됐네."

둘은 한동안 말을 잃은 채 강변의 정경을 살폈다. 곳곳에 앉은 커플들이 어느 때보다도 다정하게 보였다.

"너도 참 눈치가 없긴 하다……."

잠시 여짓거리던 그녀가 나지막이 말을 흘렸다.

준형은 그제야 그녀가 말하는 의도를 알아차렸다. 어느새 그녀의 머리가 살포시 그의 어깨 위에 기대어 있었다.

준형은 지금껏 수연이 자신을 이성으로서 좋아한다고는 단 한 번도 생각해본 적이 없었다. 그녀의 말내로 눈치가 없어서인지도 모르겠다.

그가 수연에게 이성의 감정을 느낀 것은 퍽 오래전부터의 일이었다. 정확히 언제부터라고 딱 잘라 말하기는 힘들지만, 서점에서 처음 그녀를 보았을 때부터라고 해도 딱히 부정하지는 못하겠다. 하지만 그녀의 마음을 확인할 길이 없었을 뿐 아니라, 그럴 만한 용기도 나지를 않았다.

준형은 자신이 내야 했을 용기를 그녀가 대신하게끔 만든 것 같아 미안한 마음이 들었다. 하지만 그녀의 마음을 확인하면서 생겨난 기쁨은 이루 말할 수가 없었다.

수연은 자신의 마음을 먼저 내보인 게 부끄러운 탓인지 시선을 줄곧 바닥으로 내리깔고 있었다. 준형은 그녀의 무릎 위에 놓인 작은 손 위로 자신의 손을 가져가서 살며시 잡았다. 그녀의 차갑고도 부드러운 살결 속 세포 하나하나가 그의 손에 미묘한 떨림을 전달해주고 있었다.

파라한

그는 감성과 본능에 기대어 자신의 입술을 그녀의 입술로 가져가 댔다. 촉촉하고 부드러운 느낌이 입술을 통해 온몸으로 퍼져 들어왔다.

어느덧 그들은 서로를 감싸 안은 채 깊은 입맞춤을 하고 있었다. 이 단계에 오기까지 오랜 시일이 걸린 만큼이나 준형과 수연의 입맞춤은 오랫동안 지속됐다. 입술을 뗀 후에도 달콤한 느낌과 감촉은 사그라질 줄 몰랐다.

"운명을 믿어?"

준형의 어깨에 머리를 다시 기대고 있던 수연이 고개를 살짝 들어 올리며 물었다.

"운명?"

"우리 둘이 우연히 서점에서 만난 경우 같은 거. 생각해보면 참 쉽지 않은 일이잖아. 난 운명이라고 믿어."

"하기야, 그렇게 만나는 게 어려운 일이기는 하지. 나도 운명이라고 생각해."

준형이 그녀의 말에 동의했다.

그는 시선을 조용히 움직이다가 그녀의 손에서 갑자기 멈춰 세웠다. 그녀가 만지작거리는 핸드폰 언저리에는 목각 인형 하나가 매달려 있었다. 장승 모양을 한 인형이 그를 향해 이를 크게 드러내며 웃고 있는 중이었다.

"특이하네."

"이거?"

수연이 목각인형을 위로 들어 올렸다.

"천하대장군. 아버지께서 물려주신 거야. 할아버지께서 남겨
주신 소중한 유품이라고 하시면서. 할아버지가 6·25 한국 전쟁
때 돌아가셨거든. 그때 할아버지의 친구분이 할머니에게 전해주
셨다고 해. 서랍에 보관하고 있다가 얼마 전에 달아본 건데, 이
상해?"

"괜찮아, 은근히 잘 어울리네."

준형이 웃으며 대답했다.

그는 앞으로의 일을 까맣게 잊은 채, 현재를 잠시라도 더 즐기
고 싶다는 생각이 들었다. 앞으로 닥칠 일은 내일이 된 이후에
고민하면 될 것이다. 무슨 죄를 짓고 수용소에 왔든, 그것은 수
용소를 나간 후에 생각하면 될 것이다. 지금 여기에서는 이곳에
서의 삶을 생각하며 스스로의 인생을 아름답게 가꾸면 그뿐 아
닌가.

준형은 시간이 가는 줄 모르고 그녀와 달콤한 대화를 나누며

강가를 지켰다.

'수용소도 나름 지낼 만은 하네.'

그는 마음속으로 나지막이 속삭였다.

에필로그

 수개월간의 여행에서 돌아온 준형은 어느 중견 회사에 취직해서 사회생활을 다시 시작했다. 이듬해에는 수연과 결혼식을 올렸고, 두 살 터울로 아들과 딸이 세상에 차례로 태어났다.

 그의 평범한 인생은 쏜살같이 흘러갔다. 그의 자녀들이 성장한 후 결혼해 아이들을 낳았고, 어느덧 준형은 여든이 넘어 한 병원의 병실 침대에 누워 있었다.

 의사가 병명을 알려주기는 했지만, 어차피 노환의 일종일 뿐이라는 생각이 들었다. 여든이면 그게 아닌 어떤 병에라도 들 수 있는 나이였다. 그리고 어떤 이유에서든 사람은 수명을 다하면 세상을 떠나게 된다.

 산소 호흡기에 의지해 숨을 쉬던 준형은 호흡이 점점 가빠지는

파라한

것을 느꼈다. 눈을 감은 채로 얼마 동안 시간을 흘려보냈는지 알 수가 없었다. 이제 무엇인가를 판단하거나 생각할 만한 심적 여력이 남아있지 않았다. 간신히 버티고 있는 의지의 마지막 한 가닥만 내려놓으면 모든 것이 끝나 버릴 듯했다.

그는 남은 힘을 전부 쏟아내서 눈꺼풀을 간신히 들어 올렸다.

아내 수연의 얼굴이 가장 먼저 시야에 들어왔다. 그녀는 감각을 거의 잃은 자신의 손을 부여잡고 흐느끼고 있는 중이었다. 그녀의 옆에는 걱정스런 얼굴로 자신을 살피고 있는 아들과 딸의 모습도 보였다.

준형은 아내와 아들과 딸의 얼굴을 차례로 둘러보며 마지막으로 눈을 한 번씩 맞췄다.

그는 지금껏 살아오며 단 한 번도 수연과 자녀들에게 수용소에 관한 이야기를 들려주지 않았다. 비록 수용소 안이긴 하지만, 그들에게도 나름대로 자신들의 삶을 아름답게 가꿀 권리가 있다고 판단해서였다. 그들의 삶에 굳이 수용소라는 의미가 끼어들 필요는 없었다.

'수연아…… 나의 아들아, 딸아……. 지금 나는 인생을 마치는 게 아니라 다른 어딘가로 자리를 옮겨가는 것뿐이란다……. 다른 수용소에서 만일에라도 서로를 알아볼 수 있고…… 기억을

잃지 않게만 된다면…… 그곳에서 다시 인연을 만들고 싶구
나……. 부디 행복해라…….'

그는 마음속으로 말을 마친 뒤 의지의 마지막 끈을 내려놓았다.

그리고 편안히 잠이 들었다.

한참의 시간이 흐른 뒤, 탁한 목소리가 준형의 귀를 세차게 울렸다.

"형기 만료!"